へんてこな　この場所から

So You Start Something from This Bizarre Place

桜井鈴茂
Suzumo Sakurai

文遊社

謝辞　285

My Wife and Me in March 2011　Translated by Chikako Kobayashi　i～vi

目次

夜はサンクチュアリ　5

しらふで生きる方法　63

2011年3月のわたしたち夫婦は　129

恋をしようよ　139

新しい家族のかたち　149

長い夜　167

ドロー　207

誰にだって言いぶんはある　221

転轍機　235

世の常として、よい人生はよそにあるものだ

――アレクサンダル・ヘモン『愛と障害』

夜はサンクチュアリ

Sanctuary Is the Night

今は野菜を切るのが主な仕事。

馬の首でも刎ねられそうな斧みたいな包丁でキャベツを半分に、さらにそのうちのいくつかは四分の一に切る。誰が発案したのか知らないが最近はあらたに六分の一カットという商品も出すようになったのでいささか面倒なことになっている。大根の場合は葉の根元を数センチ残すのが肝所。そのほうが売れ行きがよくなるのだそうだ。大ぶりの大根だと三分の一にすることもある。大根の半分とか三分の一とかいうのは重さのことであって長さのことではない。今はだいぶ慣れたが最初のころはこれがなかなかにむずかしかった。だいたいでいいじゃないか当たり外れがあるというのも面白いじゃないかと個人的には思うのだがそのような道理というか非道理はある種の消費者には通じないようだ。上の人間もとかく客からのクレームを恐れている。ほかに切るのは、白菜、カボチャ、レンコン、レタス……そんなところか。もちろん、所属する青果部では果物も切っている。冬場はパインアップルとカットフルーツ用のメロンやキウイやグレープフルーツや。しかし、これらのカットはより高度な技術を要するらしく、これまでのところ言いつけられたことはない。スイカの季節がやってくるとまた話は別なのだが。ラッピングの方法は野菜によってさまざま。それ用のマシーンが活躍するものと人間の知恵と経験がよりどころになるものと。カボチャやレンコンなどはグラムあたりの価格設定なので計量してバーコードを貼ってゆく。時にはその補佐をすることもあるが売り場での陳列は基本的に別の人の仕事だ。社員とかパートの中でも古参の人たちの。……いや、必ずしも古参というわけじゃないな。そのへんの線引きはよくわからない。とまれ、今のところはあまり売り場に出ることなく済んでいる。ずっとこのままがいいのだが。売り場はどうも苦手だ。理由は……まあ、いろいろとだ。ほかにも、長ネギやアスパラを束ねたり、ニンジンやジャガイモをビニール袋に詰めていったり、という作業もある。過半はあらかじめ袋詰めにされたものが入荷されるのだが、入荷してからこっちで仕分けて袋に詰めていくものもあるんだ。知らなかっただろう？　おれは知らなかった。いやまあ、いずれにしても、退屈な話だよな。

午前七時四十五分前後に職場のスーパーマーケットに到着する。由々しきことにバイクは盗まれてしまったのでここしばらくはバスで通勤している。まれに歩くこともあるがその場合は二十五分ほどかかる。ここで働き始めてまもなく一年になるがまだ一度も遅刻はしていない。どんな理由であれ欠勤もしていない。日曜をのぞき毎朝働いている。ＧＷもお盆も大晦日も元旦以外の正月も働いた。すごいじゃないかおれ、やるじゃないかおれ、とひそかに思っていたりもするのだが、世間一般ではべつにどうということはないようだ。上下ともユニフォームに着替え紙製の頭巾を被り同じく紙製のマスクをはめて午前八時から午後一時まで働く。途中、十時四十五分から十五分間だけ休憩がもらえる。たいていは休憩室の畳の上にごろんと横になって誰かが置いていったスポーツ新聞や週刊誌を斜め読みしたりとりとめのないことを考えるともなく考えたりして過ごす。この休憩室、ことさら寒い季節の晴れた日は柔らかな日差しが入ってきてなんとも言い難くほっこりするんだ。いっしょに働いてる人たちと世間話をすることも、まあ、たまにだが、ある。自分から話しかけることはないが人に話しかけられることはあるんだ。とりわけ、溝口さんにはよく話しかけられる。溝口さんは、作業内容はだいたい同じだが「嘱託」と呼ばれる身分で、時給もだいぶ高いし、健康保険や雇用保険もついている。年に一度だがじゃっかんのボーナスも出るようだ。歳は三つくらいしか違わないのだが、向こうはすでにフリーターの息子さんとか専門学校生の娘さんとかがいて、ご主人が亡くなられているせいもあるのだろうが老後の心配なんかも真剣にしていて、なんというかもう、人生の大先輩といったかんじ。本人の弁によると幼少の頃からなにかと苦労を強いられ、一時はそれが要因となって荒れた生活もしていたようだ。ちょっとした言動の中に、あるいは髪型や洋服のセンスとかに、その名残りを感じさせる。現在はしかし、善良な小市民、といってかまわないだろう。最初は、うるさいおばさん、としか思わなかったが、やさしいおばさん、でもあることを今では知っている。その日も仰向けになってつまらぬ考え事に没入していると溝口さんが話しかけてきた。ねえねえ、菅原くん。

「ねえねえ、菅原くんてば」

「え、あ、はい、すみません」

肘を支えにして上半身を起こす。溝口さんは靴を履いたまま畳の上に腰を下ろして半身《はんみ》になっている。これで休憩室がどんな構造なのか、おおよそわかってもらえるだろうか。

「あら?　ひょっとして寝てた?」

「いえいえ、大丈夫です」

「たいした用事じゃないんだけどね」

「ええ」

「四月から休憩時間が有給じゃなくなるんだってよ。十五分ぶん、ちゃっかり引かれるようになるんだって」

「え〜。まじっすか」

「経営の健全化のための人件費削減だって」

「そんな〜」

「ケチな話よねえ」

「まったくだ」

「ねえねえ、ところで」と溝口さんが話を切り替える。この、ねえねえ、というのが溝口さんの口癖だ。そして、話題を変える時には、とりわけそれが本当に話したかった話題である時には、ところで、とセットで使われる。

「はい？」

「平岡街道沿いにコンビニがあるじゃない？」

「え？……コンビニつっても、いろいろと——」

「わたしが言ってるのは、郵便局の少し先にある、駐車場のだだっ広いとこ」

「……ああ、ああ、あそこ」

「そう、あそこ。あそこにね、強盗が入ったんだってよ」

「……まじっすか」

「先月の話らしいけど」

「先月……はあ」

「わたしも知らなかったけどね」

「ニュースとかになりました？」

「新聞のローカル欄には小さく出てたようだけど」

「そういうとこは読まないしなあ」

「ま、それはともかくね、あそこのコンビニってうちの娘の高校時代の同級生の親御さんがやってるんだって」

「……そうなんですか」

「それで、娘が話を聞いてきたんだけど」

「ええ」

「犯人の男が去り際に変なこと言ったらしくて」

「変なこと？」

「スモモもモモもモモのうちだって」

「……え？」

「そう言ったんだってさ。スモモもモモもも……あら、噛んじゃった」

「……早口言葉を言ったってこと？」

「早口というより凄むような口調だったらしいけど」

「聞き違いとかじゃなくて？」

「ううん。防犯ビデオには音声も残るんだって」

「……なるほど」

「どんな意味があるんだと思う?」

「え?……そんなことぼくに訊かれても」

「やっぱりわからない?」

「そ、そりゃ、わかりませんよー」

「きっと壊れちゃってるのよね、その犯人って」

「……壊れちゃって、というか……まあでも、そういうことか」

「あ、まずい、時間」

そう言って溝口さんがすっくと立ち上がった。頭上の掛時計を見ると、十一時一分前だった。秒針まで正確だとすれば約三十秒前だ。思わず鼻から息が漏れた——安堵の息だ。じつは、声が震えないようにするのに一苦労だった。そのような動揺が顔に出ていなければいいのだが。まあ、話し相手の顔色の変化をすばやく感知するほどには敏感な人ではないと思うが。……いや、そんなことはないかもしれないな。酸いも甘いも嚙み分けてきた女性だ。侮ってはいけない。顔には出ていなかったことにしよう。出ていなかったのだ。


午後はとくにするべきことがない。半年ほど前までは別の仕事を掛け持ちしていたのだが、というか、元々はそっちがメインだったのだが、のっぴきならない事情でその仕事は失ってしまった。まあ、冷静に考えるに、これも世の趨勢なのだろう。だから、本来なら午後は求職活動をすべきなのだ。しかし、このことについては考えるのもうっとうしい。始める前から諦めの気分に支配されている。……いや、違うな。始める前から、ではない。失職した当初はちゃんと次のを探してたんだ。ハローワークにだって行った。ほとんどは端から年齢制限で引っかかった——〈三十五歳以下〉とかいう忌まわしきあれだ。それでもいくつかは面接までこぎつけた。が、いざ行ってみるとさっぱり埒が明かなかった。なけなしの自尊心までもすりつぶされた。そんなわけで、そのへんのことをぜんぶうっちゃって、この二か月ばかりは近隣をそぞろに歩き回っている。冬はそぞろ歩きにうってつけの季節——ということを発見したのかもしれない。べつにそれで嬉々としてるわけじゃない。とくに見るべきものがあるわけでもない。このあたりはなんの変哲もない郊外の住宅地なんだ。新興というほどではないが、せいぜい四十数年の歴史だ。風情のある古道具屋とかは皆無だし、古本屋といえばブックオフのことだ。しかしながら、植物に詳しかったらもう少し感興が増すかもしれないと時々思う。せめて固有名がわかれば。残念ながら知識は非常に限られている。だから、ひたすら歩くのみだ。それでも、ひたすら歩いているとふっと尻尾を摑みかけてるような感覚を覚えることがある。何の尻尾だろう？　うまく言葉にはできないでいるんだが、悪い感覚ではない。悪いどころか、かなりいい。胃の底に沈んでいた濡れ雑巾みたいな気持ちが乾いて軽くなって肺の中で綿菓子みたいに広がる感じだ。摑みかけているだけでこれだから、じっさいに摑んだらすこぶる気持ちがいいんじゃないかと予想している。まあ、もしかすると、摑めそうで摑めないのが味噌なのかもしれないが。手にした瞬間、魔法から醒めるってことがないとは言いきれない。というか、この世ではそっちのほうが多いかもしれない。

途中、公園のベンチでひと休みする。いつも同じ公園だ。界隈ではいちばん大きな公園のはずだが、社会一般ではとくに大きな部類ではないと思う。住民たちの抜け道にもなっている。一角には小ぶりの野球グラウンドが設えてあって学校が休みの日は地元の少年チームが練習や試合をしている。原生のものだと思うが、樅の大木が公園のほぼ中央に屹立していて、それがランドマークになっている。というか、そもそも名前がもみのき公園だ。土日は混雑していてうんざりするが、平日はじつに落ち着く。冬枯れの芝生の上で小学生や学齢前の子どもたちが遊んでいる。ボールを投げたり蹴ったり追いかけっこをしたり……そんなことだ。最近になって、あることに気づいた。だいたいいつも、ほとんど毎日といってもいいくらいいつも、女がベンチにひとりで坐っている。紺色のニット帽を目深に被っている。背丈は普通だと思うが、顔が小さい。色は白い。痩せている。ちょっと痩せすぎかもしれない。ぱっと見、三十六歳くらいの女だ。広く見積もっても三十三から三十九までの間だろう。タバコをひっきりなしに吸っている。子どもたちの母親ではない。最初はそう思ったがそうじゃないことがやがてわかった。まあ、どうってことないことかもしれないが、どうにも目の端に引っかかる。ここらは家族住まいが中心だからいつもひとりきりというのはわりに目立つんだ。そもそもこんなに頻繁に見かける人物はほかにいない。雰囲気はみんな似たり寄ったりだが、じっさいはちがう人物だ。……うまく伝わってるかな？　ようするに、今日の子どもと昨日の子どもは入れ替わってもなんの違和感ももたらさないということだ。あの母親たちもそうだ。あの老夫婦もそう。しかし、この女は取り替えがきかないように思える。ほら、またタバコに火をつけた。タバコをたくさん吸うから取り替えがきかないように思えるのだろうか。そうじゃないだろう。さすがにああいうタバコの吸い方をする人は減ったが、しょせんは紙巻きのタバコだ。水パイプで吸ってるとか接着剤を嗅いでるとかじゃない。つまるところ、悲しい感じが際立っているんだと思う。……悲しい感じ？

ぷっ。わけわかんなくなってきたな。とまれ、いつも紺色のニット帽を被っている。あ、それはもう言ったか。ボンボン付きというのも言ったか。言ってないな。ボンボン付きだ。ん？　ボンボンというのは方言かな？　てっぺんについてる丸いフサフサのことだが。少なくともおふくろはボンボンと呼んでいたはずだが、正式にはなんと呼ぶのだろう？　まさか正式な呼称がボンボンだなんて……まあ、いい。そんなことはいい。えーと、なんだ？　そうだ、青紫のキルティングジャケットもいつも同じかもしれない。ベージュのコーデュロイのズボンも同じかな。少なくとも昨日とは同じだ。ジャケットはサイズが合っていない。大きすぎる。旦那のを着ているのだろうか。旦那なんていそうにもないが。ところで、どこを見ているんだ？　は？　おいおい、まさかおれを見てるんじゃないだろうな。やっぱりこの女はあやしいぞ。悲しくてあやしい。

昨年の冬に親父が死んだ。胆嚢がんだった。親父といってもおふくろと離婚した小学三年の夏までしかいっしょに暮らしていない。いろいろあったんだろうが、最終的には別の女と東京へ越していったんだ。ようするに、くそったれ野郎だ。けれども、おれも東京に出て来てから十数年ぶりに再会して、以後はたまに会って酒を飲んだりするようになった。くそったれにはちがいないが馬が合うというのは認めなくてはならない。で、まあ、そういう関係が数年続いて、なんやかやでまた疎遠になっていった。おれが親父が住んでいたのとは逆方面の郊外に越してしまったことも、そのなんやかやの一つだ。しばらくは会っていなかった。病院じゃないところで親父に会ったのは十年近くも前だ。まったく意外なことに金を残してくれた。遺産とはとうてい呼べないわずかな額だがそれでも金にはちがいない。ほんとうはおふくろにそっくり渡すべきなのだろう。それが道理だ。じゃなくても、情というものだ。そう思った。しかし、そうはしなかった。おふくろにも金のことは黙っていた。日々の生活の足りないぶんはそこから出している。きちんと計算はしてないが、あと半年足らずで底をつくだろう。そうなったら、今の野菜カットの仕事だけじゃどうにもならない。これ以上労働時間は増やせないそうだ。社員への登用制度はずいぶん前に廃止されたらしい。このまま皆勤を続ければいずれ嘱託にはなれるかもしれないが、いつなれるのかはわからないし、だいいちなれたところでその給料だけで暮らすのは困難だ。やはりべつの仕事を探さなくてはいけないだろう。フルタイムの定職を。福利厚生とかもしっかりしている堅気の定職を。業界には戻らないつもりだ。たとえ戻りたくても戻れないだろう。だったらそのように思うこともやめてしまったほうがいい。業界というのは音楽業界のことだ。そう言うとなんだか洒落ているように聞こえるかもしれないが、おれがいたのは業界の末端だ。最初はそれほどでもなかったが転職するたびに末端に近づいていったんだ。最後はピークをとうに過ぎたバンドのマネージャー兼ローディをやってた。結局、バンドとレコード会社との契約が切れておれたちスタッフも職を失った。でもまあ、その話はこれ以上したくない。なぜってどす黒い感情が胸のうちで渦巻きはじめてしまいにはゲロを吐きそうになるからだ。だからもうしない。とまれ、金の心配をすることにはいいかげん疲れた。ここ最近の話じゃないんだ。しばらくはこんな状態なんだ。親父が死んで助かったくらいなんだ。金銭的な不安がなくなれば、せめて不安が今の半分くらいになれば、人生は変わるかもしれない。いや、確実に変わる。金の問題がこんなにでかいとは正直知らなかった。若い頃はビンボーもカッコいいぜ、くらいに思ってた。というか、じっさい、若い頃はどうにでもなるんだ。えり好みさえしなければ仕事はいくらでもあるしハードワークをこなす体力もある。

ある程度はエクスキューズも使えて人様の金で飯も食える。しかし、ある時期を過ぎるとそうはいかなくなる。金のないことが人生の惨めさに直結する。恐ろしいことだ。まだ知らないやつにはぜひとも教えてやりたいが、こういうことはじっさいにその立場に陥らないと理解するのは難しいかもしれない。知性やら想像力やらの及ばないことがこの世にはあるんだ。……ん？　話が逸れてるな。なんだっけ？　……そうだ、求職の話だった。まじめな話、仕事なんてあるのか？　四十がらみの、かくべつ専門的な技術もなければこれといった資格もない、まあ言ってみれば、半端仕事を繋いで生きてきた男に、まっとうな仕事なんかあるのか？　ああ、考えてる。また、考えてる。この思案の果てにあるのは、ただ一つ。あれだ、あれ。スーサイド。

ところで、アルベール・カミュはこんなふうに言ったそうじゃないか。とことん真剣に扱うべき哲学的な問題は一つしかない、それは自殺だ、って。このあいだ、とある本の中で、つまりは孫引きということになるが、それを知った。そうなんだ、おれは本を読むくちなんだ。そんなにたくさんじゃないが、読むくちなんだ。意外だろ？　この世には三種類の人間が存在するって誰かが、誰かは忘れたが誰かが、言ってた。本を読むのと読まないのと読んでいないのに読んだつもりになっているのとだ。もっとも、文字が印刷されてさえいればすべて本かというとそうじゃないと思うが。読書は小学生の頃に身に付けた習慣だ。というのも、おふくろが町の図書館で働いていたんだ。それで、学校が休みでおふくろが休みじゃないときは一日中図書館に……いや、そんな話はいい。とにかく、この、自殺という忌まわしき行為をどうしても頭から振り払えない夜は外に飲みに行く。ラッキーなことにいつでもハッピーアワーみたいな値段で飲めるバーを見つけた。駅前の商店街のはずれの雑居ビルの地下にある。妙なアクセントがあるのとてんで愛想がないのとが特徴のレイコという五十歳くらいのママがやっている。下劣な言葉を平気で使うのも特徴かもしれない。看板にはソウル・バーと記されているが、ママは節操のあるタイプじゃないみたいだ。じっさいジャズもかかるしロックもかかるし歌謡曲みたいなのもかかる。サッカーやバスケの中継がモニターから流れていることもある。週末には、コージくんという図体だけがやたらとでかいひどくシャイな息子さんが手伝いに、というか、ほとんど助けになっていないと思われるが、来ていることもある。常連客は少ない。都心ならまだしも、あるいは逆に片田舎でもなんとかなるはずだが、こぎれいな、少なくともこぎれいさを売りにした郊外の住宅街ではママの個性は強すぎるんだと思う。たいていは空いている。開店まもなくの午後七時すぎから閉店にほど近い午前一時半まで飲み続けても客が自分一人ということもあった。こんなんで店はやっていけるのか。時々心配になったりもするがそれは余計なお世話というものだろう。人にはそれぞれ事情がある。なぜかは知らないがたびたび行くようになってから五百円のチャージをとられないようになった。なのに柿ピーやさきいかはつまませてくれる。この間はカップ麺を食わせてくれた。ありがたいことだ。

そこで石森と知り合った。そうだ、バーの名前を言ってなかった。サンクチュアリという。まあ、ありがちな名前かもしれないが、石森と知り合ったことを鑑みると、少なからず意味深だ。ママによると、フォークナーの小説からとったらしいが、おれはそれを読んでいないので、隠れた意味があるのかないのか、わからない。訊けばよかったが、訊きそびれた。訊きそびれたのは、ママも本を読むくちだと知って、妙に照れ臭かったからだ。なんで照れ臭かったかと言うと……いや、まあ、いいだろ、そんな話は。

とまれ、サンクチュアリで石森と知り合った。はじめはカウンターのママを交えて二言三言しゃべるだけだった。そのうち、ママなしでもぼそぼそとしゃべるようになった。スポーツや音楽にまつわる、あたりさわりのない話だ。やばい感じには最初から気づいていた。けれども、何かの拍子に、手編みのとっくりセーターを着た羊飼いの少年みたいな、妙にはにかんだ微笑を見せることがある。それが石森をしてただのやばい男とは一線を画しているように感じさせるのだと思う。ある晩酔った勢いを借りて、普段はどんなことをしてるんすか、と訊いてみた。うん、まあ、いろいろと、と石森は答えた。もっと突っ込むべきかそこでやめておくべきか、ためらっている隙に、おたくはなにを、と石森が訊いてきた。ええ、まあ、おれも、いろいろと、と言葉を濁すと、そんな意図はまるでなかったのに笑いがこみ上げてきた。石森もおかしかったらしい、珍しく相好を崩した。

その、どうということもないやりとりを境に、石森との関係は一気に進展した。プライヴェートな話をするような関係に。互いを呼び捨てにするような関係に。サンクチュアリを出てからどちらかの部屋に行って、といってもたいがいはおれの部屋だったが、引き続き飲むような関係に。そうしてほどなく、やばさの正体を知ることになった。札付きの、というほどではなかったが、少なくともあんまりシャレにはならない、たとえなったとしてもあんまり笑えない、やばさの正体を。けど、たいがいのやばさというのは少し離れたところに存在してる時に怖さを感じるのであって、接近してしまえばそれほどでもないものだ。おれの場合はむしろ、石森のやばさを自分の心強さとして捉えているふしがあった。この糞ろくでもない世の中を渡っていくには多少なりともやばさが必要だ。なんだったら、不敵さと言い換えてもいい。そうじゃないか。そうだと思う。近年はとみにそう思うようになった。そして、そのやばさだか不敵さだかがおれには欠けている。もちろんほかにも欠けているものはいくつもあるが、それらがその一つであるのは間違いない。だから、そうなんだ、ちょっとした武器を手に入れた気分だったんだ。この感じはわかってもらえるだろうか。

もう長いこと睡眠障害だ。眠りたいのになかなか眠れない。ようやく眠れても自分がいま眠っていると意識できるくらいに眠りが浅い。そうして三時間くらいで起きてしまう。悪夢で目覚めることも珍しくない。超高層ビルの屋上の欄干にしがみついてるとか、深い峡谷に架けられた朽ちた吊り橋をおそるおそる渡ってるとか、そんな夢だ。それらの夢が何を意味するのかは調べていない。だって容易に想像がつくじゃないか。睡眠不足のせいか断続的に熱っぽいし頭もぼんやりする。関係あるのかないのかしょっちゅう口内炎ができる。ひどい時には砂でも嚙んでるみたいに口の中がじゃりじゃりする。いずれにしろ病院に行って薬を処方してもらったほうがいいのだろうが、国民健康保険証はずいぶん前に没収されている。期限が切れているのに気づいて市役所に行ったら、滞納分を支払わないと新しい保険証は発行できないと言われた。十三万いくら。そんなの無理だ。お目こぼしを期待して、なかば失業状態なんですよ、と言ったら、なかばとはどういうことですか、と柔らかとは言い難い口調で問い詰められた。だから医者なし薬なしでやり過ごしている。夜中に目覚めた時はそのままベッドの中で本を読む。それこそブックオフの百円コーナーで見つけたやつなんかを。最近はアメリカやイギリスのミステリを好んで読んでいる。警察や探偵が活躍するやつよりも殺し屋や泥棒が暗躍するやつのほうが好みみたいだ。うまくいけば再び浅い眠りがやってくる。うまくいかないときはそのまま朝になってにわとりが鳴く。コケコッコーだ。ははは。

そうだ、猫を二匹飼っているんだ。拾ってきた猫だ。雨の夜に近所の児童公園で濡れながら鳴いていた。去年の春だ。黒猫と雉子猫。名前もクロとキジにした。こいつらのことは好きだ。こいつらもおれのことを好いているみたいだ。うれしい。世界が終わった時、こいつらと自分だけが生き残れたらどんなに幸せだろう、なんてことを夢想する。少し調子のいい時は、そこにきれいな女を加える。ジュリエット・ビノシュとかジュリアン・ムーアとか余貴美子とか。そうなんだよ、年増が好きなんだよ。目尻の皺とかシミの浮きはじめた肌とかにぐっときちゃうんだよ。だってセクシーじゃないか。ま、いずれにしても、ばかげた夢想だが、それをしているときは体の隅々に活力が戻ってくる気がする——若い頃はあたりまえだった活力が。生命というものに無条件に内蔵されていると思い込んでいた活力が。もしほんとにそうなったら、というのは、世界が終わったらということだが、生き残った者たちで、ガラパゴス諸島に渡って暮らそう。そう、この夢想の中では、世界が終わっても、ガラパゴス諸島だけはふつうに機能しているんだ。どうしてガラパゴスなのかというと、それは……いや、よそう。くだらない。ばかばかしいにもほどがある。しょせん、白昼夢なんだよ。青臭い中年男の青臭い白昼夢。さぶい。まったくさぶい。ひょっとしたら、こんなさぶい白昼夢を見てしまうのも、眠るべき時に眠れないことと関係があるのかもしれない。

売り場に出る時はそこに客がいようといまいと「いらっしゃいませー」と唱えるのが店の決まりになっている。売り場での作業中も定期的に、もちろん客と目が合った時は必ず、それを唱えなくてはならない。声高かつ明朗に、などと管理職クラスの人間には言われている。働き始めた当初はこれがなかなかスムーズにできなくてたびたび叱責を受けた。じつはこれが売り場を苦手とする理由の一つでもあるのだが、まあそれはいい。今朝は、遅れて到着した水菜やらワケギやらを陳列の担当者に届けるべく売り場に出た。いつもどおり「いらっしゃいませー」と唱えた。すでに習慣になっているのでとくべつ意識はしなかったが、そこそこ声高かつ明朗だったはずだ。すると、ちょうど近くにいた中年の女の客がおれに鋭い視線を向けて「ふんっ」と鼻で笑った。ようするに人を小馬鹿にしたような態度だった。なんだ?――と思った。意味が皆目わからなかったし、そんな態度を取られてこっちだって気分が良いわけがない。思わず、その女を見返してしまった。睨んだつもりはないが、いずれにせよおれの顔にはでっかい「?」マークが浮かんでいたことだろう。女は視線をいくぶん柔和にし、しかし蔑むようなニュアンスは残したままで「心にもない言い方ね」と言った。

「はい?」と今度は声に出して言った。

「今の『いらっしゃいませー』とかいうやつよ」と女は言った。

「……どうかしましたか?」

「だから、あなたたちが粗雑なロボットみたいに繰り返す『いらっしゃいませー』が耳に障るって言ってるの」

「え、あ、え……」

「そもそも、あなた、今誰に向かって言ったの?」

「……誰というか……」

「状況なんてろくに考えていないんでしょ?」

「はあ、まあ、言うのが決まりなんで」

「決まり、ねえ。あなたたちはみんなそう言うのよね、決まり決まりって」

「……はあ……」

「そんな『いらっしゃいませー』は、言われたほうも迷惑なのよ」

「え、あ、その……」

応答に困っているところで、青果部の谷脇チーフが傍らを通りかかった。「どうしたんだ?」と首を傾げる谷脇チーフに事の次第を説明しはじめた。が、そのいまいち要領を得ない説明がじれったかったのか、すぐに女が遮ってあとを引き継いだ。谷脇チーフは女の話を神妙な様子で聞きながら、仕事に戻れと目と手で促した。おれは水菜やワケギを積んだ荷台を押してその場を離れた。

しばらくしてから作業場に戻ってきた谷脇チーフは、変わった客だな、と前置きしてから、菅原もどうせなおざりな言い方をしてたんだろ、と言った。そうかもしれません、と非を認めておれは謝った。もっとも、謝ったものの釈然とはしていなかった。ただ一方的にその女の客に対して頭にきていたというわけではなかった。そもそも女が言っていたことは、ここで働き始めた当初のおれが覚えていた違和感に近かった。しかし、それが店の決まりだと言うなら一介の従業員は従うしかない。従っているうちにそれはしだいに習慣となり、やがてほとんどなにも感じなくなっていた。不感症になっていたわけだ。そのことに気づかされて少なからずショックを受けたのかもしれない。しかし、よく考えてみると、客のほうこそそうじゃないのか。従業員に、そう、女の物言いを借りれば、粗雑な接客ロボットに常に「いらっしゃいませー」を言われていれば、いつしか慣れてしまってたいして気にならなくなるはずだ。昨今はどこの小売店に行ったたって接客スタイルは似たり寄ったりだろう。谷脇チーフの言うように、たしかにあの客は変わっている。どう見ても日本人だったが、なんらかの理由でいまだ日本の社会に順応していないのだろうか？　あんな年増の帰国子女なんてあり得るのか？　……それにしても「いらっしゃいませー」を唱えなかったら唱えなかったで上司に叱られ、唱えたら唱えたで客に叱られるとは。いったいどうすりゃいいんだ？　とまれ、この手の問題の根っこには、自分たちはみんな同じなんだという強迫観念が、あるいはみんな同じであるべきだという同調圧力が、そして、だからこその他者への過剰な期待と極度の畏れが、絡んでいるように思う。でも、じっさいのおれたちは誰一人同じなんかじゃない。自律すれば自律するほどにちがってくるんだ。そうじゃないか。そうだろう？

そんなようなことを、まあ、言ってみれば、（またしても！）青臭いことを、休憩時間も引き続き考えてしまった。さっき谷脇さんになんか言われてたでしょ？と話しかけてきた溝口さんにもざっと話してみた。溝口さんの感想というか意見というかにはとくに感心はしなかったが、それはともかく、溝口さんはいつもの調子で話題を切り替えると、妙なことを言ってきた。ねえねえ、ところで。

「これからどうなると思う？」

「……はあ？　何がですか？」

「わたしたち。わたしたちのこれから」

「わたしたち？　ここで働くわたしたち？」

「ううん、もっと大きな意味でのわたしたち」

「……ちょっと話が見えにくいんですが」

「ま、そうよね」

「ええ」

「あのね……息子が急におっそろしいこと言い出したのよ」

「おっそろしいこと？」

「自分たちはいずれ沈むことがわかっている船に乗っているようなもんだって。早いとこ別の船に乗り換えなくちゃいけない」

「……ほう」

「で、そのためには英語が絶対に必要だから、これまでに貯めてきたお金を使って留学するんだとかなんとか」

「へえー」

「下見も兼ねて今度アイルランドに行くって言ってるのよ」

「いいじゃないですかー。羨ましいなあ。ぼくも連れてってほしいなあ」

「いったいアイルランドってなんなのよねえ？　どんなところか、菅原くん知ってる？」

「うーん……いいところなんじゃないですか。きっといいとこですよ」

「ほんとに？」

「まあ、よくは知りませんが」

「わたし、たまげちゃって。ぜんぜんそういうタイプじゃなかったのよ、うちの息子。わたしの血を引いているんだからね。わかるでしょ？」

「でも、いいじゃないですかー。若いってのはほんといいよなあ。まだいろんな可能性が残されてるってことだもんなあ」

「……うーん」

「何が問題なんすか？」

「なんて言えばいいのかしら……だから、ほら、わたしも死んだ夫も外国なんかとはほとんど無縁の暮らしをしてきたのよ。それでじゅうぶんだったの。なにもかも満ち足りてたってわけではもちろんないけど、それでもじゅうぶん幸せだったの。そういうかんじってわかる？」

「……だから、つまり？」

「わたしにとってはアイルランドなんてのは世界の外側なの」

「世界の外側？」

「火星とか木星とか、そんなかんじ」

「いくらなんでも火星っていうのは」

「じゃあ……、そうね、映画の中の世界。それこそ、タイタニックとかその手の」

「ははははは。それで？」

「……それで、って……」

「え？」

「それで、ってわたしの言ってることちっともわかってないじゃない」

「……わかってないかも。す、すみません」
溝口さんが珍しくヒステリックな表情になってあからさまな溜息を漏らし、会話はそこで終わった。その後の作業中も、引き続き気分を損ねているようで、いつになく冷淡だった。パプリカを選り分けながら会話を頭の中でリプレイしてみた。話の筋は少々ねじくれてしまったかもしれないが、それでも溝口さんの気に障るようなことを言った覚えはない。話の聞き方が悪かったのか。ちょっとした声の調子とか受け答えの微妙なタイミングとかが悪かったのか。そうなのかもしれない。そういうことなら過去にも思い当たるふしはある。つらい過去だ。おれだって真剣に女を愛したことはあるんだ。そんなに何度もじゃないが愛したことはあるんだ。

今日は穏やかな冬晴れだった。しかし、平穏な日だったとは言い難い。午後の公園でも妙なことがあった。

ニット帽の女がいきなりベンチの傍らに腰を下ろした。赤の他人の傍らにたまたま坐るには近すぎる距離だった。ほとんど肘と肘とがぶつかりそうだった。内心穏やかではなかったのだが平静を装った。しばらくはそのままだった。女はいつものようにタバコを吸った。金色のマールボロだった。横目でうかがうとじつにうまそうに吸っていた。おこぼれをいただくべくひそかに息を吸ってみたりもした。タバコをやめて二年ほど経つが、今でも時々無性に吸いたくなるんだ。いつになったらそう思わなくなるんだろう。生きている間はずっとそう思うのだろうか。……いや、待て、そんな話じゃない、女だ。何本かタバコを吸った後で、女はこちらを向いた。といっても顔の角度はそんなに変わらない。出目気味の眼だけがぎろりとこちらを向いていた。眼光がやけに強かった。輝いているというのとはちがう。吸い付くようなかんじで強いんだ。何事か言ったがなんと言ったのか聞こえなかった。というのも、おれは音楽を聴いていたからだ。なので、片方の耳からイヤフォンを外した。その所作を見澄まして女はあらためて言った。最初と同じことを言ったのか別のことを言ったのかはわからない。いずれにせよ、こう言ったのが今度は聞こえた——それ、なんなの？　女はおれの膝の上のノートに目を落としていた。焦った。あとで考えればそれほど焦る必要はなかったのだがその時は焦ってしまった。べつに、と言ってノートを閉じ、指に挟んでいたボールペンとともにデイパックの中にしまった。それからもう一度女を見た。不満げな表情をしていた。おしゃぶりを無理やり奪われた赤ん坊をそのまんま三十数年という時間に晒すとこんな表情になるのかもしれない。どう応対していいのかわからなかったので目をそらした。ビーグル犬が蛍光イエローのフリスビーを追って芝の上を走っていた。七歳くらいの男の子がサッカーボールを蹴りそこなって尻餅をついた。ベルトのバックルが冬の陽光を弾いた。次に女はこう言った——なに聴いてんの？　まるでいちゃもんをつけているみたいな口調だった。とっさに言葉は出てこなかった。しかもその時iPodから流れていたのはよりによってトゥ・ローン・スウォーズメンだった。それを律儀に教えるのはなんだかまぬけだし、親切心にも欠けるような気がした。マイケル・ジャクソンとかだったらとっと教えただろう。あるいは……べつになんでもいいが、宇多田ヒカルとかエレファントカシマシとかだったら。答える代わりに、もう片方のイヤフォンも外してそれを女に手渡した。女も黙ってそれを受け取ってニット帽に隠れた耳の穴につっこんだ。それからベンチの背に体を預けると再びタバコに火をつけた。iPodはおれのダウンジャケットのサイドポケットの中だったからイヤフォンの白いコードがぴーんとちぎれそうなくらいに突っ張っていた。それもなんだかまぬけに感じた。四十五秒くらいが過ぎた。もっとかもしれない。もっとな気がする。変な間だった。途中で女の右手の薬指と小指がかすかにだが震えているのに気づいた。アル中なのか?——とっさに思った。それから考え直した。なんで、指が震えているのとアルコール中毒患者を安易に結びつけるのだろう? 禁断症状で指を震わせているアル中患者をじっさいに見たことなんてあったか? 人から話で聞いたり本の中で読んだだけじゃないか?——そんなことをその四十五秒ぐらいの間の後半で考えた。女はイヤフォンを外すと、片足をベンチの上のおれの尻のすぐ脇にのせて体ごとこちらに向き直った。さあこれから心を開きますよ、互いに忌憚なくいきましょうね、的な態度だ。ほとんど逃げ出したかったが、逃げるわけにもいかない。この時はじめて至近距離の正面から女の顔を見たような気がする。右側の頬骨のところに水性絵の具の跡みたいな薄青い染みがあった。動物みたいな形をしていた。ほら、洞窟の壁とかに古代人が描いた牛だか山羊だかの。牛にしては痩せてるし山羊にしては太っている。まあいい、細かいことはいい、とにかく家畜系だ。女はイヤフォンをおれの手の中に戻しながら、あたしたちさ、と言った。

「あたしたちさ、も少し仲良くなれるかもよ?」その意味することとは裏腹に、依然としていちゃもんをつけてるみたいな口調だった。

「ふうん」とだけ言った。そんなこと急に言われても困るじゃないか。

「べつにならなくてもいいんだけどね」

「そりゃそうだ」内心のびびりが逆に横柄な口調を生じさせているのは自覚していた。というか、びびるとおれはたいていいそうなるんだ。

「あんた、独り者よね？」

「ああ、独り者だ」それから付け加えた――一種の弁明のつもりで。「今はな」

「あたしと同じだ」女も付け加えた――いささか興奮気味に。「あたしは二度」

「ふむ」

「仲良くなる理由が少なくとも二つはあるってことじゃない？」そうして女は短く笑った。たぶん笑ったんだと思う。ぽんこつのマニュアル車がエンストしたみたいな笑い方ではあったが。「どっかでコーヒーでも飲みながら話さない？」

「ここでも話せる」

「まあ、そうだけど、コーヒーが飲みたいのよ」

「おれはそんなに飲みたくないね」

「……あんたってさ……」

「……なんだ？」

「すっごく変わってるよね」女は再びエンストみたいに笑った。

「それはこっちのセリフだ」おれは笑わなかった。

「もしくは、大人になり損ねた」

「なんとでも言えよ」

「で、コーヒーは？」

「いや、遠慮しとく」

「……あっそう。そうですか」呆れたように、あるいは蔑むように言うと女はベンチからすっくと立ち上がり、おれを見下ろした。「ま、べつにいいけど。でも、覚えといてよね。あたしたちは同じ川の流れに足を浸してる——たぶんね」

それだけ言うと、女は手を洗ったあとの水滴でも払うように手を振り、去っていった。ニューバランスのランニングシューズの踵の内側が極端にすり減っていた。なにかの象徴みたいだと思ったが、なんの象徴だかわからなかった。ビーグル犬は芝の上に腹這いになって荒い息をしていた。子どもたちはボールを蹴り続けていた。冬の陽光は……いや、そんなことはどうでもいい。

夜はサンクチュアリ。今週はもう三回目だ。つまり、いい状態とはいえない。飲んだからといってなにも改善されないことは承知している。飲めば飲むほどひどい状態になっているような気さえする。それでも飲まずにはやっていられないと飲む前は思ってしまう。今飲めば次は飲まなくても大丈夫かもしれないと飲む前は思ってしまう。こういう負のスパイラルが自分の身に起こるとは思っていなかった。けれども、じっさいに起こっているのはそういうことだ。

ほかに客もいなかったし、ママも退屈そうにしていたので、午後の公園での出来事を話してみた。なんで誘いに乗らんかったの?とママは言った。

「うーん……どうしてかな」

「きれいなんだろ? その女」

「まあ、見苦しくはないな」

「だったら、いいでしょ」

「うーん」

「うまくしゃぶってくれるかもよ」

「……しゃぶってって、ママ……」

「なによ？」

「それはちょっと飛躍しすぎじゃない」

「だって、そういうことじゃないの？」

「いやあ……」

「いずれにしても、あたしがその女だったらへこんでるね」

「……そう？」

「誰にだってプライドはある」

「まあ、そうだけど」

「菅ちゃんって、ここぞという時に男らしくないんよね。据え膳食わぬは男の恥って」

「そう言われてもなあ」

「股の間に何をぶら下げてるの？」

「惨めな代物だよ」

「セックスに自信がない？」

「セックスに限らず、自信なんてないね」

「あたしが教えてあげようか?」

「……」

「あら、失礼だこと」

「あ、いや、その……」

そんな会話の途中で石森が店に入ってきた。ひさしぶりだった。あの夜以来だった。なにがなんだかわからぬままに運転手役を担わされたあの夜以来。しかし、その話はしなかった。あたりまえだ。人前でできるわけがない。……いや、ちがうな、ママが電話でコージくんと話している時を見計らって話をしようと試みたんだった。なあ石森、とおれは問いかけた。石森はカウンターに置いた指先でリズムを取りながらアイザック・ヘイズの歌声に聞き惚れていた。少なくともそのように見せかけていた。なあ石森、もう一度言った。スモモもモモも……そこで言葉がつかえたが、これには石森も反応した。なんだよ?とこちらを見ずに言った。まとわりつく蠅を追い払うような口調だった。その鰓の張った無精髭の横顔には、おまえの心情などとっくに見通しているぞといわんばかりの物言わぬ力があった。さらに、その相手に沈黙を強いるような力が。おれは怯んだ。そして屈した。いや、なんでもない、というのがやっとだった。

ママは電話を終えると公園での話を蒸し返した。石森はこの話には腹をすかした半ズボンの小学生のごとく食らいついてきた。そんなわけで、おれはしばし二人に弄ばれた。まるでピンボールマシンの球になったような気分だった。まあ、球には球の楽しみ方というものがある。とりわけ酒に酔っていればそういう役割を上手くこなすことができるんだ。

いとまを告げて表に出ると霙が降っていた。昼間の好天が嘘のようだった。

しばらく前からノートを持ち歩いている。こうしていろいろと書き込んでいる。あったこととか思ったこととかを書き込んでいる。どうしてこんなことをしているのか自分でもよくわかっていない。もしかすると、不安や焦燥を相対化するためなのかもしれないが、べつに端っから難しいことを考えているわけではない。ふと思いついて始めたら癖になったというだけだ。特定の誰かに向けて書いているわけではない。それでもどっかの誰かに向けて書いているような気がしている。ノートを持ち歩くのは初めてのことじゃない。若い頃は詩を書いたりとかしてた。いっときは小説を書こうとしたこともあったかもな。小説、つっても、自叙伝に毛が生えたような、しょんべん臭いやつだ。ははは。まあ、そういうこともあったんだよ。もうずいぶん昔の話だが。でも、こうして日々のあれやこれやを記録するのは初めてだ。自分がちょっとおかしくなってきていることはそれとなく自覚している。例えば、ほんの三年前の自分がしごくまっとうに思える、というレヴェルで。自分の中の自分じゃない部分が増殖してるかんじだ。こういうのを一般的には狂気というのだろうか。それとも狂気とはまた別のものなんだろうか。わからない。わからないが、狂気、としておくと、収まりがいいように思う。よし、狂気としよう。これは狂気だ。もちろん、狂っているというほどじゃない。まだまだ狂気は正気にいびられて部屋の隅っこで膝を抱えてる。ちびちび玄米茶なんかを飲んでる。なぞなぞの答えを考えてるみたいにも見える。でも、なにかのきっかけさえあれば、そいつはすっくと立ち上がって踊り出すような気がしている。そいつの踊りはなかなかいかすだろう。なかなかいかす女たちもそいつとなら嬉々として踊るだろう。そう思わせる雰囲気がそいつにはあるんだ。けれどもやはり狂気は狂気だ。気のよいダンサーってわけじゃない。時には世の規範にはそぐわないことだってするだろう。おれ自身の想像を絶することだってやってのけるだろう。もっとも、ほんとにそんなことになった暁にはこのノートを記すことはできないだろうが。ようするに、こうしてノートを曲がりなりにも記せるのは、なにはともあれ正気が狂気を押さえ込んでいる間であって、それが残念といえば少し残念だ。

今日は谷脇チーフに売り場での陳列を言いつけられた。今後は陳列の仕事もやってもらうようになるからしっかり覚えるようにと。挨拶もしっかりとな、と冗談まじりに念を押されたが、このあいだの件とこのお達しが関係しているのかどうかはわからない。指南してくれたのは社員の野崎さんだ。野菜を並べるだけじゃねえかと思うかもしれないがそうたやすいものではないんだ。いろいろと細かな決まり事があるんだ。こういう仕事を舐めてもらっては困る。それはそうと、野崎さんは、あまり融通は利かないが、親切な人だ。どうやら同い年らしい。中学の時のクラスに野崎さんみたいなタイプがいたような気がする。いや、たしかにいた。小柄。実直。わりに快活。学校はほとんど休まない。給食も決して残さない。先生にも好かれている。誰もやりたがらない美化委員とかに選ばれたりする。でも成績は中の下くらい。簡単な漢字を読み間違えたりする。女の子の恋の対象にはまずならない。制服の袖とズボンの裾が短くてちんちくりん。……そうだ、思い出した、堂本くんだ。中二と中三のときのクラスメイトだ。堂本くんとは数えるほどしかしゃべったことがない。同じ班になったことは何度かあるのに。掃除当番をさぼると翌朝注意された。ごめんごめんと謝ると笑って許してくれた。でも次もさぼった。それでも許してくれた。宿題をそっくり写させてもらったこともある。おれは堂本くんのことを心のどこかでバカにしていたのだろう。いかにも小人物的な佇まいに耐えられなかったのかもしれない。そういうことなんだと思う。当時のおれは明らかに自分のことを買い被っていた。自分はこの小人物たちのジャングルから余裕で抜け出せると思っていた。そうして薄暗いジャングルさえ抜け出てしまえば、その先にはもっと光り輝く場所があるのだと信じていた。自我を抑圧するのではなくて、解放することのできる世界があるのだと。それを互いに推奨し合う人たちの住む、うるわしく刺激的な世界があるのだと。しかし、そんな世界は存在しなかったんだ。少なくともおれが自力で行けるような場所にはそんな世界は存在しなかったんだ。……とまれ、いま、堂本くんはどこでなにをしているのだろう。どれだけ想像を逞しくしても、弁護士とかパイロットとかプロゴルファーとかになった堂本くんを思い浮かべるのは不可能だ。洒落たボタンダウンのシャツを着て首からIDカードをぶら下げてIT企業や広告代理店で働いているようにも思えない。やはり、どこかのスーパーマーケットの青果部で働いているのを思い浮かべるほうがよっぽどしっくりくる。そうなのだ、堂本くんは野崎さんなのだ。そして今、おれは野崎さんに対して敬語を使い、キュウリやトマトの陳列の仕方を教えてもらっている。彼らに置いてけぼりを食わせたはずなのに、今おれが見ているのは彼らの背中だ。いくらがんばっても、もはや追いつけなくなった彼らの背中だ。

結局、ニット帽の女とはコーヒーを飲みにいった。声をかけられた数日後にこっちから声をかけた。こんちわー、とかなんとか努めて軽いノリで話しかけたんだ。レイコママのコメントがいくらかは関係している。うまくしゃぶってくれるかもよ、のほうではない。へこんでるね、のほうだ。たぶん、そうだ。とまれ、近くのショッピングモールまで歩いていって、マクドナルドのテラス席に坐った。マクドナルドがいいと言ったのは女だ。タリーズの喫煙席は煙がすごくて気分が悪くなる、などとおかしなことも言った。じゃあ公園で話せばよかったじゃないかと思わないでもなかったが、まあいい。コーヒーを飲みながらも悪くない。ちょうどその日はおれもコーヒーが飲みたかったんだ。たとえマクドナルドのコーヒーでも。そもそも、フランス語の名前がついたような小洒落たカフェとか偏屈そうなオヤジがネルドリップで特製ブレンドをいれてくれるような渋い喫茶店とかはこのへんにはないんだ。ほんの数年前まではなかなか気の利いた喫茶店があったんだが、今はもうなくなった。ほとんどがスクエアなチェーン店だ。これが郊外の現状だ。最先端の現象とも言えるようだ。週刊誌にそんなことが書いてあった。それにしても、ショッピングモールの中のちゃちなテラス席と、このニット帽の女は妙にマッチしていた。どちらにも度し難いやるせなさと悲しみが漂っている。いつだったか観た、映画のワンシーンみたいだ。なんていう映画だったたか。もちろん、アメリカのだ。たしか、モノクロのだ。……いや、色はついていたかな? どっちかだ。つーか、どっちかに決まってる。まあ、いい。とにかく、これはこれで絵になっていた、ということがおれは言いたいんだ。

女はこちらがたいして尋ねもしないのにすすんで自らの身辺について話した。かつては神保町の小さな出版社で料理やら手芸やらの本の編集をしていたという。フォトグラファーの男と知り合い、結婚した。男の希望どおりに退職して専業主婦になった。世間的には成功している男で、外面もよかったが、とんでもないDV野郎だった。二度目に肋骨を折られた時に離婚した。ひとりに戻ってからはフリーランスでライターの仕事をしていたが、一方で覚せい剤を常用するようになってしまった。やがて捕まって三年の執行猶予がついた。しばらくは更生施設で過ごした。クリーンになって社会復帰した。それから二度目の結婚をした。今度の夫は印刷会社に勤めるサラリーマンだった。最初の一年はとても幸せだった。ライターの仕事もうまくいっていた。まもなく妊娠した。しかし、七か月目に死産した。原因は女にあった。医者に今後の出産は望めないと言われた。それがショックで夫は狂ったように働きはじめ、家にはほとんど寝に帰るだけになった。女は深酒をするようになった。そうして二度目の結婚も破綻した。離婚後はさらに酒の量が増えた。飲みの席で人に暴力さえふるうようになった。そうやって仕事上の人間関係もほとんど壊してしまった。しまいには朝っぱらから飲むようになってしまった。学生時代の友人に専門の病院に連れていってもらい、そのまま入院した。夏の終わりから秋にかけて群馬の病院で過ごし、三か月ほど前に退院して実家に戻ってきた。今は、父親と、その後妻と、小学生の異母弟と暮らしている。継母とは歳がほとんどいっしょで、今のところはどうにかうまくやっているが、本質的にはまったくそりが合わない。父親の、弟に対する溺愛ぶりにもげんなりさせられる。そもそも自分が、父親の新しい家族にとってとんだ御荷物であるのはわかっている。だから、家を出て自立すべきなのだが、今はお金もないし、新たな仕事をする自信もない。出口のないトンネルに入り込んでしまったような気分だ。——だいたいそんなような話だった。

「酒はやめられたのか?」ひととおり女の話が終わるとおれは訊いた。

女は一瞬怪訝な顔をしてからおれの視線に気づき、自分の震える右手を見下ろして言った。「これはアルコールとは関係ないわ。神経が高ぶるとこうなるの。気にしないで。ねえ、それより、あんたの話も聞かせてよ」

「おれは別に話してくれって頼んだわけじゃない」

「そうだけど、こういうのはキャッチボールみたいなもんでしょ?」

「キャッチボールはガキのころから苦手なんだ」

「じゃあ、なにが得意なの?」

「ショートバウンドのボールをキャッチするのはけっこう得意だ」

「ショートバウンド?　なにそれ?　あたしの話をからかってるわけ?」

「そうカリカリするなよ。ただの冗談だろ」

「……いずれにせよ、あんたってほんと変わってるよね」

「それはこっちのセリフだってこの間も言った」

「ねえ、自分のことを幸運な人間だって思ってる?」

「はあ?　いきなりなんだ?」

「いろんな人がいるじゃない?　この世には幸運な人も不運な人も。まさか、運なんて存在しないって言うつもりはないよね?」

「そういうことなら、どっちとも言い切れないんじゃないか。決して幸運とは言えないが、最悪ってわけでもない。現にこうして生きてて、美味くはないがマズくもない嗜好品を飲んでる」

「ソマリアの飢えた子どもたちに比べたらってこと?」

「……まあ、極端な言い方をすれば、そういうことになるか」

「あんたも、そんな考え方をするのね」

「あんたも?」

「この間、ＡＡで知り合った婆さんに——」

「エーエーってなんだ?」

「アルコホーリクス・アノニマス」

「ああ、わかった。日本語でなんというか知らないが」

「長ったらしい名前よ」

「ふむ。で?」

「そこで知り合った婆さんに言われたの。あなたは甘えてるって」

「ははん」

「この世界にはもっともっとひどい境遇を生きている人がいる、戦争や地震で家や家族を失った人、不条理な差別や抑圧を耐え忍んでる人、無実の罪を被せられて牢獄に囚われている人、そんな人たちがいる、だから身の不遇を託つのはやめなさい、自分がどれだけ恵まれているのかを知れば、ちゃんと更生できるはずだ、常に感謝の気持ちを忘れてはいけない——そんなようなこと」

「ふむ」

「ふざけんな、って言って出てきたわ」

「……出てきたってどこをだ?」

「その話をしてたファミレスよ」

「そういう集会ってのはファミレスでやるもんなのか?」

「集会が終わった後に何人かでお茶したの——ていうか、そんなことどうでもいいじゃない。つまんないこと訊く人ね。もっとマシなこと言えないの?」

マシなことなんか言えそうになかったので、黙っていた。二杯目のコーヒーは紙カップの中で泥水みたいになって冷めていた。小さな子どもの泣き声がショッピングモールの高い天井に反響していた。なにかをねだっているような、幸せな泣き声だった。ねだってはいないかもしれないが、幸せな泣き声であるのはまちがいない。

女はまだ気が済んでいないみたいだった。「あたしたちはいつだってソマリアの飢えてる子どもたちと比べて、自分たちは幸運なんだって思わなきゃいけないの? それで神だか仏だかに感謝しろって? 社会への不満は一切口にするなって? 婆さんの言ってることって結局そういうことになるじゃない?……ねえ、なんとか言ってよ」

「まあ、婆さんが言ってることにも一理はあると思うけどね」

「そりゃあ、どんな話にだって一理くらいはあるでしょうよ!」

「そんなにムキになるなよ。婆さんにはソマリアを想像する余裕がある、きみにはそんな余裕はない、それだけの話だろ。世界の出来事に頭を飛ばすにはそれなりの幸運が必要だってことさ」

「あんたには?」

「きみの境遇ならなんとか想像することができる」

「つまり、あんたも最悪の方向に針が傾いてる」

「あるいは、そうなのかもしれないな」

女は再びタバコに火をつけた。もう我慢の限界だった。おれにも一本くれ、と言って、マールボロのパックから一本抜き取った。女が景品のライターで火をつけてくれた。深く吸い込んだ。頭がくらくらした。ちょっとした地震が発生したみたいだった。墨汁かなんかをひと滴垂らしたみたいに目に見えている世界の色彩がかすかにくすんだ。それから落ち着きがやってきた。懐かしい落ち着きだった。今なら、ソマリアの惨状を少しは想像できそうだった。で、じっさいしてみた。言うまでもなく、連中に比べたらおれははるかに幸運だった。しかし、だからといって、いい気分にはなれなかった。神に感謝する気にもなれなかった。それから、そんなことを思っている自分にげんなりした。だってそうだろう？　ソマリアはちんけなおれたちのちんけな気分のために存在してるわけじゃない。

別れ際になってはじめて名乗りあった。菅原、とおれは苗字を名乗った。キノ、と女は下の名前を名乗った。キノ——はっとした。おふくろ方のおばあちゃんと同じ名前だったからだ。幼い頃はおばあちゃんの脇で寝るのが好きだった。おばあちゃんの匂いを嗅いでいるとどういうわけか安心したものだ。夏休みの間はずっとおばあちゃんの家に泊まりにいってた。そもそもが田舎だったが、おじいちゃんおばあちゃんの家はもっと田舎だった。茜色の夕焼けやらタマネギ畑の畝やら陽の光を反射してきらめくせせらぎやらが早送りのスピードで脳裏をよぎっていった。人生のことも社会のことも世界のことも一秒だって考えなかった時代の記憶だ。そうして我に返った。ずいぶん遠くへ来てしまったと思った。こんなに遠くに来なくたってじゅうぶん生きられたんじゃないかと思った。もっとつつましく堅実に生きる方法なんていくらでもあったろう。多くのクラスメイトたちが辿ったような道が。例えば、地元の農協や商工会で働くとか。そこそこ成績は良かったんだ、少し頑張れば、地方公務員にだってなれたかもしれない。そうすれば、今頃は、見た目は十人並みだけど気立てのいい妻なんかが傍にいて、出来はたいして良くないけど素朴でかわいい子どもも二人ぐらいいて、老いてゆくおふくろの面倒だって看られたかもしれない。でももう遅い。完全に手遅れだ。今さら帰ったってろくな仕事にありつけないだろう。せいぜいがスーパーマーケットでキャベツを切るような仕事だろう。そうして、昨日の出来事と三十年前の思い出を混同しはじめたおふくろと傷を舐めあいながら細々と暮らすのか？「疲弊した地方都市の暮らし」とかいうタイトルのＮＨＫの特番から取材を受けるのか？　それを思うと、全身から力が抜けた。嘆息をもらしてしまったのかもしれない。あるいは舌打ちでもしたのだろうか。「どうしたの？」とキノが訊いてきた。「なんでもない」とおれは答えた。

クロとキジといっしょにシリーズ物のサスペンスドラマを観るともなしに観ていると呼び鈴が鳴った。出ると石森だった。いやな予感がしたが、追い返せるような雰囲気ではなかった。というか、こいつはいつもそんな雰囲気をまとっている。追い返すと後々ひどい目に遭うような気がしてしまう。ならば、いやな予感がしようが気が進まなかろうが受け入れたほうがいい。……いや、おれは単に臆病なのか。……臆病なんだろう。それは認める。しかし、単に、ではない。そんなわけないだろ。でもまあ、いずれにしろ、やったことは同じだ。おれは受け入れた、石森を。びっくりするじゃねえか、電話くらいしろよ、とは言っておいた。石森が部屋に入ってくると猫たちは一目散にパイプベッドの下にもぐり込んだ。猫たちはシンプルなんだ。後の損得なんて歯牙にもかけない。石森は手みやげにサラミとチーズと紙パック入りの徳用赤ワインを持ってきていた。それらを飲み食いしながら、いっしょにサスペンスドラマの続きを観た。ひとりで観ているときはいいかげんに流し観ていたのに、石森が横にいると否応なしに真剣に観るはめになった。しかし、真剣に観るには、ひどすぎる出来のドラマだった。人が簡単に殺されすぎた。登場人物たちは唖然とするほどに深みがなかった。情欲と嫉妬と憎悪という三本の糸で操られたずさんな人形みたいだった。白痴のようなうわ言を真顔で吐いては涙なんかも流しやがった。役者たちも与えられたセリフに戸惑っているように見えた。つまり、ひどい演技だった。どっかのバカ高校の文化祭並みだった。石森はシュールだな、などと皮肉っては笑っていた。おれは笑う気にはなれなかった。だって、ゴールデンタイムの地上波だ。一日のうちでこれしか楽しみがないってやつもいるかもしれないんだ。やはり視聴者を舐めてるとしか思えない。こんな糞みたいなドラマのスポンサーに大手の食品会社やら家電メーカーやらが名前を連ねているのが不可解だ。それに、テレビ局のプロデューサーやディレクターってのは優秀な大学を出ているんじゃないのか。高等な教育を受けてるんじゃないのか。それってつまり、アドバンテージを有してるってことじゃないのか？　責務ってものがあってしかるべきだろ？……すげえ。あいた口が塞がらない。けれどもまあ、時間つぶしにはなったんだろう。おのれの人生から目をそらすことにも少しは役立ったかもしれない。これを観ている誰もが時間つぶしを求めているのだろうか。自分の人生よりはこんな糞ドラマのほうがまだいくらかはマシということか。それともこんな糞ドラマこそを人々は積極的に求めているのか。いずれにせよ、世の中はろくでもないことになっている。退廃は極まっている。倫理もへったくれもない。お先は真っ暗だ。そろそろ誰かが終わらせるべきなんじゃないのか。誰かって誰だよ？　……いや、あるいはぜんぶ逆なのかもしれない。つまり、これはすこぶる上質のドラマで、この世の中も最高に素晴らしい。未来への輝かしい希望で溢れかえっている。それらを糞だと思っているやつこそが本物の糞だということだ。たしかに。たしかにそうだ。そっちのほうがよっぽど説得力がある。

ならば、世の中を終わらせる誰かなんて必要じゃない。その誰かがいったい誰なのかなんてことで頭を悩ませる必要もない。

「どうする気だ?」ドラマが終わると石森が切り出した。

「どうする気だ?」おれは繰り返した。いやな予感がしたことはさっき言ったとおりだ。

「これからのことだ。これからどうする気だ?」

「まあ……なんとかなるだろう」

「なんとかならないかもしれない」

「でも、なんとかするしかない」

「そう、なんとかするしかない」

「うむ」

「あてはあんのか?」

「なあなあ、石森。なんで、おまえがおれのこれからをそんなに気にするんだ?」

「それは」と言って間を置くと、石森はこれ見よがしに眉間に皺を寄せた。「マブダチだからさ」

吹き出した。安ワインが気管に入った。しばらくむせた。石森は、思わずこっちの胸が切なくなってしまうような笑い、そう、あれだ、例のとっくりセーターを着た少年の笑いだ、それを目に浮かべていた。

まあ、じっさいそんなかんじのセーターを着ていたんだが。

「おまえは自分で思っている以上に追い込まれている」石森は厳つい表情に戻して言った。

「まあ、そうなんだろうな」おれは同意した。「おまえのほうが物が見えてるってことも認めるよ」

「で、おれには相棒が必要だ」

「その話は断わったはずだ」

「のめのめと乗ってくるようなやつは信用ならない」

「ちゃんと探せよ」

「銀行の掲示板に貼り紙でもするか」

「それもいいんじゃないか」

「戯言はおしまいだ」

石森はおれを見据えた。その黒い目に表情はなかった。しかし、かつては何かが宿っていたと思わせる無表情さだった。

「来週の水曜の夜だ」

「……気が乗らないな」

「誰だって経済活動に参加しなければ生きていけない」

「はあ？　経済活動に参加する？　経済が聞いてあきれるね」

「……大丈夫か？」

「ん？」

「おまえは時々とんでもなく陳腐な物言いをする」

「おまえはっておまえこそ――」

「なあ、菅原」

「なんだよ?」

「奪い返すんだ」

「奪い返す?　何をだ?」

「おまえが知らず知らずのうちに奪われてきたものをさ」

「はあ?」

おれは頭が悪いのかもしれなかった。自分で思っている以上にまぬけなのかもしれなかった。石森は先を続ける代わりに上唇を歪めて笑った。今度の笑いはとっくりセーターの笑いではなかった。この世界が汚穢に満ちていることをひしひしと実感させられる笑いだった。


翌日は朝から霧雨が降っていた。午後はそれでも歩いた。家でじっとしていると頭がどうにかなってしまいそうだった。このごろはいつもそうだが、この日はとりわけそうだった。酒を飲むという手もあったが、日が沈む前から飲むのは避けたかった。それをやり出すと人生の坂道を一気に転がり落ちることになるだろう。坂道をのぼるには、知性や体力や鍛錬や情熱や縁故や運や金やその他が要る。たとえそれ以上のぼらなくとも同じ位置で踏み止まるのにさえ、それらのうちのいくつかは必要だ。そうだろう?　しかし、下るにはそれらのどれ一つ要らない。自制心さえなくせばいい。そのくらいの自制心はまだあった。ならば、歩くしかない。尻尾を摑みたかった。せめて、もう少しで摑めそうな、今は摑めなくともいずれは摑めると思わせてくれるあの感じが欲しかった。ひたすら歩いていれば、多かれ少なかれそういう感じになれる。もちろんなれないこともあるが、けっこうな確率でなれるんだ。

まさかとは思ったが、もみのき公園にはキノがいた。あずまやでタバコを吸っていた。タバコを吸ってるだけではなかった。泣いていた。どうしたんだ?とは訊かなかった。それは野暮というものだろう。邪魔したな、と言って立ち去った。ほとんど立ち去りかけた。十五メートルは歩いていた。ちょっと待ってよ、というキノの声が背中越しに聞こえた。いつものようにiPodとイヤフォンで音楽を聴いていたが、それでも聞こえた。ちょうど静かな曲がかかっていたんだと思う――何がかかっていたかは忘れたが。振り向くと、キノは涙まじりの鼻水をかんでいた。

「ねえ……あんたさ」ひくひく、と初めて友人の裏切りに遭遇したおてんば娘みたいにしゃくりあげながらキノは言った。「ティッシュ持ってない?」

ティッシュは持っていなかったがハンカチは持っていた。ハンカチを持ち歩くのは小さい頃からの習慣だ。おふくろに植えつけられた習慣だ。十五メートル戻って、ハンカチをジーンズの尻ポケットから引っぱり出し、キノに差し出した。それを受け取りながらキノが尻の位置をずらしたので、その空いたスペースに坐ってイヤフォンを耳から外した。そこで思わず、どうしたんだ?と訊いてしまった。野暮をしたというわけだ。

キノは濡れてぼろぼろになったティッシュをそのへんに放ると、おれのカルヴァンクラインで口元を覆った。それから、こちらを見ずに言った。「女を殺した」

「はあ? な、なんて言った?」

「女を殺したって言ったの」相変わらずしゃくりあげてはいたが今度ははっきり聞こえた。自分のつま先に目を落としたままだった。「女。父親のいけずな奥さん」

頭から血が引いていくのがわかった。というか、今の今まで知らなかったがこめかみにはじつは栓がされていてその栓が抜かれたみたいだった。その両穴ぼこから血が、いや血だけじゃなくていろんなものが、たぶん脳髄と呼ばれるものなんかが液状となって、どぼどぼと流れ出していた。まわりの世界がジェット風船みたいに萎みながら遠のいていった。何も言えなかった。言えっこなかった。

「うっそー」キノが鼻声で言った。

何を言ってるのか意味が摑めなかった。日本語じゃないみたいに聞こえた。うっそー？　うっそーってなんだ？

「うっそー」キノは繰り返した。それからおれの素敵なハンカチで勢いよく洟をかんだ。その音に呼応するように視野の中に世界が戻ってきた。「ひょっとして、あんた、本気にしたの？」

「……ううう」呻きとも溜息ともつかない音声が上下の歯の間から洩れ出た。元に戻ったはずの世界は元と同じではなく、なにか別のものになってしまっていた。

「ばっかじゃない？」そう言うキノは泣きながら笑っていた。泣きながら笑うなんて芸当は、おれの知ってる限り女にしかできない。やはり脳の仕組みがちがうんだろう。「殺すわけないじゃん。テレビドラマじゃないんだからさー」

「……くそったれ」ようやく言葉が出てきた。「タバコよこせ」

結局、その後、キノとやってしまった。やっちゃう？とキノが蹴ってきた空気の足りないサッカーボールを、やっちゃうか、とおれも蹴り返した。それで、高速道路のインター付近まで霧雨の中を傘なしで歩いていった。そのあたりにラブホテルが林立しているからだ。思っていたよりも遠かった。一時間近くかかった。途中ディスカウントストアに寄ってオープナーなしで開けられるチリ産の赤ワインを二本買った。霧雨とはいえ、ホテルに着くころには、二人ともびしょ濡れだった。部屋に入るや、おかしくなった。キノをみると、キノも笑いたいのをこらえているみたいな表情をしていた。なんだよ?と笑いをこらえながら言った。あんたこそなによ?とキノも笑いをこらえながら言った。吹き出したのはほとんど同時だった。笑いの炎はたちまち膨れ上がった。一方の笑いはもう一方の笑いに酸素を供給した。そうして何分間か二人して笑い転げた。文字通り床に転がって涙が出るくらいに笑い続けた。なにがそんなにおかしかったのだろう?ラブホテルまで雨の中を一時間も歩いてきたからか?びしょ濡れのくせにホテルをえり好みしたからか?ホテル代をきっかり割り勘にしたからか?部屋の造りがこれ見よがしにロマンチックだったからか?そういうぜんぶが青春ごっこみたいに思えたのか?いずれにせよ、妙な照れがあったのはたしかだ。少なくともおれにはあったし、キノにもそんな様子が見て取れた。べつに好きあってるとかじゃなかった――そんなわけないだろう。かといって、情欲に突き動かされて、というかんじでもなかった。もっとやけっぱち、かつ祝祭的なノリだった。ほかにたいしてやることもないし、一度試してみるか、うまくいけば気持ちいいしな、みたいなかんじだった。笑い終えると、ワインの栓を開けてプラスチックのコップに注ぎ、乾杯した。飲んでも大丈夫か、とかそんなことは訊かなかった。こんな時に飲めないんだったら死んだほうがマシじゃないか。あんたいつ以来?とキノが訊いてきた。何がだ?とおれは訊き直した。だから、つまり、その、とほんの少し恥じらってからキノは言った。ファ、ッ、ク、のことよ。おれは考えた。最後の相手やそのシチュエーションは考えるまでもなく覚えていた。それがいつだったかを考えて計算する必要があった。ざっと二年ぶりだな、と答えた。え?ほんとに?と問い返すキノはにわかには信じられないみたいだった。ああ、ほんとだ、すごいだろ、とおれは自慢げに言ってやった。それから、そっちはどうなんだ?と訊いた。キノは即座に、二日ぶり、と答えた。それもたまらなくおかしかった。おれたちはまた笑った。そして、飲み続けた。けっこうなペースで飲み続けた。一本目はすぐに空いた。何をしゃべったのかはあまり覚えていない。この素晴らしき世界を称えたりしたんだろう。それから、バスタブに湯を張って順番に入った。キノが先で、おれが後だった。あわあわの風呂に浸かっているうちにおれはやる気がなくなってきた。酔ってはいたが、あとで引き受けることになるかもしれない面倒のことを忘れるほどには酔っていなかった。やっぱ風呂から出たら帰ろう、と思った。家に帰っていつものように自分で慰めよう、と思った。でも、バスタオルを腰にまいて部屋に戻ると、素っ裸のキノが飛びかかってきた。それで、またやる気になった。やけっぱちな気分が戻った。祝祭的な気分が戻った。で、じっさいにやった。やり方は忘れていなかった。なかなかに盛り上がった。スポーツみたいなファックではあったがなかなかに盛り上がった。

終わって、ベッドに並んで横たわりながらタバコを吸っている時に、キノがだしぬけに、ジグソーパズル、とつぶやいた。

「ジグソーパズル?」

「そう、ジグソーパズル。小学生の頃だと思うけど、一時期夢中になってた」

「ふむ」

「兄貴が凝っていたの。あたしはそれに便乗してたってこと。……あんた、ジグソーパズルは?」

「たぶん、おれも小学生の頃だ。流行っていたのかもな。ひょっとしたら、きみの兄さんと歳がいっしょなのかもしれない」

「あれってさ、千ピースくらいのになると、必ず一つや二つは間違っているのに合っているように見えて、しかも穴ぼこにちゃっかり収まってしまうピースがあるじゃない？　最後のほうになるまでそのことに気づかないってやつが」

「ああ、そうだったかもしれない」

「あたしたちの人生にもそういうことってあるよね」

「まあ、言いたいことはわかる」

「あとさ、何週間もかけて作ると、途中でピースをなくしちゃって――だから、例えば、掃除機に吸い込まれちゃったりとかでピースが足りなくなって、完成できなくなっちゃったやつとか」

「ははん」

「……あたしもさ、どっかでピースをなくしちゃったような気がするのよ。どこでなくしたのかもわからないから探すこともできない」

「でもまあ、そういうもんだろ、生きてるってのは」

「……そうかもしれないけど、あたし……」

「人生なんて完成させる必要はないんだ」

キノは天井を凝視したまましばらく黙っていた。それから「そうね」と言った。

おれは自分がけっこう気の利いたことを言ったつもりになっていた。けっこう気の利いたことを言ったのも二年ぶりかもしれなかった。ファックの後には、誰でも少しは気の利いたことが言えるのかもしれなかった。

いつしか眠りに落ちていた。夢のない眠りだった。深い眠りだったのだろう。目覚めた時にはもう少しで日付が変わるところだった。隣にはキノが寝ていた。……いや、寝てはいなかった。肩を震わせて泣いていた。気の利いたことを言ったつもりになっていたことが、たちまち恥ずかしくてたまらなくなった。うぬぼれもはなはだしい。つまるところ、午後いっぱいかけておれは傷心を抱えた一人の女を泣かし、自分は自分で羞恥と自己嫌悪の汚水に首まで浸かっていたというわけだ。

翌日も朝から野菜を切り続けた。切ったそれらをラッピングし続けた。ラッピングしたそれらを売り場に陳列し続けた。黙々と作業しながら、ふと気づくとジグソーパズルのことを考えていた。おれの人生のジグソーパズルはひどく錯綜していると思った。何種類かのパズルをごちゃ混ぜにしてしまったみたいだった。白い雪を被った富士山のやつと笹を食むパンダの親子のやつとティファニーで朝食をのオードリー・ヘップバーンのやつと……まあ、そんなかんじで、もはや収拾がつかなくなっていた。どのピースが富士山のやつなのかもどれが合っていてどれが間違っているのかもそもそものちんけなかけらがジグソーパズルのピースなのかもわからなくなっていた。そうして、ついに指を切った。一年間も切らずにやってきたのに、ついに指を切った。真っ赤な血がほとばしり出た。あっという間にあたりが血の海になった。溝口さんをはじめ、パートのおばさんたちが悲鳴を上げた。野崎さんが社用車で救急病院に連れて行ってくれた。幸い、縫合するだけですんだ。指を一本失わずにすんだ。でも、こたえた。なによりも心にこたえた。三日間仕事を休まされた。陳列作業ならできますと訴えたが、いや休んでくれと谷脇チーフに諭された。もちろん、有給休暇じゃない。そのぶん来月の給料は減る。なんてったってパートの身だ。国民健康保険証を持っていないことや厚生年金を長らく収めていないことが職場にばれた。ばれたからといって雇用の存続を見合わせるとかではないようだったが、やはりばつは悪かった。自分は社会の底辺にほど近いところに生息している人間なんだと気づかされた。いや、気づいてはいたがその事実にあらためて直面させられた。そういうことを含めて、すごくこたえた。休んでいる間は歩かなかった。サンクチュアリにも行かなかった。キノには会いたいような気がしたが連絡先は知らなかった。そもそも会いたいという気持ちが痩せた土地に生えているぺんぺん草みたいに思えた。そうすると、あのことが頭の中で肥大した。カミュが言うところの、真剣に扱うべき唯一の哲学的問題が。柄にもなく死後の世界について考えてみた。自らを殺めた連中が行かされるだろう地獄のことなんかを。しかし、考えれば考えるほど、そこが今いるここに比べて、そんなにひどいところには思えなかった。気の合うやつがけっこういるんじゃないかと思ったりもした。気の合うやつらといっしょなら巨大な岩石を山頂までせっせと運ぶのもせっかく運んできた岩石が谷底に転がり落ちてゆくのを見届けるのもそれなりに楽しんじゃないかとか。それからしばらくして、死後の世界なんて存在しないという普段の考えに戻った。死んだらすべて終わり。そこは無。闇さえ存在しない無。明快だ。いずれにしても、部屋には梁の類いがなかった。部屋は一階で飛び降りようがなかった。手首を切って本当に死ねるんだろうかと考えた。硫化水素だかなんだかはどうやって作るんだとか。ピストルがあればなと思ったりもした。ピストルのことを思いついてから考えは徐々に脱線していった。脱線していってしまいにはいささか楽しくさえなった。アメリカに生まれれば良かった、いや今からでも遅くない、金を貯めてアメリカに渡ろう、などと若い頃にさんざ考えたファンタジーが、つかのま胸を熱くした。もっとも、醒めるまでの時間は若い頃には比べるべくもなく短かったが。

復帰した日の休憩時間に溝口さんが話しかけてきた。息子さんは結局ベルリッツだかイーオンだかに通うことになったらしい。溝口さんは安堵していた。少なくとも当面は木星やらタイタニック号やらに送り込むことがなくなって安堵していた。それはよかったですね、と言っておいた。沈んでいく船の話や船を乗り換える話はまったく出なかった。考えるには大きすぎる問題なのかもしれない。あるいは逆に日々の生活においては小さすぎる問題なのかもしれない。それから、ここ数日続いた寒さでようやく冬が終わったという話になった。春は好きだけどちょっと怖くもあるのよね、などと溝口さんは言っていた。どうして怖いのかの話は忘れてしまった。適当に相づちを打っているだけでろくに聞いていなかったのだろう。今度家に食事をしにこないかと誘われたような気もする。いや、誘われたはずだ。息子と話をしてやってほしいとかなんとか。なんでだ? なんでおれが溝口さんの息子と話さなきゃならない? そもそも何をだ? それも断片的にしか覚えていない。まあ、いい。ただの社交辞令かもしれない。指を切ったことと何か関係があるのかもしれないし、まるでないのかもしれない。もっと具体的に誘われた時に考えよう。

野菜を切り始めると再びジグソーパズルのことが脳に食い込んできた。自分の人生というよりもこの存在そのものがばらばらのジグソーパズルみたいに思えてきた。ピースはとうに足りなくなっていた。破損しているのもたくさんあった。そうして、自分の中の自分じゃない部分がいっそう増殖していることに気づかずにはいられなかった。それでも狂気のやつは依然として部屋の隅っこでぬくぬくと足の爪なんかを切っていやがった。それでいいのかもしれなかった。そんなんじゃまずいのかもしれなかった。

本格的な春の到来を感じさせるいやに生暖かい夜だった。タバコを吸いつつ日々のあれやこれやを書き留めていると石森が迎えにきた。古めかしい緑色のマツダのスポーツカーに乗ってきていた。前のときは真新しいスズキのバイクだった。前のときと同じように運転するつもりで酒を飲まずにいたのだが助手席に乗せられた。出発してまもなく、バイクはどうしたんだ?と訊いた。あのバイクには問題があるんだと石森は答えた。問題ってなんだ?と訊くと、説明するのは面倒だと言われた。車を持っているなんて知らなかったぞと言うと、まだおれのとは言えないという答えが返ってきた。まだということはいずれおまえのものになるのか?と訊くと、まあそういうことだ、うまくいけばなと答えた。うまくいけばって今夜のことか?とさらに訊くと、おまえはつまらない質問をし過ぎると叱責を受けた。叱責? まあ、そう言いたくなるような厳しい言い方だった。それでもおれは続けた。黙っていられなかった。

「やっぱバイクのほうが都合がいいんじゃないのか」

「それは都合による」

「いずれにしても、この車は目立ち過ぎると思うな」

「おれのものになったらとっとと売るさ」

「ずいぶんややこしい話なんだな」

「そうでもない」

「しかし、この車ってさ、おれたちが中学か高校の時に売り出してたやつだよな」

「さあね」

「いや、間違いないな。おれんところは田舎だから、思春期になるとたいていの男子が車やバイクに興味を持つんだ。免許を持てるようになったら何に乗るかとかそういうことを雑誌とかパンフとかを見ながら話すんだ」

「ははん」

「懐かしくなってきたよ」

「乗ってたわけじゃない」

「そりゃあ乗ってたわけじゃないけど、コマーシャルとかでよくやってたし、道で見かけるとみんなして振り返ったものさ。……そうそう、思い出したよ。前田ヤスオってダチがいたんだけど、そいつは男ばかりの四人兄弟で、いちばん上の兄貴がこの車に乗ってたんだ、色は赤だったけどな。一度みんなでおーっとか騒ぎながらベタベタ触ってたら、こっぴどく怒られたよ。はははは」

「……」

「それにしてもさあ、あのころっておれ、自分の将来は素晴らしいものになるって確信してたよ。今になって思えば、うちって母子家庭だったのに……しかも、当時は気づいてなかったけど、欧米ふうに言えば、ワーキングクラスってことじゃねえか、おれんとこって。ようするに、ハンデがあるってことじゃん？　それなのに、どうしてあんなふうに――」

「なあ、菅原」

「……ん？」

「指を切った以外にもなんかあったのか?」

「はあ?　べつに」

「やけにそわそわしてないか?」

「……つまり?」

「そのおしゃべりな口を閉じてくれ」

「……」

口を閉じると、春は怖いのよねという溝口さんの物言いを思い出した。それがなんとなくわかるような気がした。いや、溝口さんが言ってるのとは違うのだろうが、それがわかった。怖い。春になるとみんなが浮かれ始めるからだ。空気に希望が充満するからだ。たとえ、それがある種の人間には手の届かなくなったものであれ、ひょっとしたらまだ手が届くんじゃないかと錯覚してしまうからだ。それからふいにキノのことを思った。そして、最初の日にキノが言った、あたしたちは同じ川の流れに足を浸している、とかいう言葉を。その時はたいして気に留めなかったそれが、俄然身に迫ってきた。そうだ、そのとおりだ、おれたちは同じ川の流れに足を浸している。そう、たぶん、石森も。もっとも、この男はおれたちよりずっと川下に……まあいい。次にキノに会った時はそのことを話そう。ファックをおっぱじめる前に。

そんなことを頭の中でこねくり回している間も緑のスポーツカーは走り続けた。知らない道の上を走り続けた。知らない景色の中を走り続けた。じつは知っているのかもしれなかったがその時のおれには知らないように感じられた。不慣れな車体の低さがそう感じさせるのかもしれなかった。石森は一言もしゃべらなかった。おれはしゃべりたかったがしゃべる相手がいなかった。ラジオのパーソナリティの男とゲストのタレントだかミュージシャンだかの女だけがよどみなくしゃべっていた。音楽と恋愛と桜の季節を巡る浮かれたおしゃべりだった。同じ時代の同じ社会に暮らしているとは思えないおめでたいおしゃべりだった。両人ともどうやら代々木公園にほど近いところに住んでいるらしかった。さすがにそんなところの高級マンションに住んでいるやつらは違う。石森もそのように思っているような気がしてならなかったがそれを口にするのはやめた。石森の横顔には相手に沈黙を強いる、例の表情が浮かんでいた。おれはラジオを消した。すると乾いたエンジン音だけが響く奇妙な静寂に包まれた。あたかも誰かが注意を払ってくれているような静寂に。あるいは、その誰かが安全な場所にかくまってくれているかのような不思議な安らぎに。不思議というか、神聖さすら覚えてしまう安らぎに。と、少し前と同じ道を走っていることに気がついた。これは訊かずにはいられなかった。なんで同じところを走ってる？

「さっきは客が多すぎた」

「ん？」

「見ろ。右だ」

右を見た。少し奥まって小高くなったところにお馴染みの看板のファミリーレストランがあった。明るい店内が闇の中に浮かび上がっていた。石森は車を左脇に寄せつつ減速させた。その減速が急すぎたのだろう、中型のトラックがクラクションを轟かせながら右側を追い越していった。

「数えろ。客は何人だ？」

数えた。「二組、四人。でも、奥にもテーブルがある」

「この時間は奥には坐らせないんだ」

「……しかし、石森、いくらなんでも——」

「防犯カメラがダミーなのもホールには店長しかいないのも確認済みだ」

石森はそう言って流し目で新米の相棒を制すると再び車を加速させた。おれはシートの上で体をよじって遠ざかるファミレスの店内を見つめ続けた。黒っぽいスーツを着た四十がらみの小男が窓際のテーブルを片していた。顔もスーツもくたびれきっているのが、その距離からでもはっきりわかった。どういうわけか、一瞬、堂本くんのことが脳裏をよぎった。ファミレスで店長に昇進してサービス残業を強いられているかもしれない堂本くんのことが。

スポーツカーは次の交差点で右折用のレーンに入った。Uターンさせるつもりらしかった。ウィンカーの、カッシャカッシャ、という音が迫り来る時をカウントしているように聞こえた。赤信号の赤がやたらと膨張して見えた——まるで静止した鬼火みたいに。

「なあ」とおれは言って唾を飲み込んだ。「一つ訊いていいか?」

「手短かにしてくれ」

「スモモもモモもモモのうちってのはどういう意味だ?」

「おれもおまえも人間だってこと」

「……」

「まあ、ちょっとしたシャレさ」

「……なんで、それを?」

「ようするに、サインだ」

「サイン?」

「ああ。ピカソの絵にはピカソのサインがある」

信号が青に変わり、車がゆっくりと前方へ進み出た。

忽然とあの感じになっていることに自分でも驚いた。そう、尻尾を摑みかけていた。ずっと摑めそうで摑めなかった尻尾を摑みかけていた。

「菅原」と石森はハンドルを切りながら言った。「手はずは大丈夫だな?」

「ああ」とおれは言った。「大丈夫だと思う」

「一言も発さなくていい」

「ああ、わかってる」

「目は合わせるなよ」

「は? なんだそれ?」

「言ったろ、相手の喉仏を見るんだ」

「そうか、そうだった」

左前方にファミレスが迫りつつあった。上空では潰れた月が煤煙のような雲を纏いつつ禍々しく光っていた。おれは店長の目を見てしまう自分を想像して身震いした。

しらふで生きる方法

How to Live Sober

ぶるると半身を震わせながら彼女は目を覚ました。

いやに明るかった。空の白さが目を射抜いた。児童公園のベンチに体を横たえていた。頭にあてがっているのは自分のトートバッグ。時間はわからない。コートを着た勤め人たちが傍らの道を足早に歩いているのが視界に入っておおよそを知った。彼らは通りすがりに彼女を一瞥していった。あるいは目もくれなかった。石ころをぎゅうぎゅうに詰め込まれたかのような前頭部の痛みと呼吸するのが苦しいほどの喉の渇き。地面では吐瀉物が半乾きになっていた。レザージャケットの袖口にもそれらしき汚れがある。片方のバレリーナシューズが脱げて、ベンチから数メートル離れたところで裏返しになっていた——彼女という島から逃げ出そうとして途中で転覆した小舟のごとく。ベルトとデニムの前ボタンが外れていた。下着が少し見えていた。そうして徐々に意識の底からおぼろげな記憶が異臭を放つ煤煙よろしくゆらゆらと立ちのぼってきた。またやってしまった。進んだつもりがまた戻っている。進んだ以上に戻っている。目を瞑った。自分は瀕死の鼠なのだと想像してみた。……いや、このますんなりと死ねるわけがない。そんなに甘くはない。

起き上がった彼女はその足で病院へ向かった。

そこで九十六時間を過ごした。

「あんた、飲んだくれだよな?」

彼女は父親の後妻に頼まれた買い物を終えてスーパーマーケットの裏口から出てきたところだった。午後もだいぶ遅くなっていた。空一面に灰白色の雲が敷き詰められていた。風はほとんどない。いや、あった。音階を踏み外してひずんだテナーサックス。散りかけたソメイヨシノのうすいピンクが目の端にちらついた。レザージャケットを着て襟巻きまでしているのに肌寒かった。春は春でもどこかもっと緯度の高い地域に訪れるはずのひどく無愛想な春だった。大気は先刻に比べるといくぶん色を増したかもしれない。夜の青みが加わるまでにはまだ少し間があるだろう。だるかった。気が塞いでいた。わずかに頭痛もしていた。指先が痺れることはなくなっていた。自転車置き場につながるなだらかなスロープを歩いて降りている時に、だしぬけに男の声が聞こえたのだった。

「飲んだくれのろくでなし女。ハハッ」

男はスロープと平行に設置されたツツジの植え込みを低く囲むコンクリート・ブロックに尻を載せてほとんどしゃがむように座っていた。膝の上に置かれた枯れ枝みたいな手にはカップ酒が握られていた。もう片方の手の指には紙巻きタバコが挟んであって、そこからうす青い煙が立ちのぼっている。

ちらりと男の顔を見てすぐに目をそらした。それでもいくつかのものはすでに目に入っていた――深緑の野球帽、いぶし銀の不精ひげ、えんじのウインドブレーカー、二本のネオンブルーのラインが脇に入ったネイビーブルーのジャージ、そして、もともとの色がなんだったかわからないほどにくたびれたマジックテープ式のトレーニングシューズ。

彼女はつとめて視野を狭めて男の前を通り過ぎ、停めてある自転車のところまで歩いていった。帆布のショッピングバッグを前カゴに入れ、前輪に巻きつけてあるワイヤーロックに三桁の番号を入れて解錠した。それからコットンパンツの左前ポケットからキーを取り出して後輪の固定式ロックに差し込み、それも解錠した。

「とぼけたってむだだね。おいらはちゃんと見てるんだ。いつだって見てるんだ。なあ、おい、せっかくだから、一杯付き合えよ」

そう言っている男の声が聞こえていた。しゃっくりのような音も聞こえた。続いて、カカカカ、というどこかのお屋敷で時を刻む古時計が臨終の発作を起こしたみたいな笑い声。この世界の裏側ぜんぶに響き渡るくらいの派手な笑い声だった。

自転車に股がってペダルに足をかけた。一瞥をくれてやるつもりで振り返った。男の姿はすでになかった。けれども金属的な笑い声は耳から消え去っていない。何がなんだかわからなかった。怖くなった。とにかく自転車をこぎはじめた。必死にこいだ。ほとんど全速力。雲に覆われた空を仰ぐとその向こうに太陽のあるあたりが慰めの在り処を知らせるみたいにほのかに光っていた。長い一週間がようやく終わるところだった。こんなんでやっていけるのか、ものすごく不安だった。

昼時に電車とバスを乗り継いで出かけた。

前の晩の早い時間に降り出した雨がまだ降り続いていた。雨脚はだいぶ鈍ったもののまだ降り続いていた。途中、増水して濁った一級河川を越えた。時折、芽吹き始めたばかりの新緑が目に入る。何かを感じようとしている自分と何も感じないようにしている自分とがいた。

出かけたのは二つ隣の市にあるキリスト教会でのアルコホーリクス・アノニマス、すなわち断酒のための自助グループの集まりに参加するためだった。女だけの集まりに参加するのはその日が初めてだった。リーダーの人はすぐに見つかった。白いものの目立つ髪を後ろで束ね、脂質が慢性的に不足しているような肌つやの、五十歳くらいの小柄な女性だった。

簡単に挨拶した。本名は名乗らなくていいことになっていた。便宜上どうしても呼び名を求められる時はKということにしていた。

「今日はどうされたいですか?」と訊かれた。「お話を?」

「いいえ」と彼女は言った。「聞かせていただくだけで」

女性は口元を引き締めてにっこり笑った。

彼女もどうにか笑みを返した。

集まりは〈集会室〉というプレートの掲げられた中学校の教室ほどの大きさの部屋で行われた。前方の壁に埋め込まれたホワイトボートの傍らに掛字がしてあり、そこに「狭い門から入りなさい」という新約聖書の言葉が、上手くはないが豪快な筆遣いで書き写されていた。言葉はひょっとしたらその月の標語かで、毎月替わるのかもしれない。とくにそのことを示す表記はないもののなんとなくそんな雰囲気があった。

参加者は十五人ほどだった。どうして教会でこの集まりが行われているのかは知らなかった。牧師がアルコホーリクス・アノニマスの趣旨に賛同しているとか中心的なメンバーがその教会の信者だとか、おそらくはそういうことなんだろう。リーダーの女性がそうなのかもしれない。誰かが持ってきたどこかの観光地の土産ものらしい二口サイズのお饅頭が配られた。食べる気はなかったが彼女もそれを受け取った。ドアの傍らのスチール机の上には魔法瓶に入れられた番茶が用意されていて、それは各自で湯のみに注ぐことになっていた。湯のみの大きさやデザインはまちまちだった。いくつかは縁が欠けていたりひびが入っていた。油性のペンでイニシャルらしきアルファベットが記されているものもあった。ムーミンのイラストがプリントされたマグカップも二つほどあった。

その日は二人の女性が自分の体験を話した。

一人目は彼女と同年代の、つまりは三十なかばから四十にかけての女性で、べっ甲柄の眼鏡をかけ、漆黒の髪をボブカットにしていた。わざわざ新潟から新幹線に乗って来たらしかった。地元には女性だけの会合がないんです。そう言った。言葉の端々からかなり急進的なフェミニストであることがうかがい知れた。ボブカットと新潟とフェミニストとアルコール依存——それら四つが彼女の頭の中ではなかなか交わらなかった。話の根幹にあるのは「アルコールを断つとともにいかにして自分の中に眠るほんとうの自分を発見したか、そして、そのほんとうの自分をいかに敬い愛するようになったか」という題目だった。その長い話の途中で、この人は自分の半生とそこで培われてきた意見や信条をひたすら他人に開陳したくてここに来てるんだ、と思い当たって彼女はたちまちげんなりしたが、低俗な批評家よろしくいつもねじくれた角度から物事を見てしまう自分のほうがもっといやだった。

二人目は六十をいくらか過ぎた女性で、その年代の女性にしては背が高く、恰幅もよかった。けがをしているかもともと障害を持っているかで左足を引きずっていた。赤みがかった茶色に染めた頭髪はじゃっかん薄くなっていて地肌が透けて見えたが、それでも若いころは相当な美貌の持ち主だったのだろう、いわく言い難いオーラと、そのことで少なくないアドバンテージを得てきた女性に特有の、威厳にも似た落ち着きがあった。知らぬ間に母親の姿を重ねていた。彼女が高校生の時にほかに男をこさえて家を出て行った母親を。そしてその十年後にその男もろともハワイで交通事故に遭ってあっけなく死んでいった母親を。

女性はシンポジウムの司会をするNHKのアナウンサーのような口ぶりで話した。じっさい、かつてはその手の仕事に就いていたのかもしれない。話のポイントは三つだった。集まりの書記係になったつもりで、彼女はそれらをA6サイズのノートに青色のボールペンで記録した。

一、規則正しい生活を送るよう心がけること。早めに就寝し早めに起床する、適度な運動をする、とりわけ食事には気を使うこと。バランスのとれた食事を毎日しっかりとることが新たな人生への第一歩なのだと信じること。

二、夢中になれるものを見つけること。大それたものである必要はない、ささやかな、身近なものでかまわない、できれば、これまではかかわってこなかったものが望ましい、いずれにせよ、精神を集中できるものを見つけること。

三、決してひとりじゃないということを心に刻み付けること。たったひとりのように思えても、それはあなたがそう思い込みたいだけのこと。ひとりで生きているということは原理的にあり得ない。

トイレ休憩をはさんで意見交換が行われることになっていたが、彼女はそこで中座させてもらうことにした。まだ人前で意見するような活力はなかった。自信もなかった。無理に話そうとするとかえって不穏当なことを言ってしまいそうだった。そういう性癖があるのは自覚していた。

リーダーにいとまを告げ、献金箱に五百円玉を投入して教会を後にした。

バス停でバスを待ちながら雨に濡れている時に傘を忘れてきたことに気づいた。取りには戻らなかった。小雨に濡れるのはどういうわけか昔からそんなに嫌いじゃなかった。

駅ビル内の書店に立ち寄り、店内をひととおり巡った後でクロスワードパズルの雑誌を買ってみた。晩ご飯の後でさっそく試した。最初のほうは簡単すぎた。だんだん難しくなった。いつのまにか集中していた。シード校相手じゃ〇〇はないな。木が三本あるところ？　元素記号はTi？

晴れていた。三週目に入っていた。朝のうちのひどい気分は相変わらずだった。ほとんど何もする気になれなかった。ベッドの中で字を読むのがやっとで、そうしていると再び光化学スモッグのような眠気に覆われた。

眠った。

狭くて明るすぎる円錐形の部屋から出られなくなる夢で目が覚めた。

洗面所の鏡に映っている女を見て驚いた。誰この女?·と思った。髪の毛は中途半端に伸びてしどけなく、頰はこけ、三白眼が異様に飛び出し、口元のほうれい線はくっきりとし、右の頰骨からこめかみにかけての薄茶の痣は領土を広げ、肌はかさついている上に、戦前の寒村を舞台にしたドラマの中の結核患者みたいに青白い。憐れみさえ覚えてその女から目を逸らした。

午後は散歩に出た。青い空に白い雲が浮いていた。——抽象の空に浮かぶ近くて遠い凧。いつかどこかで読んだ詩の、あるいは詩じゃなかったかもしれないが、そんなフレーズが頭にちらっと浮かんですぐに消えた。暖かかった。プルオーバータイプのスウェットパーカーを着ていると背中が汗ばむくらいの暖かさだった。ソメイヨシノは散ってヤエザクラが咲いていた。ハナミズキも咲いていたり咲きかけていたりした。それにヤマブキ、タチツボスミレ、ドウダンツツジ、ムラサキハナナ、コデマリ。名前の知らない草花はあとで調べるつもりで携帯電話のカメラにおさめた。木々の緑や芝生の緑は青々としていて、しかもその緑のグラデーションには際限がなく、じっと見ていると緑が増殖しながら自分に迫ってくるように感じられて、しまいには恐ろしくなった。

いつもの公園でベンチに座って休んだ。タバコを何本か吸った。時々、思い出したくない過去の出来事が巨大な軍艦のごとく眼前をよぎり、そのたびにかぶりを振って現実の風景に集中しなければならなかった。そこに広がっているのは閑静な郊外の住宅街に存在するこぎれいな公園の安穏とした光景だった。三十そこそことおぼしき若い母親たちと学齢前の小さな子どもたちが傍目からはルールのよくわからない鬼ごっこのような遊びに興じている。自分は彼女ら彼らを見ているのに彼女ら彼らはまったく自分を見ないことが不思議だった。そのことにほんのり傷ついて目をそらした。男がやってくるのが見えた。冬のあいだに知り合った男。近隣では唯一の知り合い。苗字は知っていたが下の名前は訊いたことがなかった。これから先も訊くことはないかもしれない。わからない。右手に缶コーヒーを二つ持っていた。

「しばらく」と男は言って彼女の隣に腰を下ろし、缶コーヒーを差し出した。

「ありがと」と彼女は言って缶コーヒーを受け取った。缶コーヒーは予想に反して温かいやつだった。

「どうしてたんだ?」男はiPodの白いイヤフォンを耳から外しながら言った。

「あんたこそ」と返した。

「うん、まあ」男は不運続きの冴えないプエルトリコ人みたいに安っぽく肩をすくめた。「いろいろと」

「わたしも」彼女は男のそんな芝居がかったしぐさを前々からひそかに面白がっていた。「いろいろと」

「ふむ」先をうながすための相づちらしい。

「仕事、始めたの」このあいだ会った時にはすでに始めていたが続けられるかどうかまるっきり自信がなかったのでその話はしていなかった。

「ははん。どんな?」

「ホームヘルパー」

「ホームヘルパー?」

「介護予防サービス」

「説明しろって」

ざっと説明した。資格らしきものは持っていた。罪滅ぼし的な理由からだったが以前に通信講座を通して取得していた。職を得る際に父親の口利きがあったのは黙っていた。ともあれ男は驚いていた。無理もないと彼女は思った。自分でも話しながら自分の性分と仕事内容とのあまりの不釣り合いに驚いている。最近になって始めた仕事はもう一つあった。そのことは話しそびれた。そっちのほうならたいして驚かれなかったかもしれないとあとで思ったがその時はとにかく話しそびれた。

「なあ、行こうぜ」仕事の話が終わると男は言った。彼女を見て片目をつぶった。ウィンクのつもりなんだろう。むしろ照れを隠すためのしぐさだと彼女は見抜いていた。

「いきなり?」と言いながら考えた。

「いつものことだろ」

「そっか」そうだったと思いながら言った。「そうよね」まだ考えていた。

「途中でワインでも買ってさ」

男は承諾を得たかのように短く笑って空を仰いだ。それが手順の一つみたいに。問答して笑い空を仰ぎ立ち上がって歩き出す。つられて彼女も空を仰いだ。半透明の青が目の奥に流れ込んでくる。——しみた。

「そうね」と言ってから「でも今日はだめ」と続けた。

「なんだよ?」男は腰を浮かせかけていた。

「生理なの」

「ははん」

「できないことはないけどね」そう言って男の真似のつもりで大仰に肩をすくめた。

「ははん」

二人のあいだにしばらく沈黙が停泊した。背後のクスノキの梢で小鳥がさえずっているのが聞こえた。スズメではないような気がしたが鳥については不案内だった。ひょっとしたらそもそもが空耳なのかもしれない。ふいに湿った土の匂いがした。くしゃみが出た。ハンカチで鼻と口の周囲と手のひらを拭った。

最近になってハンカチを持ち歩く習慣を取り戻していた。小さな子どものひとりが何かにつまずいてつんのめり、体当たりのギャグをする芸人みたいに地面にダイブした。ギャグではないので号泣し始めた。若い母親たちの反応はさまざまで、手を叩いて笑ったのがその子の母親だろうか。

「もしもし?」黙っている男のほうを見て彼女は言った。「まじめに考えてるわけ?」

「たしかにできないことはない」男は前方に目を向けたまま、複雑な計算式を解いているかのような表情で言った。

「勘弁してよ。冗談でしょうが」そう言ってからちょっとだけ気がとがめた。そういう方便が自分らしくないことはわかっていた。

「まあ、そうだよな」そう言って男は彼女を見、中身が空っぽのくす玉が割れるみたいにくたっと笑った。

その笑いが彼女の内側の柔らかい部分をくすぐった。昔はたくさんあったはずだけど、今ではわずかにしか残っていない、ふだんは残っていることさえ忘れている、柔らかな部分を。

「ねえ、あんた持ってないの?」と訊いてみた。持っていたら、それが代わりになると思った。

「ん?」

彼女は火をつけていないマールボロを使ってちょっとしたしぐさをした。それからそれをあらためて唇にくわえてライターで着火した。

「欲しいのか?」

「あればの話」

男も自分のタバコに火をつけた。煙を吐き出しながら横目で彼女を見た。彼女はその視線を目尻の毛細血管で感じていた。

「たぶん、そのうち」と男は言った。

「たぶん、そのうち」と彼女もおうむがえしに言った。安堵と落胆と欲動とが心の内でクラッシュして不協和なピアノのコードとなって肋骨の内側で反響した。

その日は缶コーヒーを飲み終えると別れた。

先の約束はしないというのがいつしかその男との暗黙のルールになっていた。


午前七時半に目覚ましのアラーム音で目を覚ました。

もう一度眠りに逃げ込むわけにはいかなかった。ベッドから抜け出てカーテンの隙間から表をのぞいた。曇っていた。灰色にくすんだ世界。動きというものがまるでない。ユトリロの贋作みたいな風景。

午後には雨が降り出すでしょう。そのようにテレビの気象予報士が告げているのを彼女は洗剤を大量に含んだままに干涸びてしまったウレタンスポンジのような気分で聞いた。冷たい炭酸水と濃いめのコーヒーを飲んでどうにか気持ちを奮い立たせ支度にとりかかった。洗顔、着替え、化粧。リンゴを半分。プロセスチーズを一切れ。フィッシュオイルのサプリメント。医師からの処方薬。自転車に股がり、ホームヘルパーの仕事に向かった。

その老人のお宅を訪問するのはその日で三回目だった。

まずは長椅子のとなりに座って話を聞いた。座骨神経痛に苦しむ老人の起きているあいだの定位置。背もたれから猫の尿のような、でも猫の尿の臭いではない、妙な異臭がかすかにだけどたしかにしているのには前回も気づいていた。話の大半はすでに聞いたような類いのものだった。五年前に大腸がんで亡くなったというご主人の思い出話。ゆうべ電話で話したらしい江東区に住む高校生と中学生の孫たちの話。イリノイ州シカゴ近郊のなんとかっていう大学町に住む娘夫婦の話。江東区の孫たちの母親である息子のお嫁さんになにかと不満があるようだった。悪口の類いはいいかげんに相づちを打って流した。そして、震災の話。とりわけ、フクシマの原発について。いったいどうなっちゃうのかねえ。老人はそう言った。どうせわたしはもう先が長くないけどね、とも。それらもいいかげんに相づちを打って流した。相手に意見や感想を求めないのが救いといえば救いだった。きりのいいところで話を終えるとそこからが本来の仕事だった。部屋の掃除。掃除機をかけて床を水拭きする。浴室とトイレも清掃する。入り用の品々をメモしてお金を預かり近所のスーパーマーケットへ買い物に行く。戻ってきてなるべく日持ちのする食事をこしらえる。その日はビーフシチューとキノコ類のマリネとインゲンのごま和えをこしらえた。こしらえながら冷蔵庫の中も整理した。翌朝すぐに出せるようにゴミをまとめた。それで終わりだった。

帰り際、老人に深々と頭を下げられた。「小野寺さんに代わってもらってほんとうに良かったわ」

「いえいえ、わたしなんて」彼女は両手を胸の前で振って視線を足下に落とした。たたきのタイルに稲妻のようなギザギザのひびが入っていた。時間はすでに十五分も超過していた。タバコが吸いたくてたまらなかった。早くそこから離れたかった。

「前の人はね」老人は内緒話を打ち明けるかのように声を低めて続けた。「どういえばいいのかしら……

お仕事は大ざっぱだし……話し振りもいちいち下品で」

黙っていた。玄関の置き時計が刻む秒針の音が突然に気になり始める。一秒ごとの音と音の隙間に引っ張り込まれて幽閉されそうだった。知らぬ間に奥歯に力が入っていた。

「来週も待ってるわね」老人は声を元に戻すと、もう一度頭を下げた。「よろしくお願いします」

彼女も頭を下げた。ドアを開け「さようなら」と言った。「また来週に」なんとか笑った。引きつった笑いになっていないことを願った。


昼食はバス通り沿いのハンバーガーショップで食べた。たいして食欲はなかったがちゃんと食べるようにと医者にも忠告されていた。アルコホーリクス・アノニマスでの女性の話も思いのほか効いていた。そのハンバーガーショップを選んだ理由の一つはアルコール類が置いてないからだった。テラス席が設けられていていて他人の吐き出す煙にうんざりさせられずにタバコを吸えることも理由の一つだった。ベーシックなハンバーガーとコールスローサラダを冷たいレモネードで流し込むようにして食べた。食べ終わるとクロスワードパズルを解いた。「経済〇〇〇。時に人生も?」というヨコのキーが出てきてドキリとした。そうして考えた。あたしのこれまでの人生を隅々まで知ったら老人はどんな感想を持つことだろう。あたしの半生を記録したドキュメンタリーフィルムなんかが存在していて、もちろんそんなのあるわけないけど仮にあったとして、それを老人が見てしまったら。別の上品なヘルパーに代えてもらうように再び会社に要求するにちがいない。恵まれた人生を送られてきた利用者さんこそ、むしろ厄介だったりしますからね。新人研修の時に「ここだけの話ですが」と、ことわった上で講師が言っていたそんな言葉を思い出した。その時はまだ、利用者さん、という単語に慣れていなくて、そっちにばかり気を取られていたのだが。

吐き気がこみ上げてきてトイレに駆け込んだ。

午後は別の利用者宅を訪問した。

その一人暮らしの女性を訪ねるのはこの日で二回目だった。前回は前任者といっしょだったので単独で出向くのは初めてだった。気が重かった。呼び鈴を押してからドアが開くまでに人生観がすっかり変わってしまいそうなくらいの時間が流れた。じっさい、何かが、何かはわからないが何かが、変わってしまった気がする。前回もそんなことを感じた。

「どうも……」ドアを開けると、まるで別れ際の挨拶のように女性は言った。対象をじっと見つめる黒目はじつはダミーのガラス細工で、その陰にまったく別の生物が棲息しているような印象を相手に与えた。

女性は高齢者ではなかった。まだ三十代なかばだった。抑うつ症とニューロパチーを患い、障害者向けに加算された生活保護を受けながら生活していた。一部屋のみのアパートは散らかり放題だった。畳んでいない洗濯物。そこらじゅうに散乱した郵便物やチラシの類い。床に直に積み重ねられた古いコミック本。テーブルやシンク台にはカップラーメンの食べ残しや食べかけのスナック菓子。ソフトボールくらいの大きさにふくれあがった髪の毛と埃の混合物。そして、好物だという缶コーヒーの空き缶がそこらじゅうに放置してある。女性はひっきりなしにタバコを吸った——それが病院に長くいられない理由の一つだと前任者からは聞いていた。左手の人差し指と中指はタバコを持つために発明された医療器具のようだった。彼女も吸いたくなったがホームヘルパーが利用者の前で喫煙することは当然ながら禁じられていた。「お金が……」洗濯と掃除を終えてこれから買い物に、という時に女性はおずおずと切り出した。「弟が……」すぐに話を止めてしまうのが女性の癖だった。

「弟さん？」

「ゆうべ、弟が来て……」

ようするに、深夜に弟さんが押し掛けてきて女性の財布からお金を奪い取るようにして持っていったらしい。おのずと弟さんの話になった。前科持ちの人でなしだった。そのまま家族の話に移行していった。話が進むにつれて女性は人が変わったように饒舌になっていった。前任者に少しは聞いていたし、いくらかは誇張しているのだろうとも思ったが、それでもあまりのひどさに血の気が失せた。何も言えなかった。何かを言おうものなら、たとえそれが実意からの励ましや慰めの言葉であっても、口から放たれて空気に触れた途端に酸化して黒ずみ、相手の耳に入る時には侮辱の言葉に変質してしまうような気がした。

次の支給日までという約束で一万円を貸した。その日の買い物代も立て替えると申し出た。そんなことを個人的にする義務は一介のホームヘルパーにないのは重々承知していたし、情にほだされたわけでもなかったが、そうしてしまうほうが自分が楽になれるのだった。

この世界はあっちこっちで水漏れしている。ずっと昔からそうだったしこれから先もずっとそうなんだろう。水がぜんぶ漏れ切ってすっかり干上がってそうしてやっとこの世界に永遠が訪れるのだ。そんなことをぼんやり思い浮かべながら彼女は自転車に乗って最寄りのスーパーマーケットに向かった。道すがら、何度か鼻梁や手の甲に雨粒が当たったような気がしたが、雨はなかなか降り出さなかった。

結局、夜になっても雨は降り出さなかった。

へとへとに疲れきっているのに寝つけなかった。

寝床に入ってからもクロスワードパズルの空白を黙々と埋め続けた。

しまいに睡眠導入剤を服用した。

少し大きめの余震があった。

焦って祈った。

いつのまにか眠っていた。


「きのう、学校で」と異母弟が話し始めたのだった。「家族の話をしたんだ」

四週目もなかばを迎えた土曜の夜だった。

その日は一日中雨が降っていた。

いったん止んでもすぐそのあとで横殴りの雨になったりした。

時折、風が老いさらばえた恐竜みたいにうなった。

午後になって父親とその後妻が連れ立って出かけたので彼女は小学三年生の異母弟の相手をするはめになった。本当は二階の自室で——そこはじっさいに彼女が小学校高学年から大学時代にかけて使っていた部屋だった——音楽を聴きながらＤＶＤを観るか本を読むかパズルを解くかしていたかったが、弟がキノちゃん遊ぼうキノちゃん遊ぼうと言って譲らなかった。しかたなく居間に降りていっていっしょにWiiで遊んだ。冒険に出て悪い奴らをやっつけた。危険を顧みないレーシングドライヴァーになって何度も死んだ。それから海の上のリングで剣を持って闘った。最初のうちは彼女もそれなりに楽しんでいたが、ほどなく飽きた。いつになっても弟が飽きてくれないので、やがてうんざりした。宿題でもしなさいよ、と言ってもまるで言うことをきかなかった。友だちの家に遊びに行けば、と言いかけてから、弟が電車に乗って私立に通っていて近所にはほとんど友だちがいないことに思い当たった。

暗くなってから弟の母親から電話が入って今夜は遅くなるとのことだった。ケイスケの晩ご飯を頼めないかしら冷蔵庫にいろいろ入ってるし、と言われた。冷蔵庫を開けてあれこれ思案してみたもののやっぱり作る気にはなれなかったので宅配ピッツァを注文した。ほんとはお寿司にしたかったがピッツァが食べたいという弟に押し切られた。

「きのう、学校で」と弟が話し始めたのはピッツァを食べている時だった。「家族の話をしたんだ」

「あそう」と彼女は言った。好んで聞きたいような話ではないことは容易に予想がついた。「それで？」

なのに先をうながしていた。

「うちにはおばさんがいるって言っといた」

「言っといたってなによそれ？　お姉ちゃんがいるって正直に言えばいいでしょ」

「だってさ……」

「だってさ、何？」

「キノちゃんとママってだいたい同じ歳じゃん」

「歳の問題じゃないの」

「けどなあ……面倒くせー！」

「面倒くせー、じゃなくて」

「じゃあ、もっと話、聞かせてよ」

「前に話したでしょ」

「ほんのちょっとだけじゃん」

「もう少し大人になってからってあんたのママに言われてるの」

「ママには内緒にするから」

少し考えた。べつに話したくないわけじゃなかった。こういうことはあけっぴろげに話したほうがいいんじゃないかと彼女自身は思っていた。話していないのは母親の何事も〝年相応〟を重んじる教育方針に従っているだけだ。

「ねえ、話してってば」少年のつぶらな瞳は好奇心で震えていた。卵から孵ったばかりの稚魚みたいにそれは虹彩のプールを泳ぎ回っていた。

「約束する？」

「約束する！」

「もし、破ったら――」

「破らない！」

雨は小降りになっていた。穏やかな雨音が聞こえていた。告白話にはうってつけの夜のように感じられた。デカメロン的春の雨の夜。

　彼女は話すことにした。いっそのことぜんぶ——年少期の思い出話から三十代も終わりかけになってどうして父親のところに戻ってきたのかに至るまでの長い話を。とりわけ話の後半は、八歳と数か月の男の子には刺激が強すぎる、というかようするに、教育上よろしくないだろう話がたっぷり含まれていたがそれでもぜんぶ話してやった。ネグレクト、過保護、不義、ＤＶ、覚せい剤、執行猶予、更生施設、境界性人格障害、死産、アルコール依存、アルコホーリクス・アノニマス——などなど、弟が理解しないそんな言葉には丁寧な説明まで加えた。そうやってあけっぴろげに話すことで自分はいたいけな弟をいじめているのかもしれない、そして、弟がいずれ約束を反古にして母親に漏らしてしまってそれが原因で彼女との関係がいっそうぎくしゃくするかもしれない、ともするとこの家にいられなくなるかもしれない、話の途中でそんなことさえ脳裏をよぎったが、そのころには自分でも止められなくなっていた。終盤は単に自分のためにしゃべっていた。なかばやけになって楽しんでいた。

　話し終えた時には少年の顔がいささか青ざめているように見えた。

「どうしたのよ?」サディスティックな快感すら覚えながら彼女は訊いた。

「うーん」小学生は小学生らしからぬ神妙さでうなった。

「自慢の姉さんでしょ」

「うーん」もう一度うなると、弟は姉の自嘲含みの諧謔をスルーして言った。「人間ってさ……てゆーか、生きるのってさ……すっごく大変なんだね!」

　予期せぬ言葉にはっとなった。美しい詩の断片を喉の奥に押し込まれたみたいに胸がつまった。「まあね」と答えるのがやっとだった。

その晩も寝つけなかった。雨はやんでいた。パジャマのままベランダに出るとあたりには永遠がやってきた後の地球みたいにラディカルな静寂が満ちていた。雲が千切れて夜空のところどころに星が瞬いているのが見えたので何の気なしに月も探してみた。ずいぶん長いこと月を目にしていないことに思い当たった。見当たらなかった。気配もなかった。月なんてじつはとっくに他の惑星に盗み取られていて、けれども地球人の誰ひとりそのことに気づいていないのかもしれない、そして、月は月でその連れ去られた新しい場所でこれまでの孤独と悲しみを脱し、気の合う仲間たちに囲まれ、地球時代の苦労話をみんなに話して聞かせたりして、わいわい楽しくやっているのだ。そんなことを思いながらひとり笑っていた。

再び寝床に入ると、弟に話してやった〝ストーリー・オヴ・マイ・ライフ〟が体じゅうの洞穴でぱちぱち爆ぜているのを感じた。タバコが吸いたかったがあいにく切らしていた。吸えるようなしけもくも残っていなかった。着替えて近所のコンビニまで買いに行くか、いっそタバコもやめてしまうかのどっちかにしよう。たいして明確な理由もなくそう思った。半時間ちかく考えた。やめるやめないやめるやめないやめる。そんなの無理無理無理じゃない無理無理じゃないやっぱ無理。結局は着替えてタバコを買いに走った。

その日は学生時代からの友人と昼食をともにすることになっていた。もう一つの仕事の打ち合わせも兼ねていた。電車に乗って都心に出かけた。電車が地下に入るとなぜか動悸がした。電車を降りて地上に出たら出たであまりの眩しさに目眩がした。

雲のほとんど見当たらない快晴の日だった。日差しの強さはほとんど初夏のそれ、街全体がブリーチされたように白く光っていた。この世界は天まで届くほどの高くて分厚い白い壁——自分は水拭きすれば消えてしまう涙の形をした墨色のシミ。そんなふうなイメージが浮かんだ。こんな自意識はおセンチさわまりなくバカバカしい、野良犬も食べない残飯のようだ、トイレに糞尿といっしょに流してしまいたい。いくらそう思ってもそのイメージはなかなか消えてはくれなかった。

仕事とは、いわゆるゴーストライターだった。モデルあがりの新進女優が選んだおすすめの音楽や映画や本について、本人の代わりに雑誌にコラムを書く。最初の一本を十日ほど前に書き終えたところだった。

大手の出版社で女性ファッション誌の編集者をしている学生時代の友人がその仕事を振ってくれたのだった。

彼女もかつては出版社に勤めていて、エステやらコスメやら着こなしやら料理やらガーデニングやら、あるいはお金の貯め方から老後の暮らしについてまで、ほとんどどんなトピックでも扱う婦人誌の編集をしていた。最初の旦那が家にいることを望んだので結婚を機に退職した。気晴らしと小遣い稼ぎのつもりで旦那には内緒ではじめたフリーランス・ライターの仕事が離婚後に本格化した。しばらくはうまくいっていた。それぞれに表現こそ違えど優秀なライターだという旨のことを何度か係わった編集者たちは言ってくれたし、自分でもそれなりに良質の仕事をしている自負はあった。ただ、それはあくまでも注文に添った仕事を首尾よくこなしているという意味であり、つまるところ実際的もしくは便宜主義的な領域における良質さなのだった。もっと広い、あるいは上位の、たとえば必要性とか倫理とか芸術的価値とかいった観点でみれば、自分のこなしている仕事などほとんど無益な、それどころか、社会汚染の一種なのではないかという後ろ暗さが心の隅にいつもあった。と同時に、倫理だとか社会汚染だとか、そんな、ともすれば高踏なことを考えること自体が自分のような人間には不相応だし、あるいはいっそ鼻持ちならないことだという疎ましさもあり、結局それらぜんぶが絡まりあい混ざりあって心の川底に沈んでしまうのだった。

ともあれ、人生の道を踏み外すのがいつしか彼女の得意技になっていた。その後も波乱があった。アクシデントもあった。葛藤を抱えつつもライターの仕事だけはどうにか続けていた。しかし、アルコール依存がとりわけ深刻だったおととしの冬から昨年の夏にかけてに、多くの関係者に暴言を吐き、時には暴力さえ振るって、キャリアはおじゃんだった。当時の常軌を逸した言動についてはとうぜんながら猛省していたが、業界の俗物連中に辟易という気持ちはいまだに持ち続けていた。ネゴシエーション能力とお追従技術にばかり長けた卑しいハイエナども。いたるところを引っ搔き回しては後片付けもせずに去っていく驕ったカラスども。——自分もその片割れであることは棚に上げて。

その学生時代の友人が彼女を見捨てなかった唯一の関係者であり、そして彼女にとっては気の置けない唯一の親友でもあった。

表参道のカフェレストランで友人と向かい合って座っていた。場慣れた人たちが作り出す洒落た雰囲気になんとなく気後れしていた。ランチタイムは禁煙になっていてタバコが吸えないのもひどく心もとなかった。

刷り上がったばかりの雑誌を手渡された。自分の書いた、しかし自分が書いたことを知っているのはこの世に数人しかいない、空疎なコラムなどすすんで読む気にはなれなかったし、雑誌そのものにもほとんど興味はなかったが、開かないでいるのもどうかと思ったので、ページを開いてぱらぱらめくってくだんのコラムを斜め読みした。とくに何も感じなかった。何も言わなかった。

「あのね、キノ」学生時代からの変わらぬ親しみを込めて友人は言った。「じつは――」

「一回でクビ?」と彼女はすかさず訊いた。友人から一言あるだろうことは前日に電話をもらった時から感づいていた。自分が編集者をしてる時にも似たような経験があった。まどろこしいやりとりはしたくなかった。

「そうじゃない」

「じゃあ何?」

「ねえ、どうしたのよ? そう苛々しないでよ」

言われてみれば、気が立っていた。ひさしぶりに都心に出てきたことも関係しているのかもしれない。大きく息を吸って吐いた。それから「ごめん」と謝った。

「事務所のお偉いさんがね」友人はあらためて切り出した。「全体的に刺々しい気がするって」

「これでオーケーが出たんじゃなかった? ばっちりとかって……」

「ゲラの時とじっさいにページになった時では受ける印象が変わるから」

「ていうか、そもそも、とんがった感じが欲しいとかって言ってたじゃない?」

「とんがった感じっていうのと刺々しいっていうのは違うわ」

「マナミはどう思うの?」

「わたし?　わたしは……そうね……最初にも言ったとおり、文章はきちんとしてるし、皮肉も隠し味になってて面白いと思った」

「だったらいいでしょ」

「そうもいかないのよ、今回の場合は」

「ふうん」

「わかるでしょ?」

「面倒な人たち」

「そんなこと今に始まったことじゃないわ」

「自分で書けばいいのよ」

「ちょっと、キノ!」友人の声は小さかったが、それはおろしたてのアイスピックのように尖っていた。

「いいかげんにして」

肩をすくめた。「すみません」また謝ってるよあたし、と思いながら謝った。

友人はいつものごとく軽く流した。「次回は心持ちソフトに」

「かしこまりました」わざと丁寧に言って頭を下げた。

「お願いします」友人もそれに応えて頭を下げた。

コーヒーをすすった。紅茶にすればよかったと思った。コーヒーフレッシュを加えた。液体が白濁してゆく様子を注意深く観察した。

「ねえ、マナミ」彼女は口調を変えて言った。「このごろ、よく学生時代のことを思い出すの」

「学生時代のどんな？」

「朝まで大まじめに語ったじゃない、どんな本や雑誌を作りたいのか」

「ああ、うん、語ったね」

「あの時のわたしたちが今のわたしたちを見たら幻滅するよね」

「……」

「基礎ゼミの先生が教えてくれたゴダールの言葉は覚えてる？」

「ゴダール？　すべての仕事は売春だってやつ？」

「それじゃない。かりに世界がうまくいっていないとすれば、そのうちのいくらかはきみのせいなんだってやつ」

友人はじっと彼女を見すえた。

彼女も目をそらさなかった。

けれども互いに何も言わなかった。

ちょうどランチプレートが運ばれてきた。気まずい沈黙を耕すかのように添え物のグリーンサラダをフォークでかき回した。

「わたし、やめたの」食事が済んだところで報告した。人に言うのは初めてだった。「完全に」と付け加えた。

「あそう」と友人は答えた。「完全に」彼女の言葉の意味を確かめるようになぞった。

「明日で丸四週間」

「そう」

「こう見えても必死なんだ」

「わかるわ」

「こんなんでやっていけるのかな」

「きっとね」

「時々死にたくなる」

「そう」

「いい歳してバカみたい」

「ほんと」

あっさり言われて脱力した。脱力すると力のない笑いがゲップのごとく漏れた。


急ですが、こっちに来ています。忙しい?

さんざん迷いつつもメールを送信した。そんなに迷ったのははじめてだった。これまでは都心に出てくればたいていその人に会っていた。その人に会うためだけにいつしか苦手になってしまった都心に出てきたりもした。その人との逢瀬が自分と未来とのあいだに介在する数少ない具体的行為のように思える時期すらあった。睡眠や排泄や入浴みたいに。そして、そう、タンブラーに注がれた一杯めのウィスキーみたいに。今ではそんなふうに思っていた自分をどうかしてると思えるがその時はけっこう真剣に思っていた。そこまでは思えなくなってからも時々は会っていた。いつだったかマナミにまだ会っていることを明かしたら、あんた正気なの?とあきれられたが、それでもやはり体の底に存在する熾きのような欲望を黙殺することはできなかったし、たとえそれがふしだらなものであれ誰かと繫がっているという事実は彼女に当座の安心感をもたらしもした。

一時間だけ返事を待つつもりで書店に立ち寄った。次のコラムのための資料と自分のための文庫本とクロスワードパズル関連の雑誌を物色した。会計を済ませたところでメールが着信した。八時過ぎになってしまうけど待てる?とリプライには書いてあった。待てるならいつものところで。

そこで、つま先の十五センチ先に隕石が落ちてきたごとく突然に覚醒した。帰らなくちゃ。なにしてんだろ、あたし。あの人に会ったらこの四週間がパーになる。あの人と会ってお酒を飲まずにいるなんてありえない。そう思った。そもそも最後に飲んだのがその人といっしょに過ごした午後のあとのやるせない夜で、その翌朝に断つことを決心したのだった。

ごめんなさい。急用ができてしまって。また連絡します。

そのようにメールを打って送信し、駅へと急いだ。また連絡します、とは書いたものの、もう二度と連絡することはないだろうと思った。こちらから連絡しなければきっと向こうからも連絡してこないだろう。それでいいのだと思った。それが後々になって答えが明かされるクイズの正解なのだと確信した。

けれどもほんの一分後にはそんな自分の確信にてんで確信が持てなくなっていた。確信なんてサイコロの目。もう一回サイコロを振れば「疑念」や「不安」や「後悔」という目が出るだろう。季節はずれの西日がビルの隙間から差し込んでいた。呼び止められたように立ち止まった。四月の終わりの午後の柔らかな太陽にゆっくりと焼かれているのを感じた。芯まで焼かれてあたしは生まれ変わる。生まれ変わって残りの人生をしらふの愛と感謝とリスペクトで包み込むのだ。そんなふうに思ってみた。しらけかける気持ちを必死に抑えた。しらける気持ちが一番の敵だと最近気づいていた。

郊外はすでにたそがれていた。空のおよそ半分がカメリア色のようないちご色のようなモーブ色のような、それらをぜんぶ混ぜてそこに蜂蜜を加えたような不思議な色合いに染まっていた。きれいだった。心と体が薫風に乗った紙飛行機みたいにふわっと浮き上がってしばし滑空し、やがて後ろ向きに墜落した。——三十代最後の夏がもうすぐやって来る。やにわに彼女はそう思い、だというのに、愛し愛される人生の伴侶もなく、誇れる仕事もなく、それどころか自分ひとりを養ってゆく仕事もなく、将来の見通しもまったく立てられないままに、実家でのめのめと暮らしている、というより、父親の新しい家庭に寄生している自分を、踏みつぶしてしまいたいくらい、恥ずかしく、あさましく、いとわしく、思った。きれいだと感じていた空の色はとっくに薄汚れていた。

キノは元気でやってるかい？

ホットメールのアドレスにメールが届いていた。マシューーからだった。学生時代の後半から社会人に成りたての時期に英会話を習っていた先生だった。三つほど年上で音楽や映画の趣味が合って個人的にも仲良くなってなんとなくつき合ってるような雰囲気になったこともあった。最初にマリファナやらエクスタシーやらを教えてくれたのもマシューだった。やがてマシューは日本を離れてアジアと東欧のいくつかの国を英語教師をしながら転々とした後にスコットランドに帰った。最初の結婚がだめになった後でエディンバラで一度会って食事をしてパブでビールを飲んだことがあった。彼女は寝てもいいと思っていたが当時のマシューにはいっしょに暮らす恋人がいて——もっともそのせいかどうかは判然としなかったが、とにかくその夜はホテルまで送られてそれで終わりだった。それ以来会ってはいない。けれども、その後も時々メールをくれていた。元気でやってる?で始まる、たわいなく短い文面ではあったが。返事を書かなくてもまたしばらく経つとそんな音信不通などまったく意に介していないかのようにメールをくれていた。そんなマシューから一年ぶりくらいのメールが届いていた。写真が何枚か添付されていた。お腹の大きい奥さんとのウェディングパーティでのツーショットや生まれて間もない赤ん坊を抱いた写真だった。幸せを享受するマシューの笑顔がデジタル写真から飛び出してきて七人の小人たちのように踊った。キノは元気でやってるかい?

狂おしい羨望が地下水のごとく湧いてきて、彼女の中の善なる心を、友人の幸せを祝福したい素直な気持ちを、ふやけさせた。それどころか、地下水の一部はしまいに嫌悪の濁流となって、彼女がどうにかこうにか保持していた冷静さを混沌の海へと押し流した。彼女が躓いてしまうのは、つまるところ、子どもなのだった。自分も一度はみごもりながら死産してしまった子ども。今後は望めないと医師に宣告された子ども。子ども、子ども、子ども。社会共通の、万国共通の、人類共通の、宝。子どもたちのために住みよい社会を。子どもたちのために美しい地球を。子どもたちのために原発に頼らないエネルギー政策を。人は子どもを生み出し、その子どもが大きくなって、また次の子どもを生み出す。そうやってわたしたち人間は、いや、人間だけでなくあらゆる生命は、幾星霜を経て紡がれてきた。自分がそのとてつもなく長いチェーンの最後のリングであることを意識しないではいられなかった。アイ・アム・ジ・エンド・オヴ・ザ・ファミリーライン。自分がどうなろうともこの子だけは守らなければならない、なんていう、おそらくもっとも貴い感情を抱くことはもう叶わない。あたしにはどうやったって手の届かなくなった幸せがある。それでも、日の光を求めて伸びてゆく蔓草のごとくそんな幸せに向かって伸びていこうとする腕をいっそ切断してしまいたかった。

マシュー、おめでとう！——と英語で返事を書いた。ハッピーなニュースを知らせてくれてありがとう！　わたしは元気よ！

気温は上昇し続けていた。緑は増殖し続けていた。陽光はあふれかえっていた。

ヒメジョオン、コレオプシス、シャガ、タイム、ツルニチニチソウ、エゴノキ。公園やら空き地やら道ばたやら人家の庭先やらで、さまざまな草花がそれぞれの歌を歌うように咲き乱れていた。

そうして五月の連休と五週目が過ぎていった。三十九歳の誕生日も過ぎていった。二番目の旦那から素っ気ないバースデイメールが届き、同じように素っ気ないお礼のメールを返した。年明けにアルコホーリクス・アノニマスの集まりで知り合った男から下心みえみえのメールが届いた。返答はしなかった。マナミからは翌日の昼になってメールが届いた。北海道のニセコでペンションとレストランを営む兄からも翌日の午後に慌ただしい電話があった。昔みたいに遊びに来いよとは言ってくれなかった。かつては血のつながった姉妹のように仲が良かった嫂は、彼女の知り合いの知り合いでもあり、たぶんお気に入りでもあった二番目の旦那と別れたことと、キノが兄から借りたお金を返していないことで心穏やかではないのだろう、電話口には出てくれなかった。兄と父親もお金の貸し借りでいざこざがあって以来めったに連絡を取らなくなっていた。兄の家庭の生活が今やそんなに楽じゃないことは容易に予想がついた。

ともあれ、かつては陽春から初夏にかけてのこんな季節が彼女は大好きだった。ここ数年は嫌いになっていた。今はどうなのかわからない。好き嫌いも含めてできるだけ何も感じないようにしている自分と、時に感じようとしても何も感じられなくなってきている自分とがいた。

連休明けのその週は毎日のように公園に通った。

一日目は精神科医の問診の帰りで、緊張のあとの安堵もあって気分が少なからず高調しており、おのずと期待する気持ちを生み出した。二日目は自制心がパトロールしていたがそれでも前日に生み出された期待がそこかしこに居座っていた。三日目はホームヘルパーの仕事のあとで疲れ切っていて頭がほとんどまわらず、頭がほとんどまわらないがゆえにそれは愚直な様相を呈した。愚直な期待はしかし、日が傾いていくにつれて諦念へと変質し、それは閑静な郊外の凡庸な光景を片っ端からむさぼり食って、彼女の中に巣くう厭世観を煽り立てた。親子三人や四人でのピクニック。ベビーカーを従えての母親たちの井戸端会議。買い物帰りらしい妊婦たち。ジョギングする中年夫婦。小さな犬をつれたマダムたち。歩行器を使って歩く老婆とそれを支える老爺。いくら目を逸らしてもそれらの光景は彼女の視線をオオカミの群れみたいに追いかけてきた。

四日目にようやく男を見つけた。男はベンチに座っていた。イヤフォンで耳を塞ぎ、ノートになにやら書き込んでいた。一度、男が寝ている隙にそのノートを盗み読みしたことがあった。男が自分の身辺や心情をむやみに吐露しないのはそのノートが存在しているからだということがわかった。そしてその事実によって男のことを前よりも好ましく思うようになった。男が自分のことを知っているよりももっと自分が男のことを知っていて、しかもそのことを男が知らないでいることを、ひそかに面白がってもいた。

男のほうに歩いていった。男は彼女に気づくと、おそらく自分ではさりげなさを装ったつもり、けれども傍目から見れば慌てているようにしか見えない動きで、ノートをデイパックの中にしまった。

「オッス」と男から言ってきた。

「いい天気ね」とこたえた。

男の隣に腰を下ろした。男がしゃべりださないので彼女もしゃべりださなかった。どっちみち、ほんの二か月前みたいに、誰かに何かを話したくてしかたがない、話さないではいられない、という狂おしい気持ちはずいぶんと薄らいでいた。イヤフォンの片方をもらって耳に入れ、男のiPodから流れてくる音楽をしばし共有させてもらった。知らない曲が流れ、知っている曲が流れ、そして、聞いたことはあるはずだけどアーティスト名も曲名もわからない曲が流れた。知らない曲も含めてジャンルでいえばおそらくどれも〈インディ・ロック〉か〈オルタナティヴ・ロック〉に分類されるもので、知っている曲は彼女が高校生の時にCMJチャートで上位にランクインしていた曲だった。

互いに話しかけるタイミングが同じだった。最初の音がかち合った——彼女の発した音は「あ」で、男のはおそらく「そ」。顔を見合わせた。それから「先にしゃべっていい?」と言った。「ああ、もちろん」と男は言って、例の不運続きのプエルトリコ人みたいに肩をすくめた。

「わたし、やめたの、お酒」と言った。そろそろ言っておかなければと思っていた。「完全に」と付け加えた。

「なんだって? 酒をやめた? 完全に?」男の目が、驚いていることを表す時に描かれるマンガの目みたいに丸く大きくなって、眼窩から飛び出さんばかりだった。「完全にって、つまり、乾杯もしないってことか?」

「そう。いっさい口をつけない」

「アンビリーバブル」

「六週間が過ぎた」

「どうしてそんな極端なことをする?」

「わたしはほどよく酔っぱらうってことができない人間なの。最初の一杯を口にするってことはすなわちへべれけになるまで飲んでしまうことを意味する。アル中ってのはそういうことよ。あんたみたいにお上品な酒飲みとはちがう」

「おっと、皮肉はよせよ」

「わたし」と男の言葉にはかまわず続けた。いちばん最近の酔態を思い浮かべた。「酔っぱらって、めちゃくちゃにしてきた。人を傷つけた。自分自身も傷つけた」

「おおよそは聞いたけど」

「あくまでもおおよそ、あんたに話したのは。ほんとはもっとひどい」

「ぜんぶアルコールのせいってわけか」

「そんなこと言ってない。でも、お酒がなければ、起動しないものもある」

「……まあ、たしかに」

「わたし、変わりたい。やり直したい」そう言ってから、自分の言ってる言葉が普段の自分なら我慢できないほどに感傷的かつ陳腐に響いていることに気がついた。それでも止まらなかった。「最後のチャンスかもしれない」

「最後のチャンス、か。最後のチャンス、ね」男はその言葉の意味を検証するみたいに言った。言葉を逆さにひっくり返し、耳元でシェイクし、ファスナーを開けて中綿を引きずり出し、生地ごと裏返す。そうすることで、隠れている別の意味が出現するかのように。

「まっとうな人生を生きる最後のチャンス」言った端から自分で笑い出していた。ケタケタケタ、ばかみたいに笑っていた。

男も彼女の笑いに加わってきた。咳き込んだみたいに笑っていた。不思議なことにそうやって笑われることで気持ちがいくらか楽になっていた。

笑い終えると今度は男が言った。「手に入れた。今、持ってる」

「……そう」

「行こうぜ」

ためらってしまった。何日も期待していたくせにためらってしまった。

「おいおい、どうした？　そっちが頼んできたんだぜ」

「そうよね」と言った。自分の物言いがあいまいに響いてるのはわかっていた。

「アルコールに比べりゃ駄菓子みたいなもんさ」

「そうよね」もう一度言った。

「法律のほうが間違ってるんだ」

「そうよね」三たび言った。

男は彼女の逡巡をあえて軽んじるという態度を選択したみたいだった。それ以上は何も言わず、ベンチから腰を上げてすたすたと歩き出した。

脳は依然としてフリーズしていた。体は男の後をついていった。

青く澄んだ高い空を銀色の旅客機が音もなくすべるように飛んでいた。撃ち落とされる映像がだしぬけに浮かんで思わず目をつむった。


あまり質の良いものではないのは始めてすぐにわかった。

後ろめたさが意識のどこかに残っていてそのせいもあるのだろう。

いまいちあがらなかった。目に映る色のコントラストは強調されたものの、それを測量士のような整備士のような、あるいは会計士のような、とにかく形而下の事実を重んじる専門家よろしく冷ややかな目で見ている自分がいた。ここじゃないどこかにいるような、あるいはどこでもない場所を浮遊するような、そして過去も未来もなくただ蜃気楼のような現在だけがある、あのいわく言い難い多幸感は得られなかった。

けれども男のほうはまんざらでもないみたいだった。いつになくおしゃべりになり、きまっていないとおかしくならないような戯れ言を連発してはひとり大笑いしていた。きまった時の音の聞こえ方や物の見え方について滔々としゃべったりもしていた。そうしてシャワーも浴びずにそのままなだれ込んだ。ホテルにまで来て今さらじたばたしてもしようがないという気持ちがあって抵抗はしなかった。

オルガスムスには至らなかった。加減と体勢によっては痛みすら感じた。しまいにはレイプされているような心境になった。これから先はずっとこんなかんじのセックスをすることになるんだろうかと思ってそら恐ろしくなった。なのに、相手に悪いような気がして、感じているふりをしている自分がいた。いつしか自分の肉体から遊離して天井に張りつき、無言で交接する男と女を見下ろしていた。まぬけだった。まぬけという言葉は男と女のこういう姿態を言い表すためにあるんだと知った。

終わると男は眠った。

彼女は眠らなかった。

男のノートを盗み見るつもりで男のデイパックのファスナーを開けたものの、急にばからしくなってやめた。テレビモニターのスイッチを入れてチャンネルをひととおり替えた末に、アダルトヴィデオを消音にして流し見た。ばからしく、あさましく、おぞましく、しまいには悪心を覚えた。浴槽にお湯をためてお風呂に入り、出てくると身支度を整え、自分のトートバッグからクロスワードパズルの雑誌を引っ張りだした。ネガティヴな気持ちがすっかり霧散したわけではなかったが、パズルにはかろうじて神経を集中できた。従業員用共同宿舎？　長いものを端から順々に切ってゆく？　地獄では金しだい？

　半時間ほどが経過して男が目を覚ました。すでに着替えを済ませ、しゃんとしている彼女を見て、眉を八の字にした。「ん？……どういうこと？」

「べつに」

「まだ……残ってるぜ」

「もういい」

「ワンモアトライ？」

「もういいってば」うっとうしかった。

「ちっ。さえねえな」

「ねえ、わたしたちさ……」

「……おれたち？」

「わたしたち、どうしてこういうことしてるわけ？」

「……はあ？」

「なんで、わたしたち、二人して、こういうところにいて、こういうことしてるわけ？」

「知るかよ、そんなもん」

　男はそう言ってベッドから抜け出し、浴室に入っていった。

　彼女はひとりで残りを吸ってみた。

　最低だこれ。

その晩は——

やたらと喉が渇いた。冷たい水を飲んでも温かいお茶を飲んでもコーラやグレープフルーツジュースを飲んでも渇きは癒されなかった。何をしても何を考えても気持ちがそっちに逸れていった。他にやるべきことなんかただのひとつもないような気がした。圧倒的な空虚がインク瓶を倒してしまったみたいに体の隅々に染み広がっていった。なのに命の導火線に火をつけられたみたいに激烈な焦燥があった。

抑えきれずにとうとう家を出た。夜の住宅街をさまよい歩いた。歩いても歩いても空虚と焦燥は鎮まってくれない。気づいたら駅前の商店街の、飲食店がいくつか軒を連ねる通りに入っていた。明かりの灯った立て看板に蛾のごとく引き寄せられていった。一軒のバーにほとんど入りかけていた。ドアに手を伸ばしていた。と、内側からドアが開いて、紺のスラックスに白のワイシャツというクールビズ姿の、銀縁の眼鏡をかけた丸顔坊主頭の、小太りの男が店から出てきた。その男が彼女を見るなり、眼鏡に縁取られた細い目の端で、ニッと笑った。そのいやらしい笑いに彼女はたちまち嫌悪感を催した。

ただそれだけだった。それ以上でもそれ以下でもなかった。次に自分の行動を自覚した時には、きびすを返して家の方向に歩き出していた。

それでも帰り道はずっと考えていた。お酒を飲まない人やもともと飲めない人はこんなときにどんなふうにして過ごすのだろうと。どうやって、人生をいったん停止させ、余計な熱を放出し不要なガスを抜き、必要なメンテナンスや修繕をし、新たな燃料を注いで、再び駆動させるのだろう。子どものころみたいに、もしくは自転する惑星みたいに、そんなことをしなくても自動的にくるくる回っているのだろうか。あるいはこんなことも考えた。飲酒とはつまり、人生の空虚と焦燥から逃れるもっとも効果的な方法なのだろうかと。だから、人生から飲酒という行為をマイナスすれば、そこにあるのはどこまでも広がるアスファルトのような空虚と、なにもかもを干涸びさせる灼熱の太陽のような焦燥なのかもしれない。そんな思考を巡らせているうちに家に着いた。

睡眠導入剤を服用して眠りの森に逃げ込んだ。

埃っぽくって平べったくておそらくはあまり大きくない街のとても大きな広場のようなところに彼女はいた。街の周囲には砂漠が広がっているのかもしれなかった。痩せさらばえた牛やヤギやラクダが野生化して徘徊していた。トラックやオートバイといった動力で動くものはなく、リヤカーや輪タクが行き交っている。そこらじゅうにテントが張られ、人々はなにやら露店を出していた。食べ物やアクセサリーの入った布袋を肩から下げて行商している人々もいた。ぼろをまとった物乞いもいた。暗いのに明るい——もしくは明るいのに暗い、夜だった。空を仰ぐと満天の星が瞬いていた。でもそれはどこか不自然で、巨大なプラネタリウム・ドームの中に閉じ込められているような圧迫感がないでもなかった。途方もなく長い列に並んでいた。並びはじめた時は並んだ目的がたしかにわかっていたはずなのに、わかっていたという感覚だけは残っているのに、今や行列の先頭にいったい何があるのかわからなくなっていた。前後の人に尋ねても要領を得ない答えしか返ってこなかった。列を離れればわかるような気がしたがいったん離れてしまえばまた列の一番後ろに並ばなくてはならないだろう。しかたなく通りがかりの見知らぬ男に「これ、何の列なんでしょう?」と尋ねた。「知るかよ、そんなもん!」と怒鳴られた。

怒鳴られて目が覚めた。枕元の時計を見ると午前一時四十五分だった。眠りについてから小一時間しか経っていなかった。尿意を覚えたので部屋を出てトイレに向かった。吹き抜けになっている階下の居間から父親と後妻の話し声が聞こえた。階段の一番上に座って耳を澄ませてしまった。内容はほとんど聞き取れない。それでも二人の話し振りが深刻なトーンを帯びていることはわかった。そのうち、「現金」とか「売却」とか「駅近のマンション」とか「通学にも便利」とか「引退」とかそんな単語がたまに聞こえだした。それから突然に「だから言ってるでしょ!」という後妻の鋭い声が聞こえたので、慌ててトイレに駆け込んで水を流した。自分のことを話してるような気がして怖くて排尿しながら両手で耳を塞いだ。トイレから出てダッシュで自分の部屋に戻り、耳栓代わりにティッシュを耳穴に詰め込み、布団の中に潜った——まるで空爆に備えるかのごとく。

いくぶん冷静になってから自分の行動を振り返った。四十にならんとする中年女のものとはさすがに思えなかった。

あきれた。

あきれながらもまだわなわなと震えていた。

朝のうちは雲が多かった。午後から晴れるらしかった。風は強く、湿り気を帯びて肌にまとわりついた。雲が形を微妙に変えながら東へ移動していくのが見えた。七週目に入っていた。

その日からホームヘルパーの仕事を増やすことになっていた。引き継ぎのために前任のホームヘルパーといっしょに利用者宅を訪れた。

午前中に新たに担当することになるのは、八十六歳の老婆で、長年腎不全を患っていた。老婆は耳が遠く、コミュニケーションを取るのにいささか骨が折れた。掃除を終えるまでの手順はほかの利用者の時と同じだった。掃除を終えると、買い物には行かず、病院に付き添うことになっていた。病院のワゴン車が迎えに来たらそこにいっしょに乗り込む。病院に着いたら引率して待合室に行き、世間話をしながら待つ。人工透析の順番が来たら看護師に引き渡す。そこまでが仕事だった。

お昼は前任者と駅前のカフェでパスタランチを食べた。絵に描いたような良妻賢母的な雰囲気を持つ四十過ぎの女性で、決して器量が良いわけではないが、それを補って余りある明朗闊達さとでもいうべきものが、ひとつひとつの所作やなにげない笑顔の中に横溢していた。

とくに身辺を尋ねたわけではなかったが、前任者は夫との離婚がようやく決まったので来週末には七歳の男の子を連れて神戸の実家に戻るのだと彼女に語った。その話し振りに悲痛な様子はなく、せいせいしている、しばらくぶりの関西での生活がとても楽しみなのだ、といった心情がうかがえた。

「小野寺さんはお独りなのね」前任者は自分の話を終えると彼女の指に結婚指輪がないことを見て取って言った。

「ええ。バツがついてますけど」

「あらそう?」

「ええ、二つ」

「あらま……そんなふうには見えへんけどね」唐突に関西弁が混じっていた。「お子さんは?」

「いません」

「そう」

「ええ」

「男なんかもうこりごり」と前任者は続けた。話の矛先を少しだけずらしたかったのかもしれない。「子どもだけでじゅうぶん」

「……」

「小野寺さんも子どもだけ産むといいわよ」

「……」

「あら……わたし、変なこと言ったかしら?」

「いえ……もう歳も歳ですし」と言ってあいまいな笑みを浮かべた。

「この仕事のいいところって」すでに話題が変わっているようだった。接続詞の類いが省略されるので話についていくのに苦労した。「自分の抱える煩いや苦しみなんてじつはどうってことないことなんだって常に感じさせてくれるところよね」

どう反応すればよいのかわからなかった。黙っていた。

「誰もがみんな、いずれは老いてゆく。やがて、何も感じなくなって、死んでゆく。その、忘れがちだけど当たり前のことを、いつも身近に感じていられる。それって励みじゃない? わたしもいつかはどうせ死ぬんだって思うと、自分の苦しみをうまくやり過ごせるの。死ってのは人生が与えてくれるいちばんのご褒美だと思う」

「……」

「……どうかした？」

「いえ、その……今、老いて、何も感じなくなって、っておっしゃいましたよね？」

「ええ」

「何も感じなくなるもんなんでしょうか？」

「きっとね」

「ほんとに？」

「……とにかく、わたしはそう信じてるの。信じちゃいけない理由なんてどこにもないじゃない？」


午後は八十四歳の老爺のお宅を訪問した。生まれつき嗅覚がほとんど利かないらしいのを除けば彼女が訪問する利用者の中ではもっともかくしゃくとしていた。毎朝ひげを剃り白いワイシャツを着てネクタイを結ぶ、という往年の習慣をいまだに続けているらしい。ちょっとしたジャズマニアでもあるらしく、彼女たちが掃除をしている間も、半生をかけて買い集めたというアナログレコードを、肘掛け椅子の横に設置した高価そうなレコードプレーヤーで聴いていた。トミー・フラナガン・トリオのオーヴァーシーズが流れはじめた時に、そのレコードわたしも好きです、と言いかけたが、すぐにその言葉を飲み込んだ。たいしてジャズに詳しいわけでもないのにそんなことを言うのは差し出がましい気がしたし、たいしてジャズに詳しいわけでもないのに知っているのだからそのレコードは有名なもののはずで、そのことにも気後れを感じた。さらに、そもそもその限られたジャズの知識が最初の旦那と最近まで不埒な関係を続けていた男からのなかば受け売りであることに思い当たって、苦々しい羞恥を覚えた。

「あの、おじいちゃん」買い物に出かけた際に前任者が言った。「すてきでしょ?」

「ですね」

「でも、ちょっとね」

「ちょっと?」

「うん、ちょっと、元気なのよ」

「……え?」

「まだ、性欲があるんですって」

「へえ、そうなんですか」

「時々ね、スケベなことを言ってきたり……」

「……」

「頼んできたり」

「何をですか?」

「ようするに触ってほしいみたい」

「え?……それ……」

「もちろん、セクハラ。ほんとはね」

「ですよね」

「でも、会社に訴えるのはかわいそうに思って、わたしは聞き流してた」

「そうですか」

「小野寺さんも聞き流せばいいわ。しつこい人じゃないし」

「そうします」と言った。

「男って」

そこまで言って前任者は口をつぐみ、ほんの一瞬のことだったが、その日はじめて表情をくもらせた。

彼女はそんなふうに男のことをとらえたことはなかった。どちらかというと「女って」といいたい気持ちのほうが強かった。あるいは「あたしって」と。


アルコホーリクス・アノニマスの集まりに参加するべく、電車とバスを乗り継いで出かけた。

その日は朝から晴れていた。青い空には刷毛で描いたような白い筋雲が浮かんでいた。色彩があふれ、空気はすがすがしい。ハナビシソウ、ムシトリナデシコ、ムラサキツユクサ、ヒルガオ。

リーダーの女性は彼女の姿を見つけると微笑んだ。誰に対してもそうやって微笑んでいるのかもしれなかったが、その微笑みは寝起きのレモン水みたいにたちまち彼女の心にしみ込んだ。

参加メンバーはおおむね同じだった。前回、新潟から来ていたボブカットの女性は見当たらなかった。ほかにも前回はいたのに今回は見当たらない女性が三四人いるような気がしたが、はっきり覚えているわけではなかった。前回はいなかったと思われる女性が同じく三四人加わっていたが、服装や髪型が変わっただけでこのあいだも出席していたのかもしれない。

「狭い門から入りなさい」と書かれていたホワイトボードの傍らの掛字は「自分自身のうちに塩けを保ちなさい」に替わっていた。今度の筆跡はひどく丸みを帯びたファニーなもので、内容と合わさってそれはキリストの言葉というよりナンセンス文学とかに登場するペテン師のセリフみたいに彼女には思えた。

その日も二人の女性の体験談を聞いた。

一人目は四十代後半とおぼしき、分け目を入れたヴェリーショートの髪に、セミフォーマルなチャコールグレーのスカートスーツを着た、キャリアウーマンふうの女性だった。アルコールに依存していたのはかれこれ十五年も前のことで、当時四歳だった息子さんを不慮の事故で亡くしたのがそのきっかけらしかった。アルコールを断ってからも少なくとも半年に一度は、過去の過ちを風化させないため、そして「息子の死に報いる」ために、こうして自分の体験を話しに各地の集まりに参加しているとのことだった。

二人目はブリーチブロンドの散切り頭に金ぴかの髪留めをして、パステルピンクのポロシャツにアッシュグレーのスウェットパンツをはいた、いわゆるヤンキー系の女性で、年齢については話の冒頭で自ら、今は二十九ですけど来月三十になります、と告げた。話すべきことをあらかじめまとめてきていないせいか、話の時系列が行きつ戻りつしたが、整理すれば筋はごくごくシンプルだった。十五の時からアルコールを常習的に飲んでいた、十七の時を皮切りに三度の堕胎を経験した、そのたびにアルコール依存が深まっていった、とのことだった。一度は覚せい剤も試したが肉体的に拒絶してしまい、それでいっそうアルコールに深入りしたとも言った。断ってから三か月が過ぎようとしているらしかった。

二人の話の内容が内容だっただけに、トイレ休憩後の意見交換は「子どもを産む、産まない」ないし

「子どもを育てる、育てない」というテーマを巡って多くの時間が費やされることになった。とはいえ、他者の意見を批判することはこの集まりのタブーであることは全員が知っているらしく、それぞれが自分の考えのみを述べあうという形に終始した。それはたまたまメンバー間のキャッチボールのようになる時もあれば、だれかが投げたボールが他のメンバーには拾われることなく、それどころか、投げた本人にさえ拾われることなく、茫漠な原っぱにただ転々と転がっていくこともあった。

「子どもを産んだことがこれまでの人生における最大の喜びでした」と誰かが言い、

「子どもを産まないと決めた時からわたしの人生は始まったような気がします」と誰かが言った。

「子どもを育ててゆく中でわたしはそれまでになかった落ち着きを獲得しました」と誰かが言い、

「わたしは子どもを産んでからいっそう神経質になりました」と誰かが言った。

「今では甥っ子と姪っ子を自分の子どものように可愛がっています」と誰かが言い、

「少子化というのは社会を衰退させる元凶なのですから、政府はもっと子育てしやすい社会的インフラを整えるべきです」と誰かが言った。

「子どものために生きているようなものです」と誰かが言い、

「子どもたちが将来自分と同じような問題を抱えるのではないかといつも心配しています」と誰かが言った。

「じつは子どもが嫌いなんです、自分もかつては子どもだったと思うとぞっとします」と誰かが言い、

「わたしのいとこはレズビアンで、アメリカでアメリカ人のレズビアンと暮らしていますが、近い将来に体外受精によって自分たちの子どもを持つ計画を立てているそうです」と誰かが言った。

「わたしは子どもを産めない体です。その事実にまだ折り合いをつけられないでいます」と彼女が言うと、

リーダーの女性が「これはどこかで読んだ言葉を下地にして言うのですが」とことわった上で続けた。

「もし、子どものいない女や男がまったく存在しないとしたらこの社会や世界はどうなっているでしょう？　概して親というのは子どものことを何よりも大切に考えるものです。例えば、会社や社会や政府に対して批判的な意見を持っていたとしても、それをおおやけに主張することで、直接的であれ間接的であれ自分の子どもに被害が及ぶとしたら、おそらく大概の親はその意見を自分の中に押しとどめ、不条理を甘んじて受け入れるほうを選択するでしょう。そのようなふるまいをもちろんわたしたちは非難できません。それは親としての生存本能であり、きっと使命ですらあるでしょう。そして、素晴らしいことでもあります。それが子どもへの愛の証でもあるのですから。でも、みなさん。ひょっとしたら、こういうふうにも言えるんじゃないでしょうか。社会全体のこと、わたしたち人類の未来のことを、個人的な事情に振り回されることなく、私情に搦めとられることなく、平らかに考えることに、また必要とあらば果敢に行動することに、より開かれているのは、同性愛者の方々を含めた子どものいない人たちなのかもしれないと。ですから、常日頃わたくしが思っているのは、もしも、子どものいない大人たちがこの世から一人残らず消えてしまったとしたら、この世界は今よりももっと悪い方向に向かってしまうのではないか、ということです。どうかみなさんが、それぞれの境遇にふさわしい力を発揮できますことを、それぞれの責務を全うされますことを、お祈りいたします」

父親に昼食に連れ出された。

もともと傾きかけていた会社の経営が今年に入ってのっぴきならない事態になってきた、そこにこの震災だ、先行きがまったく見えない、早々に不採算部門を整理しなければならない、まとまった現金をひねり出す必要もある、家を売ることを決めた、三人家族に相応のマンションに移ることにする、悪いがおまえには出て行ってもらわなくてはならない、いずれにせよ一年間という約束だった、少し早まっただけだ、このことが最終的にはおまえのためにもなると信じたい——そんな話だった。

わかったと彼女は言った。

置いてくれたことに感謝してるとも言った。


「さすがにためらっている」と友人は言った。

彼女とマナミは連れ立って日帰りのドライヴに出かけていた。あいにくの雨模様だったが、すでに梅雨入りしていたのでしかたがあるまい。

富士山の近くに閑雅な温泉施設があるからそこに行こうと誘われたのだった。彼女には初耳だったが車を運転することがマナミの最近の楽しみの一つ、ひいてはストレス解消法の一つになっているらしかった。今年になってから車を買い替えたらしかった。言われてみれば、去年の夏の終わりにアルコール依存症のための専門病院に連れて行ってもらった時とは色は同じ赤でも車種がちがっているような気がしないでもない。しかし、その時は車種を気にかけているような余裕はなかった。エンジンの音がぜんぜんちがうでしょ、と言われてもよくわからなかった。ちがうと言えばちがうしちがわないと言えばちがわない。彼女は免許をもっていなかったのでもっぱら助手席に座っていた。

露天風呂からは富士山が眺められるはずだったが、雨と霧に煙っていてそれはかなわなかった。しかしひさしぶりの温泉は気持ちがよかった。平日でひとけも少なく穏やかな気持ちにもなれた。お風呂に浸かりながら普段はしないような話をした。マナミが不妊に悩んでいることは何年か前に一度聞いたきりだった。あきらめたのだと勝手に思っていた。そうじゃなかった。この一年あまりのあいだに四度、人工授精を試みたらしかった。四度目の結果がこのあいだ出て、またしてもだめだったという。残るは顕微授精だった。旦那はやってみようと言ってるらしい。こうなったらとことんまで、と。

「そこまでして自分たちの子どもをつくるべきなのかしら。さすがにためらっている」とマナミは言った。

「いいんじゃない？　槇村さんがそう言ってくれるんだったらなおのこと」とこたえた。

「なんかひっかかる」

「なにがひっかかるの？」

「だって、自然なことじゃないじゃない。ガラス管を使って卵子に精子を注入してそれを子宮に着床させるなんて、そんなことやっていいのかしら？」

「考えすぎだって。素直に最新医学の恩恵に浴すればいいの。宗教的なしがらみがあるとかじゃないんだし」

「そうじゃないけど」

「じゃあ何?」

「むしろ、理性の問題」

「ふうん」よくわからなかった。

「養子をもらって育てるっていうのも悪くないかなって」

「……養子?」

「自分たちの遺伝子をなんとしてでも残さなくちゃっていう考え、わたし、ちょっと気持ち悪くて。血のつながりなんてたいしたことじゃないじゃない」

「それはわかる気がするけど……なんとなくね」

「だから、養子」

「養子ってそんなに簡単に探せるものなの?」

「この世の中には様々な事情を抱えていて子どもを育てられない未婚の母親とかがけっこういるのよ。で、そんな子どもたちの里親を探したり、養子縁組を斡旋する組織があって」

「ふうん」

「どう思う?」

「いいかもね」

アルコホーリクス・アノニマスの集まりで聞いた話はしなかった。しようかと少しのあいだ頭を巡らせたけど結局はしなかった。このタイミングで話すのはいささか説教じみている気がした。同じことでもタイミングがちがえば意味合いが変わって、時には逆の効果になるかもしれないことを知ってるつもりだった。

ガーデンジャグジーをほぼ独占していた三人組の中年女性が屋内のお風呂に戻っていったので、岩風呂からそちらに移った。そこには屋根がなく、雨が直に当たったが、たいして気にならなかった。

「ねえ、キノ、ところで」湯の温度や質感のちがいに適応させたみたいにマナミが声音を変えて切り出した。「東京を離れてみる気はある?」

「え?」彼女の中ではすでに東京を離れているつもりだった。今住んでる郊外は東京じゃない。東京郊外と東京は違う。でも、マナミが言わんとしてるのはそういうことじゃないらしかった。「東京を離れる?わたしが?」

「うん。たとえば、札幌」

「……札幌?」

「たしか、お兄さんって北海道じゃなかった?」

「うん、ニセコの山ん中」

「そんなに遠くはないよね」

「ていうか、話が見えない。札幌って何?」

「札幌なら紹介できる仕事があるの」

「……」

「地元の情報誌の編集。まあ、ご立派で優秀なキノさんに言わせれば、ゴミみたいな仕事かもしれないけど」そう言ってマナミは眼球をくるりと回しておどけた。「いずれにせよ、お父さんのところにはいつまでもいられないんでしょ?」

「あ……うん。夏の間に、って言われてる。父親の会社、けっこうやばいみたい」

「そうなんだ」

「このあいだ言われた」

「じゃあタイミング的にもばっちり」

そう言われても頭がついていかなかった。ジェット噴流がごぼごぼと音を立てるガーデンジャグジーに首まで浸かりながら、唐突に耳にする札幌での情報誌の仕事なんて、まるで宇宙の果てでの剪定作業みたいに思えた。

「前の編集部で親しくしてた先輩がね、向こうで情報誌の編集長やってて。それで誰かいないかって言ってきてるの。なるべく東京で経験積んだ人がいいんだって」

「そんなに経験ないし」

「じゅうぶんじゃない」

「そうかな」

「そりゃ地方の情報誌だから給料は高くないけど、向こうは物価も安いし、ふつうに暮らすぶんには不自由はしないわ」

「……ねえ、マナミ」

「ん?」

「わたし、マナミにさんざん迷惑かけてきた」

「そう?」

「とぼけないで」

「まあ、そういうこともあったかもね。でも、過ぎたことはいいわ」

「優しすぎる。不気味。なんか変」

「……じゃあ、一つ、告白する」

「……何?」

「わたし、学生の時にキノから借りたお金、まだ返してない」

「はあ?」

「ワープロを買うときに、足りなくて五万円借りた。月々五千円ずつ返すって約束して、三万五千円しか返していない」

「ほんとに? ぜんぜん覚えてない、そんなの」

「キノは実家から通ってたし、おうちだって……まあ、いまは大変なのかもしれないけど当時は……でしょ? わたしは田舎から出てきて親からの仕送りも少なくて、バイトも掛け持ちしてて、いつもキノの境遇をうらやんでた。惨めな気持ちになったことも一度じゃない。で、あるとき、今月は苦しくてって相談したら、キノはちっとも気にしてなくて、いいよ余裕あるときでって言ってくれて。たぶん、それでわたしも味をしめたんだろうけど、似たような繰り越しが何度かあって、そのうち就職活動だの卒論だのでお互いに忙しくなって……ようするに、わたし、踏み倒したの。一万五千円。はっきり覚えてる」

「その一万五千円のせいで、わたしに優しいの?」

「そう。一万五千円ぶん、キノには優しいの」

思わず笑いがこぼれた。涙までこぼれそうになった。「ラッキー」と言って湯をすくって顔にかけた。

「わたしもラッキー」そう言ってマナミも同じようなことをしていた。

お風呂の後はリフレクソロジーの施術を受けた。それから食事をし、リラクゼーションルームで読書し、昼寝し、帰路についた。

東名高速に車を乗せたころにはどしゃ降りの雨になっていた。激しい雨の中でもマナミはほとんどスピードを緩めなかった。いくらワイパーで弾いても、雨粒はあたかも人生の困難のごとく過去の過ちのごとく前世の業のごとく、フロントガラスに打ちつけた。

前方に目を凝らしたままマナミは言った。「続いてるのよね?」

「今日で八週間」

「すごいじゃない」

「すごくはないけど」

「考えといてよね、札幌の話」

「わかった」

「とりあえず話を聞いてみるだけでも」

「ありがとう」

「もう、なくなった」男がイヤフォンを外して言った。

「ああ、うん、べつに」彼女もイヤフォンを外して言った。

ホームヘルパーの仕事の後だった。だいぶ体が慣れてきてへとへとに疲れきるということはなくなっていた。帰りにいつもの公園に寄った。とくべつの理由はなかった。心地よい風が吹いていたのでちょっとタバコを吸っていこう——そのくらいの軽い気持ちだった。男がいた。いつものようになおざりな挨拶をしてから隣に座った。いつものようにiPodから流れる音楽を聴かせてもらっていた。

「ひとりで使っちまった」

「そう」

「酒もハッパもなしじゃな」

「そうね」

「どうする?」

「どうするって?」

「いや、なんか、体動かしたくてさ」

「なにそれ。変なの」と言ってから、ふと思いついた。「ボウリングでもする?」

「あ、それ、いいね」

隣駅近くにあるボウリング場へ向かった。自転車を押して歩いた。途中で男が代わってくれた。道すがら、路傍に咲いている野花や人家の花壇に咲いている花をいちいち固有名で唱えた。ハルジオン、オキザリス、ドグダミ、ブルーサルビア、ヒナゲシ、チェリーセージ、ホットリップス、スイセンノウ、クレマチス、ヒメツルソバ、ガクアジサイ……。男はいたく感心していた。

ほとんどしゃべらずに黙々とボールをレーンに転がし、ピンを倒し続けた。1ゲーム目のスコアは彼女が94、男が126。2ゲーム目は、彼女が112、男が109。3ゲーム目が二人とも105。負けると悔しかった。勝つと嬉しかった。引き分けはどういうわけかもっと嬉しかった。

「なあ」ボウリングを終えて階下のスナックコーナーでたこ焼きをつまみながらジンジャーエールを飲んでいる時に男が言った。「おれんちに移って来ないか」

「はあ?」唐突すぎて意味がつかめなかった。

「おれんちに越して来いよ」

「……それって、つまり、いっしょに暮らすってこと?」

「そういうこと」男はそう言って彼女を見据えた。顔がいつになく真剣になっていた。真剣すぎてコントをやっているように見えなくもなかった。「かつては二人で住んでいた部屋だ。広くはない。でもそんなに狭くもない。猫が二匹」

「猫が二匹」意味もなく最後の言葉をなぞった。頭が働かなかった。

「ようやくまともな仕事が見つかったんだ」

「……そう?」

「来週から魚市場で働く。マグロの仲卸業者。夜から朝にかけての仕事だけど」

「それはよかったね。おめでとう」

「そういうわけで、おれもこれからは堅気の男だ。ハハハ」男は自嘲ぎみに笑ってタバコに火をつけた。深く吸い込んで煙をゆっくりと吐き出し、再び彼女に向き直った。「どうだ？　このアイデア」

「あんたとわたしが一緒に暮らす？」

「そう」

そう言われて嫌な気持ちはしなかった。けれどもまったくイメージが浮かばなかった。「そんなの無理」と言った。「あんたとわたしじゃ共倒れ」

「いや、だから、おれもこの転職を機に、生活を立て直そうと思ってるんだよ。冗談抜きにさ」

「無理だって。わたしたちは同じ穴の狢だもん。二人して野垂れ死ぬ」

「おれにはそうは思えないね、おれたちが同じ穴の狢だとは」

黙って続きを待った。

「おれときみは根本的に違う。きみが必死になって押さえ込んでるのが内なる毒蛇だとしたら、おれが押さえ込んでるのはちっこいトカゲだ。こいつは単純なんだ。現金なやつなんだ。暮らし向きがよくなれば、うまいもんを食わせてやれば、おとなしくなる。きみの中の毒蛇はそうはいかない。性向も習性もちがう。欲してるものもちがえば行動規範もちがう。その正体がいったいなんなのか、おれにもまだわからないが」

「わたしの中の毒蛇」考えながら声に出して言った。

「そうだろ？　それにずっと苦しめられてるんだろ？　そいつがアルコールを欲し、酔っぱらっては暴れだす。アルコールの前はシャブだった。な？　詳しくは知らないけど、男たちとの不毛な情事だってそいつの仕業かもしれない。そいつは大トロを食わせてやるだけではおとなしくならない。金では手なずけられない。ここしばらくは静かにしてるようだけどな。死んだわけじゃない」

そんな話を聞きながらはらはらわたがえぐられるような思いになっていた。テーブルをひっくり返して逃げ出したかった。でもそうはしなかった。「……あんたがいっしょに暮らすことで、わたしの毒蛇は死んでくれるの？」

「さあね。おそらく死にはしないんじゃないか。でも性向は変わるだろう。ひょっとしたらおれのトカゲと仲良くやってくれるかもしれない。トカゲと仲良くやっているうちにそいつは毒蛇じゃなくなるかもしれない。あるいは、毒蛇はやっぱり毒蛇で、トカゲなんか相手にしてくれないかもしれない。もちろん、おれは仲良くやってくれることを期待しているけど」

そこまで言うと男は黙った。ゲームコーナーから男子高校生たちの歓声が聞こえた。その歓声に吸い寄せられるようにスナックコーナーでソフトクリームを食べていた女子高校生がゲームコーナーに移動していった。階上からは硬質ラバーのボールがウッドのレーンを転がってゆく音がしていた。ピンが弾け飛ぶ甲高い音も聞こえていた。二人の足下では沈黙が川となって流れていた。

その川に石を投げなくてはいけないのは彼女だった。ようやく言った。「いっしょに暮らそうなんて言ってくれて嬉しいわ」本心だった。その気持ちが相手にまっすぐに伝わることを願いながら言った。「でも無理。わたしの毒蛇はいずれあんたのトカゲを飲み込んでしまう」

別れ際にはじめて男と連絡先を交換した。

ひさしぶりに携帯電話のアドレスを更新したことで、どういうわけか自分がしごくまっとうな人間になった気がしていた。食べたり走ったり感動したり立腹したり歌を歌ったり数を数えたりテレビを見たりむだ毛を処理したり罪のない嘘をついたり誰かを好きになったりお世辞を言ったりお葬式に参列したりする、しごくまっとうな人間に。

午前十時を過ぎたばかりなのにすでに暑かった。

今年いちばんの暑さになるでしょう。朝の天気予報ではそう告げられていた。家から駅までの道のりを歩いていた。初夏の太陽がじりじりと照りつけ、影は濃くなっていた。アジサイが色づいている。アガパンサスが咲いている。タチアオイにヒメヒオウギ。キンシバイにビヨウヤナギ。草いきれがした。シャツが背中に汗で張りついた。十週目に入っていた。やたらと渇望するかんじも、むやみに気が塞ぐことも、なくなっていた。しらふで過ごすコツをつかみかけていた。自信らしきものも芽生えはじめていた。児童公園の脇の道を通りがかった時に男の声が聞こえた。

「おっと、飲んだくれのおでましだ」

彼女は足を止めていた。そうして声の主を見据えていた。男は砂場の傍らのベンチに片足を載せて座っていた。深緑の野球帽――すぐに思い出した。いぶし銀の不精ひげ。色のほとんどない分厚い唇。生成り色か、黄ばんだ白かのTシャツは首まわりと裾が伸びきっていた。ネオンブルーのラインが脇に入ったネイビーブルーのジャージのズボンはいつか見た時と同じだった。そして、うす汚れたマジックテープ式のトレーニングシューズ。野球帽の鍔の下から濁った目がのぞいている。表情のほとんどない顔が、にもかかわらずにやついていた。

「ようよう、飲んだくれ。一杯付き合えよ」

男の手にはカップ酒が握られていた。空いてるほうの手で腰の脇に置いてあったビニール袋を持ち上げた。そこにまだ何本か入ってるようだった。

「要らない」彼女はきっぱりとこたえていた。「欲しくない」こたえる必要なんてないのにそうこたえていた。向き直って、再び駅までの道のりを歩き始めた。

「要らない？　欲しくない？　なに言ってんだよ、ろくでなし女め。そんなはずないだろ。飲んだくれはいつになっても飲んだくれなんだ。逃れるなんてどだい無理なんだ。……おいおい、行っちゃうのかよ？　付き合えって。おれのおごりだぞ。ただ酒だぞ。……ちっ。まあ、いいさ。気が変わったらいつでも相手してやる。いいか。覚えておけ。おいらはあんたを見放しはしない。あんたもおいらを忘れはしない」

男がそう言っているのを背中越しに聞いていた。そして、それに続く、カカカカという笑い声を聞いていた。この世界の裏側ぜんぶに響き渡るような下卑た笑い声を。

最後の一瞥をくれてやるつもりで足を止めて振り返った。

男の姿は見えなくなっていた——笑い声はそのままに。

驚いた。

けれども驚きは長くは続かなかった。驚きこそが幻のようにたちまち消え去っていった。そのような状況をあっさりと受け入れている自分がいた。肺にたまった息をゆっくりと吐き出すと、もう一度駅へと歩きはじめた。

あの笑い声が聞こえるあいだはこの世界の裏側にいるのかもしれない——次の交差点で赤信号が変わるのを待ちながらやにわに彼女は思った。けれどもどういうわけかあの笑い声が聞こえない場所にいきたいとは思わなかった。あれが聞こえなくなったら自分という人間は終わってしまうような気がした。そうなのだ、あの耳障りな笑い声を、言葉にならぬ声を、耳にとらえてわたしは生きてゆかなければならないのだ。匿名の声の存在を心に刻み、ときにその意味を考え、その無意味を思い、その無意味を炙ってべつの意味を抽出し、そうしてそこからきっと何かを紡ぎだすのだ。その何かは地下の深いところで水脈をつくってひそかに表の世界へも流れ込み、やがてはそんな声を聞いたことのない、あるいはその存在をとるに足らないものとして軽んじている、どこかの誰かの目を見開かせ、彼らの渇いた心を潤すだろう。その何かが何なのかははっきりとわからないままに、彼女はつらつらと考えていた。

駅から羽田行きのバスに乗ることになっていた。そして羽田から札幌行きの飛行機に乗る。その先のことはわからなかった。今の彼女に決められたのはそこまでだった。それでせいいっぱいだった。

2011年3月のわたしたち夫婦は

My Wife and Me in March 2011

いつの日かだいぶ先になって来し方を振り返る時、2011年3月、という月は、わたしたち夫婦にはどんなふうに思い起こされることだろう。大震災のあった月、なのはいうまでもないことだが、同時に、けんかに明け暮れた月、ということにもなるのはおそらく避けられないだろう。いや、ひょっとしたら、夫婦関係が終わっていくその始めの月、ということにさえなるかもしれない。もっとも、わたしたち夫婦の終わりの始まりはもっとずっと前のほうにあって、わたしたちが――いや、妻はともかく、このわたしが、それに気づいていなかっただけなのかもしれないが。今からほんの三週間後にはわたしたちはすでに夫婦ではなくなっていて、わたしたちが共に生きた十年余りの思い出を葬るために、わたしは児童公園の滑り台の裏あたりでべそをかきながらつるはしで地面を穿っている危ない中年男ということになっているかもしれない。そうはなりたくないがそうならないとは言い切れない。どっちに転ぶかは正直まだわからない。

その晩も早くから口論になった。何回目かの計画停電のさなかだった。きっかけはごく些細なこと。チャッカマンを何処に置いた、最後に使ったのは誰、というような。それがどういう経路を辿ったのか覚えていないし、覚えていたところで説明する気にはなれないだろうが、3月のけんかがすべてそうだったようにやがてはお金の話に行き着き、そうなるとそれまではけんかが熾烈になるのをのらりくらりと防いでいたやせっぽちのユーモアもすごすごと傍聴席に退いてしまう。お金。お金の致命的欠如。わたしたちのいざこざのマグマ。

しまいにはわたしたちのやりとりはおおよそこんな具合になる。

「あなたがちゃんと稼いでこないから」「おれだって精一杯やってる」「精一杯やってるかどうかなんてどうでもいい」「な、なんだよ、結局は金なのかよ」「そうじゃなくて？　お金なしでどうやって生きてくの？」「いつからおまえそんな女になったんだ？」「こんな女にさせたのはあなたよ」「くそったれ！」「役立たず！」

そう、さながらわたしたちは金銭問題というモニュメントに鎖でつながれた雑種犬なのだ。そりゃまあ、どんな金持ちだってそうだろうけど、彼らの鎖は長い。木星まで行ってたとえ鎖がクスノキの枝に絡まったとしても地球に帰ってこられるほどに長い人もいる。一方、わたしたちのは短い。ちょっと近所を散歩しただけで首根っこがぐいぐい引っ張られてマーキングするのさえままならない。

けれどもこれまではどうにかやってきた。お金なんてなるようになるさ、と狂信してやってきた。若さがもたらしてくれる数々の恩恵と幸運のおかげもたしかにあるけれど、愛の力も大きい。愛こそすべてだなんてまさか思っていないが、やはり愛の力は大きい。しかし、愛もまたわたしたちと同様に生き物だ。たまにはピクニックに連れ出して陽光に晒してやらなければいけない。菓子パンばかり食べさせていると栄養失調になってしまう。わたしたちの愛はすっかりへたってしまった。最近は西日が射す時間になってようやく寝床から出てきて顔も洗わずにテレビを見ている。呼んでもろくに返事もしない。

3月の初め、月々のローンの支払いに困り果てたわたしたちは数年前に購入した家を売ることを決心して、不動産販売会社に査定を依頼した。しかしその結果、家を売り払っても残債を整理するのは極めて難しいことが判明した。頭金なしの諸経費まで上乗せしてローンを組んだのに加え、去年になって目の前の空き地にとある宗教法人の施設が建ってしまったのだ。たとえその信徒が買い主で査定額より高く売れたとしても、売却額の３％を販売会社に支払わなければならない。家を明け渡した後だって住むところは必要だ。敷金礼金に引っ越し代。貯金はすでに使い果たしていた。要するに行き止まりなのだ。欄干の向こうは大海原の絶景、しかし海面に降りるには断崖をダイヴしなくてはならない。ちょっとした奇跡でも起きない限り、そう遠くない将来に、わたしたちの小さな家は競売物件となり、やがて裁判所だかなんだかから立ち退き命令が下されることだろう。いったい奇跡が起こる可能性というのはどのくらいなんだろう。〝奇跡〟というからにはとてもとても低いんだろうな。

その晩、ろうそくの明かりの中での不毛な罵り合いに、わたしはついに耐えられなくなって家を出た。家々の照明はもちろん街灯や防犯灯さえも消えた郊外の住宅街はまるで海の底だった。犬を連れた海底人と時折すれ違いながらわたしは黙々と歩いた。行き交う潜水艦のヘッドライトが目を射抜く。見上げると灰色の藻が海面を覆っていた。

ひとまず、あてはあった。二駅隣に大学時代の友人が住んでいて、彼自身は数日前からアメリカに長期出張に出ていて不在なのだが（奥さんと子どもは奥さんの実家のある長崎に〝疎開〟している）、好きに使っていいと車の鍵を預けていったのだ。わたしは計画停電地域を抜け出たりまたそこに入り込んだりしながら半時間強かけて友人のマンション――というよりその駐車場にたどり着いた。アウディのステーションワゴン。ガソリンは半分以上残っていた。これだけあれば相当の距離（あるいは相当の時間）を走れるだろう。わたしは計画停電地域から逃げ出すごとく都心へ向かった。道を曲がろうとするたびにウィンカーではなくワイパーが作動する厄介な車だったが乗り心地は悪くなかった。奥さんの趣味なんだろうかカー・オーディオにセットされていたスマップのCDを流しながら——そうさ僕らは世界にたった一つの花。

わたしはほとんど無意識のうちに荻窪を目指していた。そこに、昔……といってもそんなに昔じゃないが、少しのあいだ仲良くしていた女性が住んでいる。愚かしくもわたしは彼女のことを心残りにしていたようだ。よりによってこんな時に彼女に会いたくなるんだから、そういうことじゃなくてどういうことだろう。

オートロックの玄関。「……はい」その一音節だけで彼女の怯えがうかがえた。わたしの顔が部屋のモニターに映っているのだろう。以前は喜んでくれたものなのに。わたしは名乗った。「オッス。元気？」やけっぱちの明るい声で。記憶喪失者よろしく。彼女は無言だった。わたしは彼女の無言を飲み込んだ。「どうしたの？」彼女はようやく口を開く。「あ、うん、その……コーヒーでもどうかなと思って」わたしは似たようなシーンがブローティガンの小説にあったよなと思いながら言う。いうまでもなくほんとはコーヒーなんてどうでもいい。しかし彼女の応答はにべもなかった。「……帰って」忽然とインターホンが切断される。その事実をわたしは受け入れられない。電気系統の誤作動だと思い込みたい。再度、呼出ボタン。「ねえ、なんなのよ」と彼女。今度の声には怒りがにじんでいる。「少し話せないかな。つもる話があるんだ」とわたしは早口で告げる。「いったいなんなのよ」と彼女は繰り返してから続けた、「もう二度と来ないって約束したよね?」「……うん、まあ」わたしは自分がとんでもなく破廉恥な行為に及んでいることに気づき始めている。妻とけんかして家を出た末に別の女性に助けを求めるなんて最低じゃないか。しかも、かつて傷つけたに違いない女性に。彼女は先を続けた、「今度こんなふうに家にやってきたら――」「わかったよ」わたしは慌てて遮る。彼女の口から〝警察〟なんて単語は聞きたくない。「もう来ない。悪かった」

ラジオの電波が突然乱れたかのような猥雑な沈黙の後で再びインターホンは切れた。彼女との関係は今度こそ完全に終わった。いやいや、とっくに終わっていた。わたしは墓の中の亡骸に抱きついてたちまち足蹴にされたのだ。史上最低。自嘲にすら値しない。

無性に酒が飲みたかった。でも金はなかった。だから酒が一緒に飲めて、しかも飲み代を出してくれそうな友人に電話をした。といってもそんな友人はぱっと思い浮かぶ限り二人しかいない。一人は留守電にすら切り替わらなかった。もう一人は出るには出たが、いやにつれなかった。今晩のわたしは彼らにふさわしい人間ではないのだろう。

ふと思いついて中学時代からの腐れ縁で今は歯科開業医の男に電話をかけてみた。「おう飲もうぜ」奴はまるで携帯を片手に誰かからの誘いを待っていたかのように言う。金がないことを伝えると「いいよそんなの」とも。はっきり言って好きな人間ではないので友人とは呼びたくないのだが、かけがえのない腐れ縁だと認めないわけにはいかない。

六本木で待ち合わせて奴がたまに行くらしいキャバクラに。キャバクラに行きたかったわけじゃないが、奴にとって男二人で飲むとはキャバクラに行くことを意味するらしい。二時間の間に四人の女の子がわたしについた。どの女の子も製氷機で作られた氷みたいにそっくりだった。あるいはそのように感じたわたしの感覚がどうかしてるのかもしれない。ここしばらく世界とわたしの間にはスケルトンのシャワーカーテンがかかっている。最初の女の子とは震災や原発の話をしていたはずなのにそれがいつのまにかパワースポットやスピリチュアル系の話にすり替わっていてわたしは話の途中で迷子になった。二番目の女の子は芸能界の裏事情にやけに詳しかったがわたしがあまりにも最近の芸能人を知らないので今度は相手を迷子にさせてしまった。三番目の女の子は自分のこれまでの人生とこれからの人生についてしゃべり続けたが、わたしにはそのどれもが製氷機的凡庸さに染まっているように思われた。その反動か四人目の女の子にわたしは自分の人生についてしゃべり倒してしまったが、ひょっとしたらそれらも製氷機的退屈さに蝕まれていたかもしれない。

店を出たところで歯科医に電話がかかってきてそれが何の用事なのか知る由もないが奴は悪いねと言ってタクシーに乗ってどこかへ去ってしまった。唐突に取り残されたわたしは、坊主頭の小学生たちに水切り用に拾われるのを待っている川辺の平たい石ころのような気持ちを抱えてしばし繁華街を一人ぶらついた。ネオンサインが歯抜けになった節電中の繁華街を。しかし、わたしのような経済活動に寄与できない人間は端からお呼びじゃないのだった。

海の底みたいだった住宅街にはふだんの明かりが戻っていた。夜食のカップ麺を買うつもりで最寄りのコンビニに寄った。どういうわけか店員が見当たらなかった。レジの横に急ごしらえの募金箱があった。

中を覗くとお札が何枚か入っているのが見えた。それを箱ごと奪って逃げるという考えが真夏の夜の邪悪な流星みたいに脳裏をよぎった。

家に戻ると妻は長椅子の上で三角座りになって深夜のニュースに見入っていた。被災地の近況を映し出す映像を消音にして見入っていた。

わたしにわかっているのは、もし妻が寝室のベッドで眠っていたら、わたしは長椅子に体を押し込めてまんじりともせず苦しい夜を過ごしただろうし、妻が見入っているのが他の番組――お笑いのヴァラエティやサスペンスドラマだったら、わたしのいけずな舌は不用意な一言を発して、再び罵り合いに発展したかもしれないということだ。しかしそのどちらにもならず、わたしたちは無言で隣り合って長椅子に座り、音なしのニュース映像をじいっと見続けた。そこにはふしあわせな人々がたくさん映っていた。寒さに震える人。炊き出しに長い列を作る人。がれきをかき分けて思い出の品を拾う人。いまだ見つからない家族を探して奔走する人。住処を、仕事を、最愛の人を失った人。

ふしあわせな彼らの姿はわたしの心を抉り、わたしは痛みを覚え、痛みを覚えながら同時にわたしは、わたし自身の痛みが和らいでいくのをいかんともしがたく感じていた。不謹慎な話だ。こういうことは口に出しちゃいけないのかもしれない。なんでもほんとのことを口に出していいとわたしは思っているわけではない。けれども、わたしは口に出すことを選んだ。時に人は他人の悲しみの実例から慰めを得る。気がつくとわたしは泣いていた。妻も泣いていた。それはそのときのわたしたち夫婦が分かち合えるおそらくたった一つの感情だったのだと思う。

願わくはわたしたちのこの小さなふしあわせもまた、どこかの誰かの悲しみをいくらかでも和らげんことを。

恋をしようよ

Let's Do It

うぬぼれなのか負け惜しみなのか。たぶんどっちかだと思うが、あるいはどっちもかもしれないし、もしかしたらどっちでもないかもしれない。いやまあ、つまるところ何が言いたいのかというとおれだってかつては女にもてたんだと言いたい。出かける相手に困ったことはないし、いつでもどこでもというわけにはさすがにいかないにせよ、やることを特別なことと捉えたことはない。おれみたいなのをリア充っていうんだろう？　そう、おれはリア充だった。リア充なんて言葉がないころにリア充だった。

今は違う。転落した。およそあらゆる指標において。最近はもっぱらモニタの前で自分を慰めている。あるいは思い出の劣化映像で。さらにはそれを妄想でゆがませた3D動画で。正直、怖いね。このやるせなさと、それゆえの歪曲の果てにいったい自分はどんな行動をとることになるのか。お人形？　はたまた？　ともあれ、やるまでの道のりって思いのほか遠いんだよな。痛感してる。えらく遠い上にひどい獣道だったりする。まあ、金で買えるものを除けばの話だが。あれとこれはちと違う。おれが言ってるのはもうちっとこう……ようするにスリリングなやつのことだ。過程でミスをおかすと取り逃しかねない類いの。あるいはさほどスリリングじゃなくとも愛か愛に酷似したものに包まれたやつ。ああ、そうさ、あれこそが最高だ。できることならもう一度あれを味わいたい。贅沢なのか？　贅沢なんだろう。この贅沢さが過去に栄光を知る男の痛いところだ。やれさえすれば幸せ、などとは思わないところが。愛なんて言葉をつい口走ってしまうところが。基準が高い。若年の成功体験は往往にして人を惨めにする。

さて、惨めな男はその日もいつもながらの最悪の朝を迎えた。昼時になってもかなり低調だった。まるで心に鉄球でもぶら下げてるかのごとく。さいわい少し残ってた。日が陰ってきたあたりから急速に気分は上昇していった。現場から引き上げる車の中で親方を飲みに誘ったほどだ。何言ってんだおまえ。そう一蹴された。しかし高揚は鎮まらなかった。近所の牛丼屋で晩飯をかきこみ部屋に戻ってテレビで小便臭いヴァラエティを見せられてもラジオで辛気臭いトークを聞かされてもそれは続いていた。そのうち万能感らしきものを覚えはじめた。なんというかもう、自分を中心に世界がまわってるような感じだ。やれるなこれは。そう思った。やれる以上のことがありそうだ、とも。人生の本体に関わりのあるようなことが。時計を見るとまだ八時。出かけることにした。たまに行く駅前の大衆居酒屋とかにではない。めったに行けない近所のスナック「しゃらら」にでもない。今夜はちえ子ママやナナちゃんとおしゃべりしたい気分ではない。傷を舐め合うようなおしゃべりなんぞ。熱いシャワーを浴びた。念入りに歯を磨いた。髭は剃らないほうがセクシーに見える気がした。左右の鎖骨にパフュームなんかも吹き付けた。鏡の中の男とは極力目を合わせないようにした。しょぼくれた負け犬は相手にしないに限る。そいつのぼやきが聞こえてきそうだったからヴォリュームのつまみをひねった。ちょうどディープパープルのブラックナイトがかかってた。おれは吠えた。猫が唸った。ああ、そうさ、今は老猫と暮らしている。

久しぶりの多摩川越えだった。都心はもっと久しぶりだ。やっぱ都心は違う。何がって女が。電車に乗り降りする女がすでに。道ゆく女がすでに。おれは歩いた。夜のメトロポリスを。きょろきょろしながら。きょろきょろがあまり露骨にならないように気をつけながら。肌寒いが夜気は間違いなく春のそれだ。白い月も春仕様。ウォームアップを兼ねてすれ違う女に声をかけてみた。春ですね——無視。飲みにでも?——白眼視。南の方角はどっち?——逃亡。最後のは二人組だったが去りながら「なに?今のオヤジ」などとこそこそ言い合ってるのが聞こえた。まあいいさ。言わせておこう。やがてバーがひしめく界隈にやってきた。最後にいい思いに繋がる出会いをしたのもこの界隈だった。その時はそれが最後だとは思っていなかったが。どのみち今夜でそれも最後ではなくなる。

一軒目には男しかいなかった。三十すぎの三人の男たちが女たちの話で盛り上がっていた。女たちというか女たちとの交わりの話で。店主がしばらくですねとおれに言い、さりげなく会話に引き込んでくれた。だから一つ小話を披露してやった。とっておきのやつを。わりとうけた。男たちは口々にさすがっすねー格が違うなーとかなんとか言ってた。ちょっとした人気者になった。ハイボールを一杯おごってもらった。でもそれだけの話。半時間ほどで店を出た。

二軒目には客はいなかった。前に来た時とは店主が違ってた。そのことに触れると現店主は元店主ががんで亡くなったことを知らせてくれた。元店主とは幼なじみで店を丸ごと譲り受けたのだという。なるほど。世間話をした。たいして弾まなかった。ほどなく威勢のいい中年男が女を二人連れて店に入ってきた。三人はL字カウンターの向こう側に座ったので女たちの胸部から上がよく見えた。タイプは違うが二人とも三十がらみでかなり美しかった。店主とのやりとりからすると男はどうやら映画のプロデューサーらしいので、さほど売れていない女優なのかたまたま美しい裏方なのか。あるいはそのどちらでもないにせよ、ちえ子ママやナナちゃんとは別種な人生を送っているのは明らかだ。もっぱら映画の話をしていた。おれの知らない映画ばかりだった。やっと一つ観たことのある映画が出てきた。絶賛してる。うそだろう？　眠いだけの映画じゃなかったっけ？　用を足して席に戻ると話題が変わっていて、脈絡はともかくおれに近いほうの女が「東京って最高ですよね〜」と言い放った。男ともう一人の女も「山手線の内側がいちばんだよ」「ほんとほんと〜」などと同調してる。全身に鳥肌が立った。うそだろう？　おれの田舎や郊外よりはずいぶんマシだってだけの話だろう？　世の中全体がこんなに腐り切っているのにどこかの街が最高だなんてことがあり得るのか？　おれは言い出しっぺの女に殺意を覚えた。同時に欲望も膨満した。尖った指先も目尻の痣もセクシーだ。やってる最中に首を絞めてとか言いそうだ。ああやってやるよいくらでもやってやるよ。しかし女は連れとのおしゃべりに夢中だった。女に限らず連中の目におれは映っていなかった。おれは透明人間だった。あがくのも醜いのでそそくさと店を出た。

三軒目ははじめて入る店だった。店主は女で客は単独の女が二人に男が一人。男はちょっと変なというか単に拙いというかそんな日本語をしゃべる白人だった。あっちの気がありそうだが妙な発音の具合とか額の後退の仕方とかのせいでそう感じさせるだけかもしれない。はじめは店主を含めた全員でとりとめもなく話をしていた。やがてそれが解けていっておれは隣の女とさしで話すようになった。女はしれっと身を寄せてきた。前の店の女みたいには美しくなかったしちょっと年増だったしなんかケバかったしはっきり言ってバカっぽかったがそれくらいのほうがうまくいくというのは誰もが知っている。なあどっかに行かないかとおれは女の耳元でささやいた。え？どこに？と女はわざとらしく驚きながらこたえた。どこでもいい、二人でしっぽりやろうぜ。いいけど……あんた何してる人。何してるって何だ。仕事よ。それが何か関係あるのか。関係はないけどそのくらい教えてよ。今は内装屋だ。ないそうや？　クロスを張ってる。……クロス？　壁のクロスさ、きみの部屋にも張ってあるだろ。ああ、あれね。そう、あれだ。へえ、ふーん。女ははっと思い出したようにスマホを鞄から取り出す。体がすっと遠のいてる。しゃりしゃり画面をいじってる。あ、呼び出されちゃったーとか言ってる。そんなの無視しとけとおれは言う。そうはいかないの。いくって。そんな折衝を七回ほど繰り返し、繰り返してるうちに自分が生ゴミみたいに思えてきた。ごめんなさいねー。そう言い残すと女は店を出て行った。けっ。おれはミスったのか。やっぱ……クロスを張ってるってとこか。そこしかないよな。何をしてるとか関係ないって言ったじゃないか。昔はベースを弾いててCDだって出したことがあるんだと打ち明ければよかったのか。それとも映画の照明係なんだけど東京ってこの世の天国だよねとか寝言を抜かせばよかったのか。くそっ。気分が錐揉み状に急降下していくのが自分でもわかった。女店主の視線が心臓をえぐる。いたたまれなくなった。店を出た。宵の口の高揚などどこへやら。リア充時代ははるか彼方。暗黒の現実ないし現実の暗黒がぱっくり口を開けていた。その現実ないし暗黒の中のぬかるみを歩いた。おれの歩く道はこの先ずっとぬかるみなのか。ただ三度の飯にありつくためだけにひたすらクロスを張って猫と暮らして猫が死んだら分割払いでお人形を買って忍び寄る老後に怯えるのか。勤勉、忍耐、倹約、従順……それらを健気に実践しながらちんけな幸せを、ていうか幸せだかどうだか甚だ怪しいが洒落臭い連中がそれこそが幸せなんだと啓蒙するところのものをかみしめてこせこせちまちまと生きてゆくほかないのか。

そこで肩を叩かれた。振り向くとさっきの白人だった。笑ってる。淡い色の目が映画の中の出会いのシーンみたいにはにかみながら笑ってる。飲みにいきませんかと言う。やっぱあっち系なのか?おれが女を口説いてたのは見てたよな?とか思いつつ、いやもう終電の時間なんだと断った。ラストトレイン、わかる? わかるよ、でも問題ない。いやいや、問題だよ、明日も朝からゴートゥーワーク、わかる? わかるよ、大丈夫、ぼくもゴートゥーワーク。ダメだ、眠らないとね、イッツハードワーク、わかる? わかるよ、大丈夫、うちで眠れる、うち広い、近く。おいおい。おれは悪寒を覚えながらもどうにか笑顔を作り、ソーリーグンナイと言って再び歩き始めた。白人はなおも何やかや言ってたが、振り返らなかった。ちっ。なんだよ。なんなんだよ。おれを相手にしてくれるのはもはや男だけなのかよ。あっち系のM字ハゲの白人野郎だけなのかよ。

と、だしぬけにある光景が脳裏に浮かび上がった。いつだったかニュースで見た光景が。サンフランシスコだったかロンドンだったか。みんなでパレードして男同士や女同士で抱き合ってキスし合って涙とか流してるやつ。純度百%の素敵な笑顔を満面に浮かべてるやつ。おれは足を止めた。息を吐いて吸って吐いた。振り返った。白人野郎の後ろ姿が見えた。イメージがピンクの鳩になって暗黒のぬかるみから飛び立った。やつと仲良くなったらいずれはおれも素敵に笑えるようになるんじゃないか。なかなかどうしてやつの笑顔だって素敵だったぞ。そもそもあっち系だろうがこっち系だろうがあんな笑顔をここ何年か見たことがあるか？　おれもほんとはあんなふうに笑いたい。あいつらみたいにハッピーになりたい。ならば、大胆な自己変革が必要なんじゃないか。いっそ別な流儀を学ぶべき時が来たんじゃないか。それに……やつの国へ行けばちゃんとしたのが手に入るだろう。ちゃんとしたのが手に入ればこんなまがい物をつかまされてあぶなっかしい状態にならないですむだろう。なんであいつらんとこはOKか暗にOKでおれらんとこは完全にNGなんだよ？　こんなグローバルな時代にあってそれって矛盾じゃないのか？　ていうか、大目に見ろよ。おれは特異な恍惚を求めてるわけじゃない。ふつうにラヴ&ピースな気分になりたいだけなんだ。このくそったれの人生にちょっとだけ薬味を添えたいだけなんだ。わかってくれるよな？　あんたならわかってくれるよな、ボビー？

ボビー！　おれは叫んだ。やつがボビーである確率は百に一つもないだろうがおれの中でやつはすでにボビーだった。ヘイ、ボビー！　すると、なんと、やつは振り返った。小首をかしげてる。ぼくのこと?ってなかんじで。おれは走り出していた。やっぱ飲もう！　声がほとんど裏返ってた。おれを連れてってくれよ！　どっか遠くへ連れてってくれよ！

新しい家族のかたち

A New Form of Family

みなさんのお話を伺ってしまった今となっては、俺の話ってなんかしょぼいっていうか軽薄っていう気がするし、それにまだまだ始まったばかりで……いや、ひょっとすると始まってすらいないかもしれなくて、けっこう気後れしちゃうんですけど、でもまあ、今さら無言で帰るわけにもいかないでしょうから、恐縮ながらお話しさせていただきます。

とはいえ、先ほどの方とかと違って俺の場合、生い立ちとかはいたって普通というか平凡というか、少なくとも人の関心を集められるようなものではないんで、その辺は省かせてもらって、マチコとの出会いから話すことにします。マチコっていうのは……どう言えばいいのかな、今やぴったりの呼び名がなくなってしまってなんとも歯痒いんですけど、ここではひとまず、パートナー、ということにさせてください。

控え目にいっても、きつい時期でした。というのも、そのふた月ほど前に、精魂を注いできたバンドがポシャってたんです。主に曲を書いてたヴォーカルの悟ってやつが、突然、家業の酒屋を継ぐから地元に帰るって言い出して。自分の才能に見切りをつける時や、いいかげん俺らも三十やしな、目を覚まさな、とかなんとかすこぶる陳腐なことを、利いた風にほざいてましたね。才能なんか関係ない、やるだけや、って予てからこっちの耳にタコができるほど唱えてたのはやつなんですよ。呆れて物が言えませんでした。で、それだけでもじゅうぶんショックなのに、その数日後、今度はドラムの植島に呼び出されて出かけていくと、そこにはギターの裕二もいて、いわく――以前からサポートで参加してたバンドに裕二ともども正式に加入することになった、そもそも悟抜きじゃバンドを続けてく意味はない、物事には潮時ってものがある……云々。その時の俺の心境ときたら……みなさんにどれだけ理解していただけるか不安ですけど、そうですね、恋人に裏切られた心境っていうとわかりやすいですかね。実際、バンドメンバーの関係って、恋人のそれに似てるとこがあるんです。大手のレコード会社に所属してるようなバンドだとまた違うんだろうけど、俺らレヴェルだと煩わしい契約とかないし、潜在的にはそこらじゅうにライバルがいるわけで。……で、ついでに白状すると、そのさらに半年ほど前に、長く付き合ってた恋人とも別れちゃってたんです。こっちのほうは一方的ってわけじゃなかったんですけど、それこそ潮時っていうのかな……いや、どうなんだろ、今思えば、彼女がうまく、つまり、俺がふられたような気分にならないように、話を持っていっただけなのかもしれないですね。まあ、このあたりの話も省きますけど。とまれ、そんなこんなで、きつい時期だったんです、マチコに出会ったのは。

あれは日曜夜の最終の何本か前の電車でした。季節は夏の終わりで小雨がぱらついていたのを覚えています。俺は仕事の帰りで下北沢から乗車しました。ちょうど席が空いたのでそこに坐ったんですけど、隣で眠っていた女の人が、まさに渡りに船ってかんじで、俺の肩に頭をもたせかけてきました。普段なら、肘打ちを喰らわすなり体ごと押し返すなりするんですけど、その女のデニムのスカートから伸びてる生足が、いいかんじ……つまり、ぶっちゃけ、セクシーだったんですよ。それで——ていうと、短絡的すぎてアホみたいだけど——ちょっとばかし鷹揚な気分になって、そのままにしておきました。女が酒臭いことには気づいてましたけどね。で、千歳船橋駅に電車が滑り込む時に、減速した弾みで女の抱えてたトートバッグがひっくり返って、中の物が床に落ちたんです。仕方ないから、携帯とか化粧ケースとかを拾ってあげたんですけど、屈んだついでに女の顔をちら見したら、もう幽霊みたいに蒼白で。あ、これ、やばいな、と思うがはやいか、喉の奥から、ごぼごぼって音が聞こえて……それで、とっさに肘を摑んで電車から引きずり降ろしました。案の定、ホームで吐きましたね。ちなみに、俺のアパートは次の祖師ヶ谷大蔵です。自分で言うのもなんだけど、なかなかのファインプレイじゃないですか。

その時点でほっぽり出すこともできたんだけど、やっぱ足がセクシーだったってことが少しは……いや、相当に、関係あるんでしょう、俺は引き続き女を介抱しました。嘔吐自体は十分くらいで収まったんですけど、体調の回復を待って、駅前のバス停のベンチにビニ傘を差しつつ坐って、女の話を聞いたんです。こんなかんじでした——「実は、あたし結婚してて。向こうの両親とも同居してる。最近、卵巣に異常があることがわかって。あたし、子どもを産めない体らしいの。それがわかって以来、家での居心地が悪くなってさあ。姑の態度とかも前とは違ってきてるし。そもそもね、あたしには普通の家庭生活って向いてないの。これまではなんとかカモフラージュしてきたけど、もう限界。それで、このあいだ家族が眠ってる隙に家を出たんだ。そのくせ、行くところもなくて。あたしには実家ってものがないのね。両親はあたしが五歳の時に続けて死んじゃって、最初は親戚の家に預けられたんだけど、その親戚にもいろいろと事情があって、小学校の途中からは施設で育ったんだ。この何日かはマン喫とかスーパー銭湯とかに泊まってた。死んじゃおうかなって気持ちにも少しはなってたんだけど、やっぱそういう柄じゃないしね、あたし。今日は新宿の焼き鳥屋さんで一人で飲んでた。ふと夜の海が見たくなって小田急線に乗ったの。でも飲みすぎてたみたい。ゆうべはほとんど寝てなかったし。それにしても、あたし、超ラッキー。あなたが親切な人で。こういうのもなんかの縁だよね。……しばらく泊めてもらえる？」

もうおわかりと思います、この酔っ払い女がパートナーのマチコです。誤解されたくないのではっきりさせておきますが、俺からは一切誘っていません。すでに終電は終わっていたので、今夜は仕方ないな、という気持ちが第一でした。それと、少しの同情と——つまり、彼女の話の不憫な部分にです。そりゃまあ、俺も健常な男なので、いくらかは不埒なことを思い浮かべましたけど、考えが浮かぶことと現実の行動はべつの問題でしょ。とにかく、その晩はベッドをマチコに譲ってやって、俺は夏フェス用の寝袋を使いました。

ただ、最初の晩からマチコに惹かれていたのは認めなくてはなりません。容姿のことを強調するのは、とりわけこのような場では相応しいことじゃないかもしれませんが、でも、俺、女の人を好きになる時って、必ずそこから——顔とかスタイルとか肌のかんじとかから、入っちゃうんですよ。その意味では、中学ん時から進化してないってことになりますけど。マチコの足の話はさっきもしましたが、足だけじゃなかったんです、セクシーというかチャーミングだったのは。耳たぶから顎先にかけてのカーヴとか、微妙に濁った明るめの瞳とか、血管が透けて見える手の甲のかんじとか、その時点では服の上からの印象に過ぎませんでしたが胸の形とか……ほとんど全部でした。実際、その晩は妙に高揚して寝つけなかったんで、寝袋から出て椅子に座って、薄暗がりの中でマチコの寝姿を眺めてたんですけど、まるで「ミリオンダラーホテル」のミラ・ジョヴォヴィッチじゃん、なんて思いましたから。ええ、だから、正統派の美女じゃないんですけど、未知の惑星からやってきたみたいな、あるいは、天国とか楽園とかその類いの方面から舞い降りてきたみたいな……そう、エキセントリック、とでもいうべき魅力があったんです。

そんなわけで、翌晩は俺、我慢できなかったです。はい、つまり、その、やっちゃいました。それがまた、すごく良くて。このまま死んでもいいやってくらいに。ま、早い話、俺はあっけなくマチコの虜になってしまったんです。はじめにお話ししたように、時期が時期だったのは確かにあるんですけど。マチコも……まあ俺がマチコに持っていかれたほどじゃないにせよ、俺のことを好いてくれたようでした。このままここにいる、って言い張りましたから。でも、物事には順序ってものが……ていうか、失踪したまま、なんてわけにはいかないですよね。俺、マチコを諭しました。いったん帰って旦那との関係を清算しなよって。それから一緒に暮らそうって。マチコはしばらくぐずりましたが最終的には納得して、嘔吐の夜から丸一週間経った朝、板橋の家に帰っていきました。

マチコが次に現れたのは数か月後、クリスマスシーズンになってからでした。実は、連絡があったのは最初の数週間で、その後は音信不通になっていました。電話はいっこうに繋がらないし、メールしてもまるで反応なし。ああ土壇場で元の鞘に収まったんだな、家族って得てしてそういうもんかも、って諦念まじりに思う反面、なんともやるせなかったですね。この時期が一番きつかった。新たなバンドを始める情熱はとうに失ってたし、そうすっと俺なんてなんの取り柄もないちんけな三十男だってことを痛感させられて。それこそ地元に帰ることも考えました。もっとも、俺んとこは継ぐべき家業があるわけじゃなし、半端ない田舎なんで仕事があるかどうかもあやしいんですが。だから、あの晩――いつものごとく深夜に帰宅したら部屋の明かりが灯っていたんですが――は、驚きと嬉しさで気絶するところでした。

で、再会の喜びを分かち合った後で、どうしてたんだよって訊くと、離婚に際して慰謝料というか餞別みたいなのをもらったらしく、そのお金で南米に行ってたということでした。「悲しみを捨ててきたの」ってマチコは真顔で言いましたね。「ウスアイアて小さな町があるのね、アルゼンチンの最南端に。世界の果ての町とかって言われてるとこ。そこに行ってね、悲しみを捨ててきたの。あたしの人生に積もり積もった悲しみをぜーんぶ。それで、あたし、生まれ変わったんだ。あたしはもうこれまでのあたしじゃない、このあたしは新しいあたし。これからは好きなように生きる。生きて生きて生きまくる！」

その時ですかね、マチコがそのエキセントリックな雰囲気だけじゃなくて、内面的にも相当に変わってるっていうかズレてるっていうかいささか壊れてる女だということを、もちろん薄々は気づいていたんですけど、しかと認識したのは。まあ、しいて良く言えば、進歩的ってことになるのかも……うん、進歩的っていうのが、みなさんに報告するにあたっては、ベストな表現かもしれないです。ええ、だから、俺なんかバンドを、しかもパンク系のを、やってたわりには、ぜんぜん普通ですから。コンサヴァって言ってもいいくらい。あるいはいっそ野暮って言っても。今にして思えば、そういうとこがバンドのメンバーにふられた理由でもあるんですよね……まあ、これは余談ですけど。

ともあれ、俺とマチコの生活が始まりました。マチコは早々に新宿の駅ビルの中の洋服屋に仕事を見つけてきました。まだ言ってなかったですけど、俺は当時、下北のライブハウスで働いていました。だから、二人とも週に六日は労働という日々でした。休日を合わせるのもけっこう苦労しましたし、それを連休にするとなると三か月に一度とかがやっとでした。一年ほどはそんなペースで過ぎていきましたが、ある日、マチコが言いました、「あたしたちまるで奴隷みたいじゃない？　こんなの変！　遊ばざる者働くべからず！　今度の夏はヴァカンスに行こ！」。俺は言い返しました、「そりゃ行けたら最高だけど、現実的には無理だよ。ここはヴァカンスの――」。マチコは人の話を遮ります、「無理じゃないってば。とにかく十一か月は一生懸命に働く。それでひと月の休みを申請する。断わられたら辞めるだけ。たっぷり遊んで帰ったら別の仕事を探せばいいじゃん。超簡単！」。

結局、俺は翌夏に七年働いたライブハウスをやめて、秋のはじめに二人でネパールに行くことになります。帰国すると仕事を探し（男女の違いなのか、俺とマチコの個人の資質の違いなのか、マチコはそれほど苦労せずに新たな仕事を見つけてきました）、再び翌年の夏まで必死に働き、今度はキューバに行きました。と、そんなふうに、一年のうちの十一か月をしゃかりきに働き、かつ倹約に努めてお金を貯め、残りのひと月をマチコの言うところのヴァカンス、俺に言わせれば珍妙な長旅に使うという生活が、俺たちの間で定着しました。残念ながら、ひと月もの休暇を認めてくれる職場はありませんでしたので、一年ごとに仕事を変えざるを得ませんでしたし、職種を選ぶような贅沢は言ってられませんでした。この間に俺が就いた仕事は、ガソリンスタンドの店員、水道メータの検針員、ホームセンターの配送係、などです。マチコのほうは、運良く……いや、彼女の人徳なのでしょう、三年目に名の知れたセレクトショップに正社員として採用され、年に三週間ほどなら有給休暇を取ることができるようになりました。

めくるめく歳月が過ぎていきました。そりゃまあ、なべて休暇は楽しかったですが、職場では常にぺいぺいの新人なわけで、思いのほかしんどかったし、旅の終盤や仕事探しの折には将来に対する不安がマグマみたいにせり上がってきました。でも、一方で、まあこれも愛の力ってやつなんですかね、それとも俺には危機管理能力みたいなものが生来的に欠けているんでしょうか、体力と気力が続く限りマチコとともにこんな人生を歩んでいくんだな、っていうある種の覚悟もいつしかできてきました。ところがです……お待たせしました、このあたりからが本題ということになります。

昨年の十月の俺の誕生日のことです。仕事を終えてから約束してあったヴェトナム料理店に行きました。マチコはすでに来ていましたが、一人ではなく、同年代のかなり大柄な女性と、四歳くらいの栗毛の女の子と一緒でした。さっそく紹介されました。ハナエちゃんというその女性は、同じ施設で育った幼なじみにして親友ということでした。以前にマチコの話に何度か出てきたのを俺も覚えていました。ハナエちゃんは名古屋で働いていた時に知り合ったアメリカ人と結婚して、その後ご主人の仕事の関係でシアトルやデンヴァーで暮らしていたのですが、最近になって離婚が成立して、娘のサラちゃんを連れて日本に戻ってきたそうです。今は日野のお兄さんのところに厄介になってると言っていました（ちなみに、ハナエちゃんのお兄さんも施設育ちで、マチコの初恋の人だそうです）。その晩は、サラちゃんが眠くなってむずかり出すまでの一時間余りしか同席できなかったのですが、幼なじみというだけあって——それに……所謂、普通の幼なじみじゃないわけだし——マチコの様子も他の友人たちと一緒の時とは違いました。もっとも、マチコは相手が誰だろうとほとんど態度の変わらない、もしくは変えない人間なんですが、それにしてもこの晩のマチコは、長い乾期の後で水浴びを楽しんでる象……ていう比喩は変ですかね？　ま、とにかく、心底楽しそうでした。

ハナエちゃんたちが帰ってゆくとマチコは言いました。「ハナエのことどう思った？」

どう思った？——妙な聞き方をするんだなと思いながら俺は答えました。「思わせぶりなところがなくていいよね。物言いがまっすぐっていうか。さすがマチコの親友だよ」

「でしょ」そう言って、いたずらっぽく笑った後で、マチコはじゃっかん声音を変えて続けました。「ねえねえ、あたしたちにも子どもがいたらいいと思わない？」

「はあ？　子ども？」唐突な展開に俺はまごつきました。すでにお話したように、マチコは子どもを産めない体です。子どもを育てるとか子孫を残すといった考えは、マチコとの生活が始まるや、無意識のうちに捨てていました。元々俺は子どもがあまり好きじゃないので、そのことで思い悩むことはありませんでした。むしろ、親になるという責務から解放されて心が軽くなったくらいです。だから、この時のマチコのセリフは寝耳に水でした。

まごつく俺を尻目にマチコは先を続けました。「こんなあたしでも母性本能は残ってるみたいなのよね。この歳になって急に子どもが欲しくなってきたの」――申し遅れましたが、マチコはこのとき三十八歳でした。

「うん、わかるけどさ。でも……」

「そう、あたしは子どもが産めない」

「このあいだ、テレビでやってたけど、養子縁組ってのは大変みたいだぜ。なにかと厳しい条件があって」

「養子？　そんなことあたし言ってないじゃん」

「え？　じゃあ……代理母とかいうやつ？」

「あ、うん、そっちのほうが近いかな」

「……近い？」

「すっごいこと思いついちゃって、あたし」マチコの目がぴかっと光りました――いや、俺にはほんとに光ったように見えたんです。「ハナエとナオくん、どうかしら？」

「……ど、どうかしら？　なに言ってんだ、マチコ」

「じつはね、ハナエとはもう話がついてるんだ。ていうか、ハナエとしゃべってる時に思いついたことだから」

「はあ？　ぜんぜん話が見えないし」もちろん大方の予想はついたのですが、一方で、まさかという気持ちが働いていました。

「話が見えない？　もー。ちゃんと頭、使ってよ」それからマチコは出来の悪い小学生に教え聞かせるみたいに話しました。「だから、ほら、ハナエとナオくんで子どもを作るんじゃん。それでみんなで暮らしてみんなで育てるんじゃん――サラちゃんと生まれてくる子どもを。そりゃ面倒だから法律上はハナエとナオくんが夫婦ってことになるけど、そんなの別にどうでもいいし。だいいち、あたしとナオくんの二人で育てるのって経済的にも無理じゃない？　蓄えとかもまったくないんだし。ハナエだってサラちゃんを一人で育てるの大変だよ。三人なら――三人ってのはハナエとナオくんとあたしってことだけど、なにかと心強いでしょ。少し広めの部屋に越して、役割分担とかもちゃんとして。それにさあ……ナオくんもラッキーじゃない？　奥さんが二人いるようなもんだよ！　ハナエともセックスできるんだよ！」

俺は言葉を失しました。言葉だけじゃなくて、体の中から血も水分も失していくように感じました。

みなさんの表情が、ひいては会場の雰囲気が、五分前とは明らかに変わったのをしかと感じています。そりゃあ無理もありません。この集会の目的は、それぞれの体験や試みを通じて、新しい時代における新しい家族のかたちを模索していくことなのであって、なにも頭のいかれたヒッピーまがいの生活を推奨するためのものじゃありませんものね。しかしながら、今さらおいそれと引き下がるわけにもいきません。いま少し、ご辛抱ください。

翌日以後も俺はマチコとこの問題について話し合おうとしました。しかし、ちっとも埒が明きませんでした。そうです、今さら補足する必要もないと思いますが、マチコっていうのは、狙った獲物を捕獲するためなら太平洋だって泳いで渡るような女なんです。とんでもないものまで見えてしまうんですが、視野は病的に狭いんです。こんなんで、よく主婦なんか務まってましたよね。もっとも、この時期については自分でも……いや、それはともかく……

物事はなしくずし的に進んでいきました。冬の気配が立ちこめ始めた十一月半ばの夜、再び三人で……サラちゃんを含めると四人で、食事をしました。二回目ということで俺もハナエちゃんにだいぶ打ち解け、なんやかやと話も盛り上がり、おのずとアルコールも進み、とても楽しい時間を過ごしたのですが、トイレに行って戻ってくると、マチコはサラちゃんを連れて店を出た後でした。ハナエちゃんも肝が据わったものでした。追いかけようとする俺の腕を摑むと、百戦錬磨のヴァンパイアのごとく――その……あまり大きな声では言えないんですが、ハナエちゃんってのは実際ヴァンパイアを髣髴させる雰囲気があるんです――うっすら笑って言いました、「部屋は取っといたから」って。

「ハナエちゃん」ひとまず、マチコを追うのはあきらめて、俺は言いました。「これって趣味の悪い冗談なんだよね？　二人して俺をかついでるんだよね？」

「そう言ってあげたいところだけど、残念。もちろん、わたしも最初はそう思ったし、マチコにも言った、冗談やめてよって。テレビの連ドラじゃないんだからって。でも、考えれば考えるほど、そんなに悪いアイデアには思えなくなってきたのよね。サラも一人じゃ寂しいだろうし、わたしはもう旦那なんてこりごりだし。今は素晴らしいアイデアだって思ってるよ。昔からそうだったけど、マチコってほんと天オ！」

　だしぬけに、両親の顔が脳裏でちらつきました。つまり――認めるのは癪ですが――この時はじめて、いかれたマチコのいかれた計画を、現実の地平で考え始めたということかもしれません。

「あのね、ナオくん」いくらか声を落として言うと、ハナエちゃんは俺の手元のグラスを奪い、半分以上残っているハイボールを一気に飲み干しました。「わたしたちってこの社会の端っこで生きてるんだよね。わたしとマチコはもともと端っこからスタートした。一時期は――マチコはとくにね――真ん中に近いところに行きかけたけど、うまくいかなくてまた端っこに戻ってきたの。ナオくんは最初はそれほどでもなかったと思うんだけど、好きなことに夢中になってるうちにずるずると端っこのほうに来ちゃった。でしょ？」

　俺は頷きました。ハナエちゃんの言わんとしていることはよくわかりました。真ん中や端っこという言葉を使って考えたことはありませんでしたが、いずれにせよ、日頃から身に染みていたこと――それが、日々のしんどさのベースにあったのです。

「これは気持ちの問題とかじゃなくて歴然とした事実。それでね、ここからが肝心なんだけど、端っこで生きてくには、それもただ生き延びるとかじゃなくて、人生の果実を幾分かでも味わうためには、コツが要ると思うんだ。コツっていうか、まずは知恵と勇気ね。三人寄ればなんとやらって諺もあるでしょ？　とりあえずアイデアは生まれたんだから、あとは勇気。ナオくん、ダメダメ、このくらいのアクロバットでびびってちゃ」

「アクロバット……」その物言いに――的確かどうかではなく、その物言いに、俺は思わず感心してしまいました。ほんとは感心してる場合じゃないんですが。

「それに、わたし……」ハナエちゃんは俺の目を覗き込み、再びヴァンパイアの笑いを顔に貼付けて言いました。「ナオくんのこと、色っぽい子だなって、最初から思ってた」

いろいろと言い訳したい気持ちに駆られるのですが、言い訳したところで事実は変わりません。その晩、俺はハナエちゃんと交わりました。俺のができる状態になるまでにけっこう時間がかかりましたし、その最中にも萎えかけたりしたんですが、それでも最終的にはやり遂げました。そして、その晩だけじゃなくて、以後も交わることになりました。ハナエちゃんは年齢が年齢ということで排卵促進剤を服用しているようでしたし、マチコはハナエちゃんに事情を聞いたのか、ネットでバイアグラを買ってよこしました――あたかも種馬に有機栽培のニンジンでも与えるような気軽さで。俺とハナエちゃんが会うことになっている前日はレバーや牡蠣やハマグリや山芋などを食べさせられたりもしました――効果の有無については、俺、知りませんけど。

そうして、この四月にハナエちゃんの懐妊が確定しました。その時のマチコとハナエちゃんときたら、まるで自分たちがトキの繁殖を成功させたみたいな喜びようでした。よくやったね！ブラボー！――などと、まるでサヨナラホームランを打った八番バッターのごとく俺も二人から手荒い祝福を受けたんですが、当の俺は世紀の抜け作になったような気分からなかなか抜け出せませんでした。

それからはまさに、光陰矢の如し、です。つい数日前には、男の子だということが判明しました。予定日はキリストの誕生日だそうです。再来週にはお腹が目立ち始めたハナエちゃんを連れて帰省し、両親に結婚の報告をする予定です（身内のことをこう言うのもなんですが、素朴っていうか人が好いんですよね、うちの両親って。そんな彼らを欺くことになるわけで、今から気が重いです）。すでに狛江の３DKのアパートに引っ越していて、四人での暮らしも始まっています。サラちゃんも幼稚園に通い始めました。基本は俺とマチコが働いて金を稼ぎ、ハナエちゃんが家事をするという分担ですが、休日には、俺たちも洗濯や掃除をします。週に一度はサラちゃんの面倒を俺やマチコが見て、ハナエちゃんを自由にさせてやります。俺とハナエちゃんで映画を観に行くこともあれば、マチコとハナエちゃんでショッピングに出かけることもあります——マチコとハナエちゃんはほんとに仲がいいんです、まるで姉妹……いや、恋人かと見紛うほどに。まあ、時々、些細な問題が発生しますが、全般的には——あるいは表面的には、うまく転がっていると言っていいでしょう。

しかし、です。しかし、俺の心の中はぐちゃぐちゃなんです。配線が混乱したままそれでも動き続けてるアンドロイドのような気分なんです。いや、はっきり言います。俺は苦悩しています。そして、この苦悩の悲惨なところは、誰もこれが苦悩だとは認めてくれないことです。俺は何人かの男友達に相談しました。どいつも真剣に取り合ってはくれませんでした。いいじゃんいいじゃんモテモテじゃんハレムじゃん、とか、世の中には人形を相手に励んでるやつもいるんだからお前は幸せもんだ、とか言って、俺の背中や後頭部をバシバシ叩きます。しかも、やけに力がこもってて正直痛いんです。もしかすると奴ら、心の底では俺に腹を立てているのかもしれません——理由は……おおよその予想はつきますよね。でも、いいですか、これは二人の女とやれてラッキーだとかそういった問題じゃないです。そういう下世話な次元で話されると脱力してしまいます。ていうか、ぜんぜんラッキーじゃないし。奴ら、俺のことをなんだと思ってるんすかね？　ナポレオンとかスーパーマンとか金剛力士とかですか？　いや、だから、なにもあっちの話だけじゃなくてね、こんなクレイジーな生活を維持するには厖大なエネルギーがいるんですよ。俺だって徐々に年を取ってゆくんです。永遠の青春を生きてるわけじゃないんです。無根拠な活力とかはなくなってきてるんです。それに、活力の問題だけじゃなくて……この頃は街や公園で普通の親子――要するに、お父さんとお母さんと子どもが一人とか二人という構成のです――を見かけると、泣きたくなります。彼らから匂い立ってくる、普通であるからこその気品とか殊勝さに、打ちのめされます。ほんとは、そんな一見普通に見える家族だって何かと込み入った事情を抱えていて、実はちっとも普通じゃないのかもしれないけど、俺から見ると、完璧な普通に見えるんです。わかります？このかんじ。……あ、いや、待ってください、これじゃ俺が、なによりも普通であることを希求してるみたいですよね？そうじゃないんです、別に普通や平凡こそが尊いものだとか、そういうことを言いたいんじゃない。俺、平凡に育ったから、平凡ゆえの哀しみは嫌というほどわかってます。平凡なんか糞食らえっすよ。……ていうか俺、いったい何を……あ、そうか、要は、怖くてたまらないってことなのかも。こんないかれた生活いつまでも続くわけないよ、必ずしわ寄せが来るよ、津波みたいなのが襲ってくるよって心のどこかで恐れているんです。空気を入れすぎた風船が破裂するみたいに、俺たちの生活も愛の過剰ゆえに瓦解して、あとに残るのは、草も生えない荒れ地……いやいや、比喩を言ってる場合じゃない、つまり、その、血みどろの殺傷事件とかに発展して、残るのは施設に預けられることになる幼い子どもだけ、とか。……想像しすぎですか？　これって杞憂ってやつ？　そんなこと言い出したら、どんな家族だって……いや、さすがにそれはないよなあ。……すみません、だんだんわけがわからなくなってきました。バカバカしくすらなってきました。……やっぱ、俺って幸せなんすか？幸せを受け入れられないだけなんすか？　みなさんどう思います？　この家族のかたちをどう思います？　ありですか、これ？　俺は余計なことを考えずにひたすら働いて金を稼いで女たちを喜ばせて子どもたちを育てて命尽きるまでこの道を邁進すればいいですか？　邁進っていったって俺はこれといった能力のない凡庸な男ですよ、鉄腕アトムでも超人ヘラクレスでも……あれ？　話が逆戻りしてるじゃん……失礼しました。うん、だから、その、つまるところ、今日はみなさんのご意見を伺いたくて、この集会にやってきたんです。このような高尚な集会にお集りの方なら、きっと聡明にして含蓄のあるご見解をお持ちだと勝手ながら期待いたしまして。忌憚のないご意見を頂戴できれば、幸いです。どうかよろしくお願いいたします。長々とご清聴ありがとうございました。

長い夜
A Long Night

藪田《やぶた》貴史《たかふみ》にはそれがクラシックというジャンルに属する曲であることくらいしかわからなかったが、ウラディミール・ホロヴィッツのピアノによるショパンのマズルカがいまひとつ空調の行き届かない八十平米ほどの店内に流れていた。

季節は晩春。もしくは初夏と呼ぶ人もいるだろう。天気は小雨。その日は朝から雨が降ったり止んだり一時は陽も差したりとつかみ所のない空模様だったが、日が暮れてからはほぼ一定の雨脚を保持しつつ降り続いている。

藪田のほかに客は一組。どちらもその装いを中間色のみでコーディネイトした初老の男女が、この喫茶店の一押しである深煎りブレンドをちびちびと味わいつつ、まれに逸脱するものの基本的には敬語を使っておしゃべりに興じている。どうやら区民センターの視聴覚室にて定期的に催されている詩吟教室の帰りらしい。それから、客席フロアをあえて扇に見立てるとすれば、そのほぼ要の位置にあたる柱に背中をもたせかけている二十代前半のウエイトレス。一七〇センチにわずかに届かない身丈、スレンダーかつ均整の取れた体型、さらにはふっくらとした唇のまわりに広がる、美顔とは言えないにせよなかなかに個性的な顔立ちは、巷のファッション誌等で活躍するモデルと比べてもさほど遜色はないものの、気を緩めるとたちまち露呈してしまう姿勢の悪さと通常の化粧では隠しきれない肌色の悪さが、それらの美点をあっさりと帳消しにした上で、いかんともしがたい薄幸ぶりを炙り出させてしまっている。心ここにあらずといった体《てい》で虚空の一点を見つめつつステンレスのトレイをあたかも子宮をすっぽり隠すかのように下腹に抱えているのだが、これは彼女の月のものが二週ばかり遅れていることと、すなわち身ごもるわけにはいかない男の子どもを身ごもってしまったかもしれないとここしばらくのあいだ懸念していることと、多いに関係があるのかもしれないし、ほとんどないのかもしれない。ショパン——BGMの選曲者でもある喫茶店主は、ほとんどの客席からは死角になっているカウンター奥の洗い場に常備してある古いパイプ椅子に腰掛けて、奇しくも薮田がその瞬間に吸っていたのと同じ銘柄であるラーク・マイルド・メンソールを深々と吸っては、鼻と口から紫煙を吐き出している。今日も暇だった……客をすっかりスターバックスに取られちまった……コーヒーの味なら絶対の自信があるんだが……このぶんじゃ早晩店を畳まざるをえないだろう……人生は楽しむにはあまりにも短く、食っていくにはあまりにも長い……などと開業二十五周年と自身五十五歳の誕生日をまもなく迎えようとしている店主は、ここ数年のあいだ平均すればほぼ三日ごとに思い煩っていることを、このたびは三日連続で思い煩っていたが、それはまた別な人生の話。

薮田はほんの三口ほどしか吸っていないラーク・マイルド・メンソールを陶製の灰皿でもみ消すと、張り出し窓の向こうに目をやり、雨に濡れそぼつ駅前の様相をしばし眺めるともなしに眺めた。ちょうど下り電車が到着したところらしく、改札口からは会社帰りや学校帰りとおぼしき乗客がわさわさと吐き出されている。その大多数は改札口を出たところでいったん足を止めて傘を広げるが、傘を持ち合わせていないがゆえ、あるいは駅前ロータリー内に停車している路線バスやタクシーに乗り込むため、あるいはまた他の種々な理由により、そうはせずに小雨の中へ踏み出していく人もざっと二割ほどはいる。そうやって人々が傘をさしたりささなかったりしつつ方々に散り、次の下り電車が到着するまでつかのま、改札口付近が閑散とすると、薮田はおもむろにけしずみ色のジャケットの内ポケットに右手を差し込み、強化プラスチックと鋼鉄の冷ややかな感触を味わい、その日何度目かの身震いをした。

　時に不安や怖じ気が紛れ込まないわけではなかったが、ここしばらく薮田の内面をおおかた支配しているのは奇妙な昂揚感、あるいは甘美な恍惚感だ。この二週間、朝も昼も夜も時間の許す限り、そいつを撫でたり握ったり鼻孔に近づけて匂いを嗅いだり、そのついでに接吻して唇による感触を確かめたり、さらには軽く舌先を触れさせて味の有無を確かめたりしていた。幾月も親にねだり続けてようやく念願の野球グローヴを手に入れた昭和三十年代とかの少年のように、枕元に置いて眠ったこともある。先週の休日には初めて戸外に持ち出した。中央高速道路を使ってはるばる長野県の山中にまで出かけていったのは、一発だけ試し撃ちしてみる心づもりだったからだが、すんでのところ——引き金に指をかけておおよその狙いを定めた——で、思い留まった。今、発覚しては元も子もないじゃないか。弾だってもったいないし。

　薮田はその南アフリカ共和国製セミ・オートマチック・ピストルを、競売物件の売買に特化した不動産業を営む小学／中学時代の同級生が紹介してくれた台湾籍の男に、さらに紹介されたウムトと名乗る片目が義眼のトルコ人から三十二万四千円で購入した。日本におけるピストルの相場なんて知るよしもなかった。しかしピストルを本気で捜し求めてからゆうに四か月が過ぎていたせいもあって、三十万円という本体価格は非常に廉価と感じたのだった。一方、なぜ消費税を課せられるのかは最後まで腑に落ちなかったが、ウムト氏は「消費税8パー、ニッポンの法律ね、でしょー」と言って頑として譲らないのだった。

　話は戻るが、成人式以来の接触だった同級生は、薮田がどうしてもピストルが欲しい旨を告げるとべつだん驚くこともなくただその理由を尋ねた。薮田は「うんざりしてるんだよ!」と、まっとうな答えになっているとは言い難い答えを、自身は完璧な答えのつもりで返したのだった。

お代わりのコーヒーを注文するべく、薮田はくだんのウエイトレスに向かって右手を挙げたが気づいてもらえず、次にその挙げた手を出航してゆく大型客船に向かって振るがごとく左右に大きく振ってみもしたのだが、それでも気が付いてもらえず、さらに次は両手の中指と親指を同時に擦り合わせて、ぱちん！と甲高い音を鳴らした。が、その音で引きつけたのは、間に二つの空きテーブルを挟んだ初老の男女の注意のみで、その二対の視線をやんわりとした非難と勝手に捉えた薮田は、それにバツの悪さを覚えるどころか逆に好戦的な気分になり、思わず知らず口からもれたのは「ちょっと、ねえさんよ」という、ついぞ使ったことのない呼びかけであった。ウエイトレスははっと我に返り、ようやく自分の出番であることに気がつくと、トレイを右脇に持ち変えて薮田の席に向かった。

「お代わりを」薮田は相手の物憂げなくせに妙に鋭い視線を避けつつ告げた。

ウエイトレスは「はぁ」とも「あぁ」ともつかない、日本語よりも国際音声記号で表したほうがしっくりくるだろう音を発し、空になったロイヤルコペンハーゲンのコーヒーカップに手を伸ばしたが、カップに手が達する前にふいにその動きを止めて再び客の顔に視線を向けた。「あ、でもぉ……」

薮田も視線を相手の顔に向けざるをえなかった。そして、極地の夜をさまようがごとく暗い瞳に宿るものを探りながらその先を黙って待った。

「九時で閉店なんですけどぉ……それでもいいですかぁ？」

薮田は二十年以上使っているシチズンの腕時計にさっと目を落とした。八時半を数分過ぎていた。「閉店は十時じゃないのか？」

「いつもはそうなんですけどぉ、今日はぁ……」

「今日は……何だ？・」女の、語尾は延びるが尻切れな物言いが癪に障った。

「あたしはよくわかんないんですけどぉ……マスターがぁ」

ウエイトレスはその先を言うつもりはないみたいだった。「ちっ」と舌打ちしてから薮田はいささか芝居じみた荒々しさで席を立ち、「わかったよ。もう出るからさ」と告げた——どのみち九時前には出発するつもりでいたのだが。

レジカウンターで深煎りブレンド代六百五十円を払い、用途はとくにないのだがほんの思いつきから薮田宛てでの領収証を求めた。「草冠に数字の数、それに、田んぼの田」と説明したにもかかわらず、ウエイトレスは「ここに書いてもらえますぅ？・」と言って、信用金庫のロゴが入ったメモ用紙とボールペンを差し出したので、薮田はそのB7サイズのメモ用紙に大きく「ヤブタ！・」と感嘆符付きの片仮名で書き、ウエイトレスも素直にそれに従った。

受け取った領収証をジャケットの右フラップポケットにぞんざいに突っ込むと、ありがとうございました、と言って一礼するウエイトレスには目もくれずに、ドアの脇に設置された傘立てから自分のビニール傘を抜き取り、喫茶店を出た。軒先で傘を広げると、車を停めてある駅の反対側のスーパーマーケットの屋上駐車場へと急ぎ足で向かった。その三分ほどの道すがら、薮田はふと魔が差したかのように、おれってすっかり変わったよな……昔はこんなんじゃなかったよな……ずいぶん遠くへ来てしまったよな……などとしみじみ思ったのだが、あくまでも魔が差したように思っただけで、すぐさまそのようなインスタントな感慨は胸中に立ちこめる風塵の中に紛れてしまった。

あと六回ほど月賦が残っているシルバーメタリックのスバル・レガシィに乗り込み、エンジン・キーをシリンダーに差し込んだところで、チノパンツの左後ろポケットに差し込んである折りたたみ式携帯電話が振動した。取り出してディスプレイを見ると薮田が店長として勤務するコンビニエンスストアのオーナーである藤本からだった。なんだよ休みの日に。そう苛立たしく感じたのは事実だが、薮田は雇い主からの着信をしれっと無視するタイプの人間ではない。

「はい、もしもしー、薮田ですー。おつかれさまですー」と薮田は応答した。雇い主が相手とはいえ、いやにへりくだった語調であり、先ほどのウエイトレスに対する居丈高な態度を目の当たりにした者ならば、大なり小なり違和感を覚えることだろう。

「おまえさー」藤本オーナーは挨拶もなく本題に入った。「チョコチップ入りメロンパン、取りすぎだよ、新商品の。ったくもう、相変わらずだな。自分が好きだからってお客が好きだとは限らないんだからな。ロスが出たら、おまえ、自分で買ってけよ。……」

要するに商品発注の不手際を叱責する電話であったが、実のところは不手際とは言えない。たとえ多少のロスが出てしまうにせよ、新商品はパブリシティを兼ねて多めに入荷するのがコンビニエンスストア業界では定石だからだ。しかし、薮田は雇い主の小言を、弁解一つ言わないどころか、謝罪と得心の合いの手すらふんだんに挟みつつ、最後まで聞き通した。弁解や反論をしても不毛なことは雇い主との長年の付き合いを通じて学んでいたし、また藤本という人間は原因がなんであれ虫の居所が悪くなると、こうして薮田を捕まえては憂さ晴らしをするのだということも知っていた。そして、藤本に雇われている以上は、そのような、いわばサンドバッグ的な役割をこなすこともまた業務の一つなのだと、ある種の諦念とともに承知していたのだった。

横浜市青葉区内のコンビニエンスストアで働く以前、薮田は警備会社の嘱託社員として横浜市のオフィス街の夜勤パトロールをしていた。さらにその前は、高校一年の夏からアルバイトをしており、卒業後ほどなく正社員に登用してくれたファミリーレストラン・チェーンにて、延べ十二年あまり勤務していた。ファミレスでは店長にまで昇進したが、高校生から主婦までの種々の事情と様々な目的を抱えたアルバイトスタッフを統制・管理することに、また、そのような現場の実情を顧みずに上から目線で難癖をつけてくる本部のスーパーヴァイザーとのやり取りにすっかり疲弊し、やがて出勤前に動悸や耳鳴りといった症状が現れるようになって医者にかかったところ自律神経失調症という診断が下され、薬を服用しつつさらに数カ月がんばってみたが、症状こそ和らいだものの完治はせず、最後は依願退職することになった。薮田が社員に登用された頃とは会社の人事システムが変わり、いくら精を出して売上を伸ばしたところで所詮バイト上がりで高卒の薮田にはそれ以上の、つまり本部勤務という出世は、針の穴を通すがごとく難しくなったというのも退職を決意した要因の一つだった。ひと月の休養期間を経て、比較的軽い気持ちで働き出した警備会社での勤務がずるずると長引き、不安定な雇用形態のままに七年目に突入しようかという頃、薮田を社員に引き上げるのに尽力してくれた当時のファミレス店長である藤本に「いざ人生の勝負に出ようと思う。コンビニ経営に乗り出すんだが手を貸してくれないか。店長として迎えるぞ」と誘われて快諾した。当初は新たな雇用主となった藤本にうまく煽てられたせいもあり、新しい仕事にそれなりの展望と希望を持ったものだが、その実態はといえば、夜の八時から朝の六時までの夜間勤務と、弁当やパンなどの消費期限の短い食品の発注を任されるというだけだった。

週六日の夜間勤務で給与は税込み二十八万円、賞与は売り上げ次第という口約束になっているが、この五年間一度も出たことはなく、今後も絶望的であるから、年収にして税込み三百三十六万円。この五年間というもの、週休日以外で休んだのは（正月やお盆を含めても）インフルエンザに感染して高熱を出した際の三日間のみ、逆にアルバイトスタッフのシフトの都合がつかずに休日を返上したことは数知れない。せめて五日間程度の連続休暇を取ってリフレッシュできたら、南国の眩い陽光を浴びながら……などと、以前は旅行会社のチラシを眺めつつ夢見ることもあったし、藤本に打診してみようと機会を窺っていたこともあったのだが、「勤勉と忍耐なくして男は立たず」という、どこかで拾ってきたらしいフレーズを座右の銘とし、連続イニング出場の世界記録保持者である元阪神タイガースの金本知憲氏を敬愛する藤本に、そのような甘ったれた、あるいは見方を変えれば、先進国の労働者としては当然の権利でもあるところの、要望が通じるとはどうしても思えず、結局は諦めた。そうして、薮田は冷ややかな戦慄とともにしかと悟ったのだった。現ポジションが自分の人生におけるピーク——到達点なのだ、と。この先何年この仕事を続けても待遇は変わらないだろう。どんなにしゃかりきに働いても人生の折れ線グラフはせいぜいが横ばいなのだ。貧困層、とは言えないまでも、さりとて、中間層、などとも断じて言えない階層から抜け出せない。転職するにも重宝されるような専門技術もなければ誇れるような学歴や資格もない。未経験での転職は年齢的にほぼ不可能になってしまった。あとはこの境遇をひたすら忍びつつ、最近は腰と目の状態が思わしくなく内職の量を減らさざるを得なくなった母親と、十年ほど前に統合失調症を発症し入退院を繰り返す妹の面倒を見てゆくことになるのだ、と。

藤本オーナーとの電話を終えてエンジンをかけると、薮田は六百円の駐車料金を払って駐車場から退場し、東京都心へ向けてレガシィを走らせた。横浜市保土ヶ谷区の自宅を出る際にカーナビの案内を開始してあったので、それに従うだけだった。ラジオをつけるとワーグナーのオペラ『トリスタンとイゾルデ』の第三幕が流れていたので——もっとも薮田はそれが『トリスタンとイゾルデ』だとはつゆ知らなかったが——適当に流し聴きし、番組がポピュラー・ミュージック系のものに変わるとスイッチを切った。目的地に近づくにつれ、シロアリに体の内壁を食われているような錯覚に襲われ始めたが、内ポケットに手を伸ばして銃把を握ると、それも鎮まった。

目当ての八階建てマンションは瀟洒という言葉がぴったりだった。シックなベージュ色の外壁。建物を取り囲むようにハナミズキが植栽されている。広いエントランスホールは天井も異様に高く、間接照明で優雅にライトアップされ、その奥には中庭らしきものが見える。薮田はいったん車を降り、そのマンションが目当てのものに違いないことをエントランスの横壁に埋め込まれた金色の小さなプレートで確かめると、その少し先の児童公園脇にレガシィを移動させた。パーキングにギアを入れ、ハンドブレーキを引き、ワイパーを止め、シートベルトを外し、サイドウィンドウを数センチだけ開けると、ラーク・マイルド・メンソールを咥えてジッポーで火をつけた。が、吸い口のほうに火をつけてしまったことに気づいて慌てて吹き消し、ルームライトを灯してまだ吸えるかどうか調べたが残念ながら駄目そうなので、仕方なく新たな一本を咥え、再度火をつけた。動揺しているのだろうか……そりゃそうだ……仕方ないよな……久しぶりなんだし……と薮田は肩甲骨内側の痒いところにやっと手が届いたかのように快く納得し、そう納得してしまうと急に可笑しくなって、むふふふ、とひとり笑いを漏らした。

一度目は留守電応答に切り替わったものの、いーち、にーい、さーん……とゆっくり十までカウントしてから再度かけると、今度はすぐに「はい?」といささか腹立たしげな口調で松岡(旧姓及川)理恵は電話に応答した。

「おれだよ」薮田は鷹揚さがにじみ出るようにつとめて意識して言った。「貴史だよ」

理恵が顔をこわばらせたのが薮田には手に取るようにわかった。無音が数秒続いたあとで、理恵は言った。「携帯、変えたの?」

「そうなんだ。けっこう前のことだけどね」

「……どうしたの?」

「うん、まあ、元気かなと思ってさ」

「……元気よ。ねえ、それより、もう電話はしないって約束――」

「今、まずいのか?」

「まずいっていうか……」

「そばに旦那がいるとか?」いないのを確信しつつ、薮田は尋ねた。

「……ひとりだけど」

「家か?」これもほぼ確信の上。

「そう」

「ふむ」そう唸って黙り込み、しばし緊迫した間を楽しんだ。ドラを含むチートイツがテンパイになったような気分だった。「ちょうどよかった」と切り出した。「すぐ前にいるんだ」

「はあっ?」理恵の声にパニックめいた響きが混じった。「すぐ前って……どこのすぐ前?」

「きみんちのすぐ前さ」薮田は平然と答えた。「素敵なマンションじゃないか。ドリームジャンボでも当たらない限りおれには無縁だろうな」

「ど、どういうこと？　家なんて知らせてないでしょ」

「そんなの調べればすぐにわかるさ。共通の知り合いだっているんだし」

「誰に聞いたの？　慶子？　荒木さん？　あ……トモちゃんね？」

「まるで犯人を捜すような物言いだな。誰だっていいじゃないか」

「いったい何の用？」

「まあ、そうカリカリするなって。降りて来いよ。車だ」

「それはできない。要件があるなら今言って」

「ほんの五分でいい」

「……」

「五分くらいどうってことないだろ？」理恵の逡巡が受話器越しに伝わってくるようだった。薮田は内ポケットに右手を差し込み、おごそか、とさえ言いたい感触を今一度確かめた。「今度こそ最後だ。約束する」

「……わかった。少し待って」

理恵が現れるのを待っている間——このタイミングからすればいささか感傷的すぎるが——薮田は理恵との馴れ初めを回想した。

四年前のちょうど今時分。総じて、薫風さわやかな季節。コンビニが開店一周年を迎えてまもなくの頃、労いの意味があったのだろう、珍しく——というか、それっきりなのだが——藤本が飲みに連れていってくれた。二軒目に入った関内のキャバクラで、最初に薮田の隣に座ったのがミサキという源氏名を使っていた理恵だった。きめの細かな白い肌と目尻の小さな黒子と時おり見せる笑顔のぎこちなさが、薮田の琴線に触れた。酔った藤本がけしかける下品なエロ話に対して「馬の耳に念仏ですよ」とことわざを使ってやんわりとかわす手際にもいたく感心した。

翌週は薮田単独でそのキャバクラに出かけて行って理恵を指名した。心から喜んでくれた。少なくとも薮田にはそのように感じられた。一時間ばかり喋ったところで意を決して「今度お昼御飯でも食べようよ」と誘った。数秒薮田の目を覗き込んでから理恵は「うん」とうなづいてプライベートのほうの携帯番号を店の名刺の裏に書いて渡してくれた。

横浜港を見下ろす高台にあるフレンチレストランに予約を入れ、ランチを食べた。身分不相応な店に来ちゃったな……と薮田が気後れしつつも店のグレードに相応な威厳を醸し出そうと奮闘していると、理恵はそれを感知したようで、細い体を震わせてクスクスと笑った。

帰りの車の中で「猫に小判ってわけじゃないけど、次はファミレスにしましょう、わたしにはそのくらいでちょうど」と言って微笑む理恵を、薮田は心底かわいいと思った。この女こそおれがずっと探し求めてきた女だと思った。そして、その翌週、さすがにファミレスではないものの、カジュアルなイタリアンレストランでの食事の後で、薮田が「結婚を前提に付き合ってくれないか」という古風かつ単刀直入な交際の申し込みをすると、理恵は顔を赤らめながら「ほんとにわたしでいいの?」と問い返し、薮田は額に血管が浮くほどの真顔で「きみじゃなきゃだめなんだ」と答え、そうして二人の付き合いが始まったのだった。

「元気そうね」

理恵はレガシィの助手席に座るなり言った。

最後に会って八か月近くが過ぎていた。理恵の髪はショートになり、色も地毛の黒に戻していた。ロールアップしたデニム、ネイビーのパーカー、グレイのニューバランス、モスグリーンのプラスティック・フレームの眼鏡。身につけているものはどれも薮田の記憶にはないものだった。

「元気さ。笑いが止まらないほどに元気さ」薮田は、理恵の雰囲気が一変したことに、ちくりとした胸の痛みを覚えながら言った。ラーク・マイルド・メンソールを咥え、理恵にも勧めたが、理恵が「タバコはやめたの」と拒んだので、さらに胸がちくりと痛んだ。

「仕事は順調?」理恵は雨が打ちつけるフロントガラスを見据えたまま尋ねた。

薮田は紫煙を細く長く吐き出し、理恵同様に、ほとんど見えない前方に視線を向けて答えた。「相変わらずさ。三人組の強盗を組み敷いて県警に表彰されたよ」

「ほんとに?」

「真に受けるところは変わってないんだな」この手の物言いを薮田本人は、思春期に読んでいた村上春樹からの影響で時おり口にするのだが、質の問題なのか、あるいは受け手の問題なのか、滅多に通じることはない。すぐに話題を転じた。「念願の新婚生活はどうだ?」

「……そうね、朱に交われば赤くなるってことなのかしら、いろんなことになれてきたわ」

「いろんなこと?」

「外で働かないこととか家事を完璧にこなすこととか……パーティに付き添うこととか」

「退屈だろう？」

「それがぜんぜん。人付き合いも格段に増えたし、料理教室にも通ってるし、ジムにもほとんど毎日……ねえ、信じられる？　私がハーフマラソンを走ろうとしているなんて」

「ハーフマラソンねえ。いい身分だ。こっちは労働そのものがすでにトライアスロンみたいなものだからな」薮田はさりげなく左手首の内側をジャケットの胸部にあてて、内ポケットの銃器を自分の肋骨に押しつけた。「なあ、理恵」

「……なに？」

「試しに訊くが」あえてそこで言葉を止めた。案の定、理恵はたまらず薮田に顔を向ける。視線が絡まると先を続けた。「買い戻すことは可能か？」

「買い戻す？　何を？」

「きみは買われていったんだ。まあ、べつだん珍しい話じゃないのだろうが」

「そんな言い方は止して。たまたま、こういうことになったってだけ」

「たまたま？　新聞や雑誌で見かけるほどセレブな実業家と結婚することがたまたまだって？　たまたまが聞いて呆れるね」

「でも、ほかに言い様がないの」

「買い戻せるのかって訊いてるんだ」

理恵は再び前方に顔を向けた。「……覆水盆に帰らずって言うでしょ」

「だよな。わかってる。わかってるさ」そう吐き出すように言うと、薮田も前方を見た。ワイパーを一回だけ作動させると、還暦間際とおぼしき夫婦がそれぞれに赤と黒の傘をさしてチョコレート色のラブラドール犬を連れ歩いているのが見えた。「この数か月必死に考えた。思い出せる限りつぶさに振り返った。……うちに遊びに来たのを境にきみの気持ちは変わり始めたんだよな。そんなふうな態度はおくびにも出さなかったけどね。ほんとはぞっとしたんだろ？　おふくろと妹がこの先ずっとついてまわると思ってぞっとしたんだろ？」

「そんなこと思うわけないでしょ」

「じゃあ、なんなんだ？」

「気持ちが離れてしまったってだけじゃだめなの？」

「だめだね。離れた理由が必要だ」

　理恵は黙った。

「さあ、言ってみろよ」

「……」

「言ってみろって」

「……わかったわ」そう言うと理恵はじゃっかん声を低めて続けた。「わたしがうんざりしたのは、あなたの卑屈さ。物事を悲観的にしか捉えられない、あなたの卑屈さ」

「おれは現実的に捉えているだけだ」

「不遇を託つのはいい加減止したら？　気持ちの持ちようで物事ってずいぶんと変わってくるのよ」

「ふん。気持ちの持ちよう、か。笑わせないでほしいね。幸せなやつに限って幸せは気持ち次第だと言うし、金持ちに限って金なんかたいして重要じゃないと言う。きみはそんな戯れ言をぬけぬけと言う女じゃなかった。自分の出自を忘れたのか。おれたちは同じ穴の狢なんだぞ」

「ねえ、そういうことを言いにわざわざここまで来たの？　だったら帰らせてもらう」理恵はドアの取っ手に手を掛けた。

「待てよ」薮田は左手で理恵の右肘を摑むと言った。「見せたいものがある」

短くなったタバコを灰皿でもみ消し、その手を内ポケットに入れた。引鉄には指をかけずに強化プラスティック製の銃把を握ると、じゃんけんでチョキを出すかのように自分と理恵との空間にピストルを差し出した。

理恵が身をこわばらせた。その目は驚愕のあまりサイコロの1のような点になっている。

「ついに手に入れたんだ。苦労したぜ」

「そ、それって……」声がうわずっていた。

「もちろん、本物さ」薮田は、理恵が激しく動揺していることに、いわく言い難い喜びを覚えていた。

「セーフティーを外して引鉄を引けば弾が出る。まあ、一発で熊を殺すことは無理かもしれないが」

「……いったい……なにを考えてるの？」

「なにを考えているの——いい質問だ」そう言って、ははははは、と芝居じみた笑いを笑い、その笑いをはらんだ声で言い添えた。「心配するなよ。きみを撃とうなんて思っちゃいない。念のために言っておくと、きみの素敵な旦那もね」

理恵の呼吸が荒くなっていた。

「強いものとともにあるというのは、素晴らしいことだよな」薮田は青ざめている理恵の顔を撫でまわすがごとく見つめながら言った。「こいつを手に入れて初めてわかったよ。おれは生まれてこの方一度も強いものに後押しされたことがなかった。強いものってのは父親とかお金とか権力とかそういうものさ。愛に関しては残念ながら長らく錯覚してたけどね。ともあれ、おれもやっと手に入れたのさ。こいつはおれがはじめて手にした正真正銘の強いものだ」

「……」

「きみが言いたくても言えないことを代弁してやろうか。そんなのは虎を威を借る狐だって、そう言いたいんだよな、ことわざ好きなきみとしてはさ。ええっ？　でも残念ながらきみにはもうそんなことは言えない。もう言えなくなってしまった。きみ自身が虎の威を借る狐なんだから。そして、きみが威を借りてる虎だって虎のふりをしてるだけで所詮は虎に威を借る狐だ。そう考えてゆくとたまらなく可笑しくなるよ。強さなんてのは所詮卑しいものなんだとわかってくるとね。それで、おれは思い至ったのさ。ほんとの高貴さってのは弱者だけに宿るものなんだって」

「……」

「まあいいさ、そんなことはどうでもいいさ。そんな考えはこの現実の社会ではなんの役にも立たないいんだから。肝心なのはいくら卑しかろうと手に入れた強さをまっとうするってことさ。お互いにな」

「さようなら！」

理恵は薮田に摑まれた肘を払うと、ドアを押し開けて車を降り、傘も開かずにほとんど全速力で駆け去っていった。そうしてマンションのエントランスに姿を消した。

薮田は、半ドアになっていた助手席のドアを体を伸ばして閉じなおし、鋼鉄の銃身で軽く唇を撫でてから、それを内ポケットに戻した。あっけない幕切れには違いなかったが、あらかじめ練ってあった、かつ何度か練習までしたセリフはおおむねセリフどおりに言えたので、気分は悪くなかった。薮田はハンドブレーキを外しながらつぶやいた。「上々だ」


その後の具体的な行動は決めていなかったのだが、いずれにせよ今夜中にことを始めるべきだ、少なくとも第一歩を踏み出すべきだ、ということだけは自覚していた。数日前に買い物がてら立ち寄った駅ビルの占いコーナーで言われたことが、単なる薮田の恣意を、あたかも神意であるかのように感じさせることになったのだった。

「すごい時期にいらしたわね」と、美輪明宏と樹木希林をミックスして水道水で薄めたような女タロットカード師は昂奮を押さえきれぬ様子で言った。「今があなたの人生における最大の節目ですよ。この一週間のうちに何かしらの行動を起こすべきね。そうすれば運命が一気に開けるはずです」

他にもいろいろと言われたのだが、都合の悪いことはシュールな夢のはかない記憶のようにたちまち霞んでいった。

さらに都心方向へレガシィを走らせた。車を走らせているうちに自ずと具体的なアイデアが閃くはずだという確信めいたものがこの日の薮田にはあった。なんといってもすごい時期なのだから。人生における最大の節目なのだから。再びラジオをつけてみたが、最初の局からはポルトガル語とおぼしきヴォーカルが入ったアップテンポの曲が、次の局では男と女の弾んだ話し声とそれに続くけたたましい笑い声が、さらに次の局ではaikoの歌声が、聞こえてきたので、それ以上はチューニングを変えずにスイッチを切った。ここしばらくの薮田にとってポピュラー音楽は洋邦問わず耳障りなのだった。ラジオ・パーソナリティたちのおしゃべりも同様。それらを耳に入れるくらいなら無音のほうがよっぽど快適。しかしながら、この時の薮田は無性にクラシック音楽が聴きたくなっていた。もちろんクラシックのCDなど車内に一枚もない――ちなみに、アームレスト下の小物入れには、理恵が置いていった山崎まさよしとスガシカオ、薮田が廉価盤で買ったクイーンとスティービー・ワンダー、それに、ザ・ベスト・オブ・ジャズ・スタンダードという大仰なタイトルのわりには選曲のいけてないオムニバスのCDが入れっぱなしになっていたのだが。薮田は時刻が午後一〇時前であることを確認すると、次の交差点で渋谷に向かうべくハンドルを切った。

タワーレコードが営業しているのを目にとめると、すぐ向かい、つまり神南郵便局前に車を停めた。渋谷の街中に長く駐車していられないことはわかりきっているので、ハザードランプを点滅させたまま車を降りると、小雨の中を軽くダッシュして信号を渡り、店に駆け込んだ。フロア案内を確認し、七階までエスカレーターを使って（階段を駆け上がるがごとく）上がった。フロアがクラシック音楽のソフトでぎっしり埋め尽くされていることに少なからず圧倒されつつすみやかに旋回してから、直感と手書きのポップを頼りに、ジャン・ベルナール・ポミエによるベートーヴェンのピアノ・ソナタ全集（一〇枚組）と、ワレリー・ゲルギエフ指揮によるロンドン交響楽団のプロコフィエフの交響曲全集（四枚組）を、薮田は生涯初めて購入するクラシックの音楽ソフトとして購入した。

再びエスカレーターを使って地階に下り、店を出た。いぜん小雨が降っていたので身を竦めながら右方向へ進路を取り、サービスエリアから出た車が本線に合流するようにタワーレコードの敷地から公共の敷地である歩道に足を踏み出した。

そこで、反対方向から歩いてきた男と肩がぶつかった。薮田はさっと振り向いて左手を上げ、かつ頭もペコンと下げ、謝罪の意を表した。第三者の目からすると相手の男も余所見をしていた上に進路が左方向に若干逸れており、従って薮田が一方的に悪いわけではなかったのだが、通常このような場合は急いでいる側が非を感じやすく、とっさに詫びを入れるなり身振りでそれを示すなりするものである。薮田もそのように感じ、そのように行動した。あるいは生来の実直さがこういう場面でこそ露呈するものなのかもしれない。しかしながら、相手の男は、こちらこそ、などとスマートな振る舞いをするタイプの人間ではなかった。タイミングからしていかにも白白しかったが、「痛ぇ！」と大声を発した。

薮田は、接触の度合いがそのような大声にふさわしいものではないことを知っていたので、ことさら深刻に捉えることはなく、今度ははっきり声に出して「失礼」と言い、そのまま歩を進めた。歩行者用信号の青が点滅を始めたのが目に入った。

「おい、ちょっと待てよ！」

薮田は足を止めて振り返った。雨のために少々細めていた目を見開いて、相手の男をまじまじと見た。渡り幅の広いグレイのスラックスに、先の尖がった黒の革靴。白いシャツの襟を立てて胸をはだけ、首には金ぴかのアクセサリーを巻いていた。そして、夜および雨にもかかわらず薄茶色のサングラス。渋谷ではこの界隈よりも道玄坂のほうに多く見られるような、おそらくはその筋の若い男だった。その男の隣にはサングラスこそかけていないものの似たような装いと背格好をした連れもいた。両人とも小さめサイズのビニール傘を差している。

「なんだよ、今の謝り方?」男は歯槽膿漏を患っているかのごとく口元を歪めて言った。

「はあ?」薮田はこめかみ付近に血が集まるのを感じていた。

「はあ、じゃねえんだよ。なめんじゃねえぞ」

男はしだいにヒートアップしつつ、薮田との間を詰めた。上背は薮田とほぼ同じ。

「……いや、その……」薮田の中では、怯えと腹立ちがせめぎ合っていた。

「もごもご言ってねえで、さっさと謝れ」

腹立ち側に針が振れて薮田はぼそりと言った。「失礼って言ったでしょうが」

「なんだとこらぁ!」男はついにいきり立った。「やるのかこらぁ!」〈ら〉を巻き舌で発音しながら凄み、わざとらしい外股でさらにじりじりと距離を詰めてきた。

薮田は後ずさった。たちまち怯えの側に針が振れた。

「なに黙ってんだよこらぁ! どうすんだよこらぁ!」

ほとんど無意識のうちに右手に持っていたタワーレコードの買い物袋を左手に持ち替えていた。そして、自分がピストルを所持する身であることをあらためて意識した。すると下腹部からゴルフボール大の冷たい塊がせり上がってきて、右に左に揺れていた針が怯えと腹立ちの真ん中でぴたりと静止した。

「やるならやってもいいんだぜ」そう言って男は薮田のジャケットの襟に左手を伸ばしかけた。

と、それまでは背後で静観していた少々年長らしい連れの男が、伸ばしかけた相方の二の腕を素早く押さえた。「素人に手を出すんじゃねえ」それから薮田に向かっては諭すような口調で言った。「あんたもさ、謝れば済む話じゃねえか。んんっ?」

こいつらをひれ伏させることなんて造作無いことなんだと薮田は考えていた。いやいや、撃ち殺すことだってできるのだ。その認識は言うに言われぬ優越感となって今や薮田を支えていた。

「なあ、謝れって」連れのほうが促した。「おれたちだってことを大きくしたくないんだ」

すぐ傍らを数多の歩行者が通りすぎていった。その多くは彼らに一瞥を投げかけたものの、わざわざ足を止めるものは皆無だった。

「タケさん」と年少の男が連れに言った。「こいつ、事務所に連れてったほうがいいんじゃないすか?」

タケさんと呼ばれた連れはそれには答えず、じっと薮田を見据えていた。

「申し訳ありませんでした」

そう言って薮田は頭を垂れた。

「よし」タケさんが満足げに言った。「それでいいんだよ。そうやってすんなりと謝ってくれればことは簡単なんだ。気持ちの問題……誠意っていうの? 今後のためにも覚えておきな」それから相方の肩に手を回した。「ヨシオ、もういいだろ。行くぞ」

ヨシオと呼ばれた男は依然として納得いかない様子でもごもごとつぶやいていたが、タケさんになだめられてようやく体の向きを変えた。

薮田は二人連れの後ろ姿を見送った。自分でも驚くほどに泰然としていた。ほとんど笑い出してしまいそうだった。なぜなら、やつらを生かすも殺すも自分の気持ち一つなのだから。右手をジャケットの胸に押し当てた。それを肋骨に感じた。おのが存在の芯がわなわなと震えるのがわかった。

しかし、そんな優越感なり余裕なり昂揚なりはレガシィに乗り込んでその場から離れるに伴い、バッタものの昂奮剤に操られていたかのごとくみるみると萎んでいき、やがて渋谷界隈の混雑を抜ける頃には憤怒の感情にすり替わっていた。薮田は自分の中の急激な変化に面食らいつつ、今となっては後の祭である怒りをどうにか沈着させるべく、信号待ちの間に買ったばかりのベートーヴェンのピアノ・ソナタ集の封を切り、CD1をカーステレオに挿入した。

十八世紀末のウィーンで作曲されたピアノ・ソナタは、ジャン＝ベルナール・ポミエというフランス人ピアニストの二十世紀末における解釈と技巧とおそらく情熱とを媒体にして、二十一世紀初頭の東京の雑踏での出来事を元に生じた怒りの感情にささやかな影響を及ぼした。いや、音楽が鳴っていなくとも同じような変化がもたらされた可能性はなきにしもあらずだが、少なくとも時間軸的にはヘ短調の調べに誘導されたがごとく、怒りの矛先が変わっていった。具体的には相手の男に対する怒りから、ふがいない自分自身に対する怒りへと。結局のところ、おれはなんにもしていない、と薮田は思い直した。ついさっき覚えた優越感など小心さの隠れ蓑に過ぎなかったのかもしれない。現実社会に力を行使するという観点からすれば、有益な行動をしたことには皆目ならず、ああいった振る舞いは自分より強いものにやすやすと屈する小市民のそれとなんら変わりはない。そのことが薮田には腹立たしかった。おれにはやはりなにもできないのか？　この強き銃器を持ってしても？　無力で卑屈な小市民から一生抜け出せないのか？　何もしないことを通じて社会の現秩序を肯定、さらにはそれをより強固にすべく図らずも助勢してしまう小市民から？　そうして社会の片隅で惨めに朽ち果ててゆくのか？

　そのような自分自身への腹立ちを胸の内で発酵させながら、薮田はあてもなくレガシィを走らせた。後続車輛のドライヴァーを苛立たせる強引な車線変更と、信号無視と判定されても致し方ない交差点進入を幾度かやらかし、その場の思いつきだけで右折あるいは左折し、時にはUターンまでした。

　そうして十数分後、やけに物々しい雰囲気の中を走行していることを、忽然と認識した。車の往来が俄然少なくなっている。あたりにネオンはない。歩行者の姿も見えない。代わりに棍棒を携えた警官の姿が……それもそのはず、巡り巡ってスバル・レガシィは永田町界隈を走行していたのである。

　慌ててスピードを緩めた。オートマチックのギアをドライブからセカンドに落としさえした。そうしなくてはならないような気がしてカーステレオのヴォリュームを最小限に絞った。国会議事堂の裏門には警備にあたっている警官たちの姿があった。そのうちの一人と一瞬目が合ったような気がして、にわかに動悸がした。やがて右手に首相官邸。また警官。固唾を飲みつつ塀の向こうの建造物を見遣った。

　左折。さらに左折。国会議事堂の正面を徐行運転で通りすぎる。警官たち。左折に右折。警官。まもなく左手に最高裁判所が姿を現した。そして、赤信号の向こうには具体的な姿こそ現さないが皇居の厳かな暗がり。

　要するに、付近は紛れもなく日本社会の中枢なのだった。薮田貴史三十九歳がその周縁で生きるところの。あるいはその下層で生きるところの。エアコンの効いた車内にもかかわらず、薮田は全身にぐっしょりと汗をかいていた。ハンドルを握る手が小刻みに震えていた。

　と、だしぬけに、声が聞こえた。

やっちまえ、という内なる声がたしかに聞こえた。

やっちまえよ。

ついにその時が来たんだ。行動を起こす時が来たんだ。

薮田ははっきりと意識しないままに右手をジャケットの内ポケットに伸ばしていた。

やっちまえって。

まずは手始めに警官をやっちまうんだ。

内なる声に焚き付けられてポケットの中で引き金に指をかけると、脳裏にはほんの数分後に遭遇するであろう光景が鮮やかに浮かび上がった。おのが血溜まりの上にうつぶせで倒れ込んだ二人の警官。完全に動きの止まった警官と、最後の力を振り絞って頭をもたげようとする警官。周囲を支配する、この世の終わりのごとき全き静寂。

それで？――と薮田は心の中の声に問い返した。それでどうなるんだ？　二人の警官を殺して、それでどうなるんだ？　まさか、ほんとうにそれでこの世に終わりがくるとでも？

信号が赤から青に変わった。脳裏に浮かび上がっていた光景が、たちまち現実の光景と――皇居の暗がりと入れ替わった。

そのまま皇居の濠に沿ってレガシィを走らせた。途中何度か、ジャケットの内ポケットに右手を伸ばし、いつものように感触を確かめたが、いつものような昂揚や恍惚はやってこなかった。代わりにやってきたのは無力感だった。圧倒的な無力感。

いざ目の当たりにすると社会の中枢はとてつもなく巨大で堅牢だった。一人の男の絶望や憤怒や自棄など鳥の糞ほどの価値すらなくしてしまうほどに、巨大で堅牢だった。薮田はたとえ一瞬でも不穏なことを想像した自分がたまらなく恥ずかしくなった。救いようのない間抜けだと思った。くそ野郎、と声に出して言った。

無力感と羞恥心を増幅させつつ、そのまま皇居を一周した。酒が飲みたくなっていた。本来、薮田には酒を嗜む習慣はなかったのだが、この時ばかりは飲まずには一歩たりとも先に進めないような気分になっていた。

バーには二組四人の客しかいなかった。テーブル席には男女ともに金融系エグゼクティヴなオーラをそれとなく発する三十代後半のカップル、カウンターの中ほどにはかなりくすんでいるとはいえ芸能界系オーラを発する五十代なかばの男と古典的な水商売っぽさを漂わす四十がらみの女。薮田がバーに足を踏み入れた時に流れていたのはソニー・ロリンズがテナー・サックスを吹く『グロカ・モラを思う』。

このジャズ・バーには一度だけ来たことがあった。まだ理恵との関係がうまくいっていた、いや、理恵の内奥ではすでに綻びが始まっていたのだが薮田はそのことに気づいていなかった一年半ほど前、薮田の休日によく出かけた深夜のドライヴの途中で立ち寄ったのだった。理恵は時折、冷えたジンが飲みたいと言い出すことがあった。その夜もそうだった（薮田は自らアルコール類を欲することはめったになかったし、下戸ではないものの強くもなかったので、そんな時はたいていジンジャーエールを飲んだ）。しかし、薮田がこの時このバーにやってきたのは理恵との思い出に浸りたいとかその手の感傷からではなく、単に物理的条件に適っていたからだった。酒は飲みたいが新宿や銀座などの繁華街に出るのは避けたい、賑々しい店もしょぼくれた店も嫌だ、などと思い巡らせているうちに白金にあるそのバーのことを、しかもバーにほど近い道路脇には、パーキング・メーター式の駐車スペースが連なっていたことを思い出したのだった。

強い酒ならなんでも良かったのだが、酒の銘柄にもカクテルにも通暁していないので耳慣れているジンライムを注文し、ものの一分かそこらでそれを飲み干した。そんな飲み方で立て続けに三杯。四杯目とチェイサーの水を頼んでおいてからトイレに行き、排尿後にカウンター席に戻ると、両眉毛がほとんど繋がった坊主頭のバーテンダーが形の違う二つのグラスを薮田の前に置きつつ「以前に来て頂いたことありますよね?」と切り出してきた。

「よく覚えてるね」おおむね落ち着きを取り戻していた薮田はラーク・マイルド・メンソールに火をつけてから答えた。

「お客さまの顔を覚えるのも仕事のうちですから」とバーテンダーは人懐っこい、けれども厚かましくはない抑制の効いた微笑を浮かべながら言った。「その時は……お美しい女性と」

「そのとおり。もう別れたが」

「あ……そうなんですね」

「人生は一方にしか流れない」

「おっしゃるとおりです」

「あんた、いくつ?」

「先日三十四になりました」

「オーナーってわけじゃないよな?」

「ええ、オーナーは別にいます。たまにしか現れませんが」

「この仕事は長いのか?」

「この店に来てからは三年ほどですね」

「夜の仕事って大変だろ?」

「大変じゃないとは言いませんが、わたしはそもそも夜型なもので」

「あと五年も経てば、体に響いてくるさ」

「もしや……夜のお仕事をされているんですか?」

「うん、まあ……かつては」

「へえ、そうなんですね」

「ようやく抜け出せたよ」

「わたしは……夜働くのが好きなんですよね」

「なぜだ?」

「歴史って夜に作られるものでしょう。こうして働いてると自分も歴史の形成に関わっているんだって気がしてくるんです。おこがましいかもしれませんが」

「ふむ、それはおこがましいだろう」

「じゃあ、言い方をちょっと変えますね。……夜働いてると自分もこの世界を下から支えてるんだっていう気持ちになれるんです」

「下から支えてる？　神輿みたいにか？」

「ギリシャ神話にアトラースっていう神が出てくるじゃないですか、天空を肩で支えてる。どっちかというとそっちのイメージなんですけどね。わたしはこの世界には無数のアトラースが存在してると思っているんです」

「あんた……変わってるな」

「そうですかね」

「ま、いずれにせよ、この仕事が気に入ってるということだ」

「ええ、高校生の頃からバーテンダーになりたいって思ってました」

「高校生がバーテンダーに？」

「当時、アメリカの犯罪小説にはまってたんですよ。そこに、クールなバーテンダーが出てきて……単純ですよね」

「ともあれ、夢を叶えたってわけだ」

「まあ、半分は。世界中のバーを訪ね歩くっていうのが残り半分の夢です」

「それを叶えるのは大変だろうな」

「かもしれません。でも、思い続けることが大切ですから」

「思い続けること……ははは。変わってる上に、おめでたい人間なんだな」

「たまに言われますね。根が楽観的にできているもので」

「おれはほとほとうんざりしてるんだ」

「……え？」

「いっそ、あんたらが支えるこの世界を木っ端微塵にできたらいいと思ってる」

「この世界を木っ端微塵？」

「そうだ」

「……すごいですね、それは」

「そんなことが出来るくらいの絶大な力が欲しいよ」

「いつの日か……そんな力が手に入るかもしれませんよ」

「ギリシャ神話の神々のようにか？」

「ええ、まさに」

「……連中の道具なら持ってる」

「神々の道具を？」

「見てみたいか？」

「ええ、差し支えなければ」

藪田は左手でジャケットの下襟を持つとマントのように広げ、銃把が見えるように内ポケットの下部を軽く右手で持ち上げた。それからすぐに元の姿勢に戻った。「どうだ？」

バーテンダーは一瞬ぎょっとしたようだったが、すぐにプロフェッショナルな平静さを取り戻して言った。「なるほど。神々の道具ですね。はじめて見ました」

「偽物じゃないぞ」

「わかりますよ。偽物だったら神々の道具だなんて、おっしゃらないでしょうから」

「ふむ。ものわかりがいい」

「……差し出がましいことを訊くようですが」

「この際だ、なんなりと訊いてくれ」

「どうやって手に入れたんです？」

「もちろん……買ったんだ」

「……神々からですか？」

「ははははは。ま、そういうことだ。連中からこの世の行く末を託されたんだ」

「恐れ入ります」

「しかし……非力過ぎるよな、これ」

「さあ、どうでしょう。雨垂れ石を穿つって言うじゃありませんか」

「ちっ。あんたもことわざ好きなのか？」

「お嫌いですか？」

「好きじゃないね。物事を単純にしすぎる」

「たしかにそうかもしれませんが、それなりの真理も含まれているんじゃないでしょうか」

「……まあな」

「ともあれ、思い続けることが大切だと思います」

「あんたって……」

「千里の道も一歩から」

「……間違いなく狂ってるよ」

そこで新たなカップル客が来店し、バーテンダーはそちらに向かって、いらっしゃいませ、と言ってから、薮田に、ごゆっくりどうぞ、というように目礼し、その場を離れた。

薮田は半分ほど残っていた四杯目のジンライムを、雨垂れ石を穿つ、千里の道も一歩から、さらには自分で思いついた、石の上にも三年、急がば回れ、といった、なんとなく似たような意味にとれなくもないことわざを胸の内で反芻しながら、ちびちびと時間をかけて飲み、ほとんど数秒ごとに内ポケットの銃器を肋骨に押しつけた。

最後にチェイサーの水をお代わりして、それを一息に飲み干すと、会計を済ませ店を出た。去り際に流れていたのはセロニアス・モンクがピアノを弾く『ナイス・ワーク』だが、このジャズ・バーにやってくるざっと半数の客と同様、薮田はそうとは知らない。

パーキング・スペースに停めてあったレガシィに乗り込んでから薮田は自分が思っている以上に酩酊していることを自覚した。いったんエンジンをかけたもののさすがにこれでは運転はまずいだろうと判断してエンジンを切り、小休憩を取るべくシートを倒した。

雨音は酔い具合に絶妙に呼応してあたかも子守唄のごとく薮田の耳に響いた。眠りに飲み込まれる寸前の朦朧とした意識の中で、まあ三十分も眠れば回復するだろう、などと高をくくっていた。

目覚めた時には午前三時半を過ぎていた。三時間以上も眠ってしまったのだった。反射的に「しまった」と声にしかけたが、実際にはしなかったのは薮田の中に「しまった」という気持ちがなかったからだ。むしろ、おぼろげに感じたのは、清々しさだった。峠を乗り越えたマラリア患者のような気分とでも言おうか。自分の中で何かが死に絶えあらたに何かが生まれでたかのような。シートの上で上体を反らせて伸びをした。喉が渇いていた。小腹もへっていた。タバコも切らしていた。シートを元に戻してルームミラーに目をやると百メートルほど後方にコンビニエンスストアの看板が灯っているのが見えた。車を降り、肩や首をぐるぐる回したり手の関節をぽきぽき鳴らしたりしつつ、そのコンビニへ向かった。

雨はあがっていた。夜気は生暖かかった。ほんのりと土や草の匂いがした。風はほとんどない。月も星もない墨色の空はまだ白んでいなかったが、朝の気配がほのかに感じられた。タクシーが二台、空車が一台と客を乗せたのが一台、続けて通りすぎたあとは、自動車であれ歩行者であれ野良猫であれ未確認物体であれ、動くものはなかった。今日は残りの人生の最初の日、などとどこかで読んだか誰かに聞いたかした言葉を薮田は唐突に思い出し、現に声に出してみた――今日は残りの人生の最初の日。まあ、たしかに、そのとおりだ。

コンビニには客の姿どころか店員の姿さえ見当たらなかったが、未明のコンビニでは何らかの都合でこのような状態になってしまうことがあるのを薮田は経験上知っているので、別段不思議に思うことはなくそのまま店の奥へと歩を進めた。

アクエリアスの500mlペットボトルをドリンク棚から抜き取り、パン棚の前では焼きそばロールにするかコロッケロールにするかそれとも両方にするかでしばし迷ってから、結局、コロッケロールだけを選び取った。それからレジカウンター前に立ったが、依然として店員の姿がないままだったので「ちょっと？

誰か?」とカウンター奥の事務室のものと思われるドアに向かって声をかけた。反応なし。そこで声量を倍ほどにして同じ呼びかけを繰り返すと、ようやくドアが開き、二十歳そこそことおぼしき大柄な男の店員がぬぼっと現れた。店員の第一声をあえて日本語で表記するなら「いらさいませぇー」となるだろう。

薮田は、こいつ何人?という微量の蔑みを覚えつつ、ラーク・マイルド・メンソールを、と告げた。アメフトのディフェンシヴ・ラインよろしく屈強な体つきをした角刈りの店員は、たった今の今まで眠っていたのか手の甲でしょぼつく目をこしこしと擦りながら、カウンター背後のタバコの棚からラーク・マイルド・メンソールを一箱抜き取り、三つの商品のバーコードをスキャナーに読み取らせた。

「三点の合計で、七百七円、です」

薮田はズボンの右前ポケットから小銭をつかみ出した。百円玉が六枚と五十円玉が一枚と十円玉が五枚と一円玉が六枚……一円足りない。ちっ。いつも札入れを差し込んでいるチノパンの右後ろポケットに手をまわした。あれっ。財布が。なぜだ? 慌てて左後ろのポケットに手を回すがそこには携帯電話、左前ポケットにはフェラーリ純正キーホルダーについた家の鍵と勤め先の金庫やレジの鍵。続いて上着のポケットも次々に確かめていったが、ポケットというポケットに入っていたのは「ヤブタ!」宛の領収書とジッポーとレガシィのキー。それに——この時ばかりは薮田自身が面食らってしまったのだが——南アフリカ共和国製セミ・オートマティック・ピストル。シートを倒して眠っている間にポケットからこぼれ出たのだろうか? そのように黙考し、おそらくそうだ、それ以外に考えられない、と早々と結論に辿り着いた。

「あのさ」と角刈りの店員に向かって言った——あたかも新入りのバイトスタッフに仕事のコツを伝授す

るかのような口調で。「財布がないんだよ。車の中に忘れてきた。このちょっと先に停めてあるんだけど」

角刈りは初めて耳にする外国語と対峙するかのようにきょとんとしていた。

「でもね」薮田はかまわず続けた。自分が店員の立場の時に一度——昨年だったか一昨年だったか——こういう場面に出くわしたのを思い出していた。「ここに七百六円ある」そう言って小銭を将棋の駒を並べるがごとく素早くカウンターの上に並べた。「あるよね?」

角刈りは七百六円を確認すると、いまいち腑に落ちない様子ながらもこくんと頷いた。

薮田は薮田にしては珍しくおどけた笑顔を見せながら言った。「ま、要するにさ、一円、負けて欲しいんだよね」。自分の時は、前歯の抜けた老爺にそのように頼まれて、いいですよ、と了承したのだった。

「え? は?」角刈りは細い目をぱちくりさせていた。

「おれの言ってる意味わかる? ていうか、日本語わかってる?」

「はい」角刈りはいささかむっとしつつ答えた。「わかってます」

「頼むよ。一円くらいレジの処理でどうにでもなるだろ? そこにユニセフの募金箱だってあるんだしさ」

角刈りは取るべき態度を決めたのだろう、毅然と首を振った。「いいえ。できません」

「かたいこと言うなって」

「いいえ、そういうことはできません」

「たったの一円じゃないか」

そこで、やりとりを聞きつけたらしいもう一人の店員が事務室から現れた。体格は角刈りと同様にディフェンシヴ・ライン級、髪型は一九七〇年代のロックスターのごとく、トップをおっ立て襟足を伸ばし、ブロンドを模して脱色している。せいぜい二十代後半だろうが、コンビニ勤めが長いのか、物腰には年齢に（かつ、ヘアスタイルにも）そぐわない落ち着きがあった。

「どうした？」ブロンドは角刈りに尋ねた。角刈りはブロンドに説明した。それを聞き終えると、ブロンドは藪田に向かって言った、「それは無理っすよー、お客さん」。それから、藪田から顔を背けると、スイカの種でも吐き出すように小さく吐き捨てた――「アホか、こいつ」

その不用意な言葉が、ほんの三時間ほど前――酩酊して眠り込んでしまうまで、藪田の中で活発に蠢いていたものを、ここ何か月かの藪田貴史をして藪田貴史たらしめていたものを、再び目覚めさせた。藪田の口調から軽みが消える。「今、なんて言った？」

「とにかく無理っすよ」ブロンドは客の問いを無視してぶっきらぼうに言った。「車までとりに行くか、買うものを減らすか変えるかしてください」

「今、なんて言ったんだよ？」相手の不躾な態度に拘泥する藪田。

「べつに何も言ってないすけど？」しれっと問い返すブロンド。

「おれの耳には聞こえた」

「空耳じゃないすかね」

藪田の中で、強きものの存在がゴム風船のごとく、膨れ上がっていった。と同時に、すごい時期にいらしたわね、何かしら行動を起こすべき、覆水盆に帰らず、ハーフマラソン走るの、気持ちの持ちようで物事なんてずいぶんと変わるものよ、歴史って夜に作られるものでしょう、思い続ける事が大切です、雨垂れ石を穿つ、今日は残りの人生の最初の日……などなど、数多の他人の言葉が色とりどりの紙飛行機のごとく右に左に飛び交い始めた。

いつしか舌の上にたまっていた唾を飲み下すと、一気に気分が高調した。内ポケットに右手を伸ばして銃把に触れる。冷たく厳かな触感が腕の内側をするすると這い上がり、それはやがて眉間の、鉛筆の先のごとく小さな一点で、ぎゅっと凝結した。

「なあ、一円、負けてくれよ」薮田は右手をポケットに入れたままの体勢でもう一度言った――ほとんど懇願するかのような口調で。

ブロンドは薮田の動作をとくに気にかけた様子はなかった。もううんざりだと言わんばかりの口調で客の要望を一蹴する。「だから、無理ですって」

「無理ってことはない。そんなことはあるわけがない」

「あるわけないって……ねえ、わかってます？　自分が何を言ってるのか」

ブロンドがほとんど言い終わらぬうちに薮田はピストルを内ポケットから抜き出し、それをおもむろに相手の胸元へ突きつけた。

角刈りは「ひえっ！」と短く鋭い叫び声をあげて体をのけぞらせたが、ブロンドはほとんど動じなかった。ふーっ、といかにもだるそうに溜息をついてから言った。「ったくさー、子ども騙しはやめてくれよな」

「子ども騙し?·」薮田は思わず笑いたくなるのを堪えて問い返した。「子ども騙しだと?·」地底三千メートルから湧き上がってきたかのような昂奮で心と体がわなわなと震えた。

「それ、おもちゃでしょ?」ブロンドは続けて言った。「てゆーか、おもちゃにしか見えねえし」

「はははは」薮田はたまらずに哄笑した。史上最高の気分に指先が触れかかっていた。今なら自分の冴えない人生とこの狂おしき世界をありのままに肯定できそうだ。「はははは」もう一度高らかに哄笑しながら、薮田は左手をゆっくりとピストルに添えた。

ドロー

Draw

サッカーにおいては引き分け＝ドローがきわめて重要だ。

ほかにこんなスポーツはないんじゃないだろうか。テニスやバレーボールにはそもそも引き分けがない。バスケットボールにはあったっけ？　……さっそくウィキペディアで調べたところ、ないそうだ。決着がつくまで延長ピリオドを繰り返す——大概は最初の延長ピリオドで決まるようだが。相撲は同体となれば取り直し。ボクシングでドローの場合はチャンピオンの防衛が決定。柔道にも通常引き分けはない。日本のプロ野球には引き分けがあるが、試合が長時間になった場合の観戦者への配慮や選手の疲労を考慮した上でのいわば妥協策であり、ベースボールの本元であるアメリカのメジャーリーグに引き分けは存在しない。つまり、勝負がつくまでゲームは終わらない。ちなみにメジャーリーグの最長試合記録はシカゴ・ホワイトソックス対ミルウォーキー・ブリュワーズの延長二十五回八時間六分だそうだ。サッカーと同じフットボールの一種であるラグビーやアメリカンフットボールには引き分けがあるが、その得点方法によってポイント数が違うために同得点でゲームが終了することは稀だし、アメフトでそうなった場合の対処法——延長戦に突入するか引き分けとしてそこで終了するか——はそれぞれのリーグによって異なるようだ。

しかし！　サッカーは違う。ドロー試合は頻繁に起こる。ドローも勝ちや負けと同様、一つのれっきとした結果だ。いや、時にドロー狙いは重要な戦略ですらある。弱小チームが強豪チームと対戦する時、弱小チームの監督や選手の、さらにはサポーターの頭にあるのはおそらく「ドローに持ち込むこと」だ。なぜってドローなら勝ち点1をゲットできるのだから。あるいはトーナメントの場合はＰＫ戦に勝負を持ち越せるのだから。そしてＰＫ戦で勝敗を分けるのは実力というより、むしろ気合いとか運とか……とにかくその手のサムシングだ。だから、いっそこういう言い方も許されるのではないだろうか――サッカーにおいてドローは小さな勝ちでさえあると。

じつのところ、ほんの数年前までのおれは、サッカーとはほとんど無縁の生活を送っていた。おれとサッカーを引き合わせてくれたのは桑原さんだ。桑原さん――下の名前は聞きそびれた。連絡先も今となってはわからない。まあその気になれば調べられなくもないが、このままでいいと思っている。人生にはある時期だけ付き合えばじゅうぶん――うんざりという意味ではない――という人間がいる。おれにとっての桑原さんがその手合いで、おそらくは桑原さんにとってのおれもそうなのだと思う。

その桑原さんにはわが人生最悪の時に知り合った。もっとも、さらに最悪な時が将来にやって来ないとも限らないが――むろん、そんな時は絶対にやって来て欲しくないし、やって来ないと信じたい――少なくとも、これまでのわが人生においてはたぶん最悪の時に。おれはその一年の間に、バンドとバンド仲間と音楽への情熱をいっぺんに失い、十年近くものあいだ一緒に暮らしてきた女に愛想を尽かされ、おまけに、まあ誇れるようなものではないにしろそれなりに気に入っていた仕事を契約期間満了と事業再編成に伴い――というか、まあ、平たく言えば、クビになった。そのあと、二、三の仕事に就いたがどれも一月《ひとつき》と持たず（生まれてはじめて精神科医の診療を受けたのもこの時期だ）、結局、人材派遣会社のコンサルタントに勧められるままに深夜の道路工事現場で雑役として働きはじめた。いくらなんでも深夜の道路工事現場で働くことはないんじゃないか――あなたはそう思うだろう。たしかにそうなのかもしれない。でも、その時のおれは、甘ちゃんな自分をヘヴィな環境に放り込んで鍛え直したいような、あるいはそれまでに犯したあらゆる咎を重労働に勤しむことによってあがないたいような、いや、ひょっとするとそれは単にやけっぱちの裏返しなのかもしれないが、とにかくそんな気持ちになっていた。それに加えて、まだぼんやりとではあるが、物を書きたい、おれには何かが書けるんじゃないか、そう思うようになってきており、そして、人の心を抉る凄い物を書くんだったら、深夜の道路工事現場で働くことくらい経験しなくちゃならない、ひいては、ロウアーな位置から物事を見られるようにならなくちゃいけない、そんなふうにも考えていたのだ。少なくともおれにとって作家という呼称は、どうあれヘヴィな環境を生き延びてきた人たちに与えられる称号のようなものだった。ヘンリー・ミラーしかり、チャールズ・ブコウスキーしかり、レイモンド・カーヴァーしかり。

案の定、深夜の道路工事現場では、昼の、もしくは表の世界ではなかなか遭遇できない、良くも悪くも風変わりな人間にたくさん出会った。敗残者や落伍者と呼んでしまっても構わないだろう人間も少なくなかった。もっとも、一人一人に詳しく話を聞いてまわったわけではないから、そう見えるだけのそうじゃない人間も含まれていたのだろうが、しかしながら、概して人というものは、その顔付きを見れば、過酷な境遇を生きているかどうかくらいはわかるものだ。

待遇は知らないが土建業者に直接雇われていた桑原さんがおれに話しかけてきたのは働きはじめて二週間ほど経ち、仕事のキツさにようやく体が慣れてきた頃だった。いつもきっかり午前二時半に訪れる十五分間の休憩時、おれがひとり路肩に尻をついてペットボトルのお茶を飲みながらキャメル・マイルドを吸っていると、桑原さんはおもむろに寄ってきて傍らにしゃがみこみ、「おまえさあ」と言った。「明日の午後、サッカー観に行かねえ?」

おれはきょとんと――そう、文字通り、きょとんと――した。一つ一つの単語は聴き取れたのだが、あまりにも唐突でそれらが意味に結実しない、そんなかんじだった。

桑原さんは作業服の胸ポケットから赤いラークを取り出して口にくわえ、それにラークのロゴが入ったライターで火をつけると「サッカー、嫌いなのか?」と続けた。まるで、おれのこと嫌いなのか?と尋ねでもしたみたいな、不格好かつ悲しげで、しかも、いささか突っ掛かるような口ぶりだった。

「いや、べつに、嫌いというわけじゃ……」おれは言い淀んだ。嫌いもなにもサッカーにとりたてて興味を抱いたことがなかった――興味がないものは嫌いにさえなれない。それよりも、なんでこの人はいきなりおれを誘ってくるのだろうと思った。

「券が一枚余ってんだよな。」桑原さんは苦りきった表情で言った。唇の間からちらちらとのぞく虫歯の跡が痛々しかった。「行かねえか? もちろん金は要らねえよ。どうせヒマなんだろ?」

どうせヒマ、という物言いはどうかと思ったが、ヒマかどうかといえば、ヒマということになるのだろう。少なくとも特別な用事はなかった――当時のおれは家族や友人に会うのさえ避けていたのだ。休みの日は掃除洗濯に読書。もう少しでウィリアム・フォークナーの『八月の光』が終わるから、明日のうちにミラン・クンデラの『存在の耐えられない軽さ』に進もうと思っていた。

そんなわけで――要するに、断わるための明白な理由が見つけられなかった、というのが主な理由で――おれと桑原さんは翌日の午後、連れ立ってサッカー観戦に行くことになった。

サッカースタジアムへの道すがら、おれは桑原さんに、どうしておれを誘ったんですか?と訊いた。駅で待ち合わせてからほとんど言葉を交わしていなかったので、それが会話のきっかけになればいいという思いも少しはあった。

「おまえのこと勘違いしてたんだよ」と桑原さんは答えた。穏やかな口調だったが、濃いサングラスをかけているせいで表情は摑めなかった。「こいつは絶対にサッカー好きだと思ったんだ。」

「なんでそう思ったんですかね?」

「なんでかな。おまえの雰囲気かな。まあとにかくそう思ったわけだ。」

「おれの雰囲気? サッカーを生で観るのは今日がはじめてなんですけど。」

「それにな」と桑原さんはおれの話なんて耳に入ってないかのように言った。「おまえは余計なことをしゃべらねえだろ。おしゃべりなやつは苦手なんだ。」

そう言われて、なおさら話がしにくくなったので、おれは再び沈黙した。たしかに道路工事の現場では休憩中も含めてあまり人としゃべらなかったが、それは単に話し相手がいないというだけであって、元来無口というわけではない。しばらくすると今度は桑原さんが切り出した。

「なんで券が余ってたのか、だろ?」

「いや、べつに……」――まあ、そのことも疑問には思っていたのだが。

「ほんとは息子と行くはずだったんだ。母親とは別れちまったから一緒には暮らしてないけど、息子が一人いるんだ。このあいだ中学生になった。」

おれは黙ってうなずいた。

「誕生日のプレゼントだったんだけどな。断わられたよ。ま、今年になって新しい父親ができたことだし、しようがねえか。」

桑原さんは唇の端を吊り上げて苦笑した。そうして、その話はそれきり――おれと桑原さんとの短い付き合いの間には二度と――出なかった。

その日、桑原さんが地味ながら応援したのはアウェイのチームだった。九州のチームで、桑原さんが生まれたのも九州だということだった。もっとも、九州で過ごしたのは小学校の途中までで、その後は各地を転々としたらしいのだが。

試合はホーム・チームが前半の半ばに流れるようなパスワークから先制点を挙げ、後半の三十分過ぎにアウェイ・チームがフリーキックからのこぼれ球を押し込んで追いつき、そのまま延長戦にもつれ込んだ――当時のJリーグは延長Vゴール方式を採用していたのだ。しかし、桑原さんは後半終了のホイッスルが鳴るのと同時に席を立った。

「帰るぞ。」

「えっ。ほんとに?」

「引き分けだ。」桑原さんはぴしゃりと言った。

理由を話してくれたのは、駅までの道筋にあった中華食堂に入って、ビールで乾杯してからだった。

「トーナメントじゃあるまいし、延長戦なんてどうかしてるね。サッカーってのはいつも白黒がはっきりするスポーツじゃないんだ。引き分けがあるからこそサッカーは面白いんじゃないか。」

そんな話をしながらも桑原さんの目はしきりに店のテレビモニターを窺っていた。そこではおれたちが今しがた抜け出てきた試合が生中継されており、やがて延長の後半早々にホーム・チームがVゴールで勝利すると、桑原さんは、ちっ、と舌打ちした。

「こんなルールを採用してるうちは日本のサッカーは強くならないな。」

「はあ」とおれは言うほかなかった。「そんなもんですかね。」

「そりゃそうさ」と桑原さんは言ってから、半ば自嘲するように、ふん、と鼻で笑った。「べつにどうでもいいんだけどな、日本が強くなろうと弱いままだろうと。」

翌日からもおれは週に六日、深夜の道路工事現場で働き続けた。――午前七時前、早出の勤め人たちとすれ違いながらアパートへの帰路を歩き、部屋に着くとコンビニで買ってきたビールを飲み、弁当を食し、シャワーを浴びて、午前八時すぎにベッドに潜り込み、泥のように眠る。陽が陰り出した頃に目覚め、再びコンビニの菓子パンやサンドウィッチで腹を満たし、その後は読書、あるいはヴィデオ鑑賞をして、午後八時過ぎに部屋を出、近所の定食屋で食事をとってから現場に向かう。――そんな日々を送ることで、当然ながら、なにかが好転するわけじゃなかった。相変わらず、おれはおれの元を去って行った女のことを諦めきれなかったし、物を書きたいというぼんやりとした希望、いや、希望というよりも現実逃避とも区別がつかないような空想じみた願望があるだけで、実際に書き始めるわけでもプロットを練るわけでもなかった。やがて、くたびれきった体の内奥から虚無と絶望の双生児が頭をもたげ始め、ついにそいつらはおれにこう語りかけてきた。――おまえはしょせんその程度の人間なんだよ。どんなシヴィアな境遇に身を置こうが、物を書くなんてどだい無理なんだって。だいいちおまえいくつだよ？　なあ？　とっとと諦めるんだな。潔く諦めちまえば昼間の仕事くらいは見つかるぜ。

さらにひと月ばかり経った頃、桑原さんは再びおれをサッカー観戦に誘った。今度は最初からおれと行くつもりで前売券を取ってくれたらしかった。行ったのは別のスタジアムでの別のチーム同士のナイトゲームだった。桑原さんは北海道に本拠を置くアウェイ・チームを応援した。北海道に住んでたこともあるとか？　不思議に思ってそう訊いたおれに、桑原さんは、いや、と答えた。

「そういうことじゃないんだ。おれはさ、根っからアンチな人間なんだよ。強くないほう、主流じゃないほう、資金を持ってないほう、そういうチームを応援するんだ。ま、これはサッカーに限ったことじゃないけどな。」

「判官贔屓ってやつ？」

「いや、もっと攻撃的な感情だね。そりゃそうだろ。おれ自身、強い側の人間だったことなんてただの一度もないんだからさ。」

試合は序盤からホーム・チームのいささか一方的な展開で進み、早々と二点を奪ったが、後半に入ると、ホーム・チームの気の緩みに乗じてか、アウェイ・チームが徐々に盛り返していき、三十分過ぎに一点を返すと、ついには後半ロスタイムに得たＰＫを決めて、同点に追いついた。逆転勝利へと盛り上がるアウェイのサポーターをよそに、先日と同様、桑原さんとおれは延長を観ずにスタジアムを後にした。

駅前の焼き鳥屋で桑原さんはいつになく上機嫌だった。

「最高の試合じゃないか。」

「前半はどうなるかと思いましたけど。」

「ふむ。それをぎりぎりのところでドローに持ち込んだんだ。しかも最後は判定のあやしげなＰＫだもんな。弱小チームとしてはこれ以上ない展開だ。勝ちに等しい。」

前回のように店にテレビはなかったので、桑原さんの中でその試合はドローで決着がついていた。テレビや新聞に無縁だったおれも試合の正式な結果を知ることはなかった——おそらく永遠に知ることはないだろう。

「おまえもさ」と桑原さんはだしぬけに言った。「あんなふうにやればいいんだよ。」

「は？　いきなりなんですか？」

「おまえいくつだっけ？」

「……三十一ですけど。」

「若造っていう年でもないよな。」

「……まあ……ね。」

「サッカーで言うと前半の三十五分過ぎってところか。」

「ちょっと待ってよ、桑原さん。おれの人生とサッカーを重ねるのは止めてくれない？」

「現在のスコアはどうなってる？」桑原さんはかまわず続けた。

「……スコア？」

「おまえの人生のスコア。」そう言って、ほとんど射るような目付きでおれの目を覗き込んだ。その間、数秒。そうして言い放った。「ま、0—2ってとこだな。今日の試合とおんなじだ。」

おれは言葉を返せなかった。なぜって、図星だ、と思ってしまったのだから。

「これからだ。時間はたっぷり残ってる。でも勝とうなんて身の程知らずの思いは抱くなよ。おまえが目指すのはドローだ。最後にドローに持ち込めばいいんだ。」

そう言うと、桑原さんは、おれの前ではおそらく最初で最後、声高らかに、ハハハハ、と笑った。

以上で桑原さんとの話は終わりだ。ほどなく、現場が変わることになり、人材派遣会社に指定されたべつの場所に行くと、べつの土建業者が来ており、そこにはもちろんのこと、桑原さんの姿はなかった。

それから——あらためて指折り数えれば——七年が過ぎたことになる。もはやおれは深夜の道路工事現場では働いていない。少々不規則ではあるけれども夜は眠り昼に働いている。排気ガスやら土埃やらで黒ずんだ垢が首筋からぼろぼろと剝がれることもない。しかしながら、そのことと、0—2のスコアがどうなったかはまたべつの問題だ。おれ自身の見立てでは、依然として0—2のまま。言うまでもなく、残り時間は減った。すでに後半開始の笛も吹かれたことだろう。もし、桑原さんに出会っていなかったら、勝つためには3点が必要だと考えて、焦燥で頭がおかしくなるか絶望で頭がおかしくなるか、つまり、いずれにせよ頭がおかしくなっていたことだろう。ひょっとしたら試合を——つまり人生を、放棄していたかもしれない。しかし、桑原さんのおかげでおれはこうしてここに踏みとどまっている。だって2点取ればいいのだから。2点と3点はサッカーと人生においてとてつもなく大きな違いだ。いや、というより、とにかく1点返せばなんとかなる気がしている。1点返しておけば、あとは奇跡が起こらないとも限らない。そう、魔の差したレフェリーがあやしげな判定を下してラッキーなPKが転がり込むように、酒に酔った神様が悪戯をしでかしてイージーなチャンスが巡ってくるかもしれないじゃないか。おれはもはや勝とうなんて微塵も思っちゃいない。おれみたいな人間にはドローこそが相応しい。そして、ドローは負けじゃないのだ。小さな勝ちかもしれないのだ。

誰にだって言いぶんはある

Everybody Has Their Versions

誰も信じないけど、あんただって鼻で笑うだろうけど、昨今のランニング・ブーム？　巷のマラソン熱？　どう呼ぼうとかまわないが、そいつに火をつけたのは、オレとオレの友人なんだ。

今からざっと十年前の初冬のことだ。オレは旧友と中目黒のこじゃれたダイニング・バーで飲んでいた。旧友の名前は……そうだな、木崎、としておこう。いま、飲んでいた、と言ったが、アルコールを飲んでいたのはオレだけで、木崎はチェリーコークだかヴァージンマリーだかを飲んでいた。早い話、木崎は下戸——モンゴロイドには５％ほど存在するらしい、アセトアルデヒドがまったく分解できない体質なわけ。けど、こいつとはたまに……まあ、少なくとも三月《みつき》に一度は飲む、というか飲み屋で話す。オレが酔ってくると木崎も酔ったような口ぶりや態度になるから、木崎が摂取しているのがじつはソフトドリンクであることをオレは忘れる。ひょっとしたら本人も忘れてるんじゃないか。しかし、そうは言ってもチェリーコークはチェリーコークだ。絡まった猿人の枝毛みたいなオレの話をさりげなく整理してくれたりしてオレは気分がいい。失言や過言の類いは風のごとくスルー。もしかしたらオレたちの友情が長続きしている理由はここらにあるのかもしれない。

その晩、途中までどんな話をしていたのかは覚えていない。まあ、前の週に見たファックな映画についてだとか最近ファックしちゃった女の話だとかどいつもこいつもファックユーだとか、およそそんなところじゃないか。記憶に残っているのは以下の部分。ところで、とすでに酔っていたオレは言った。

「最近、ついてきちゃってよ」

「はあ？　ついてきた？　なんの話だ？」

「ここ」オレは自分の脇腹をセーターの上からつまんだ。「ここに、肉が、脂肪が」

「あ、そういう話ね。おれもだよ」木崎もまた自分の脇腹をシャツの上からつまんだ。「おれらも中年期に突入したってことだよな。しゃあないね」

「おいおい、しゃあなくないぜ」

「おれは受け入れる」

「オレは受け入れたくない」

「じゃあ、やめたら？　酒を」

「えー、そういうことなんすか？」

「飲んで食って、最後に豚骨ラーメンってタイプだろ、おまえは」

「豚骨系はそれほど……つーか、木崎は酒飲まないじゃん」

「おれは三度の飯より間食が好きなんだ。たいやきに豆大福にあんドーナツに――」

「嗜好品を断つ以外に方法はないのか」

「そりゃいくらでもあるだろ」

「例えば？」

「摂取したカロリーを消費すればいいんだから」

「だから、例えば？」

「走る」

「お」

「長距離だぞ」

「楽勝じゃね?」

「おまえが走るんならおれも走ろうかな」

「ん?　受け入れるんじゃなかったのか?」

木崎はオレのつっこみを黙殺し、十年ほど前に会社の先輩に誘われて、しぶしぶ出場したというロードレースの話をし始めた。毎年五月に山中湖畔で催されている大会で、ハーフマラソンの部門と湖畔を一周する十三キロ強の部門がある、少しだけ練習して——「それに、若かったし」と木崎——後者に出場した、思いのほかきつくて途中二度ほど足をとめてしまったが景観はすこぶる良く、ゴール後の気分は爽快だった、帰り道では来年も出よう、という話になって皆で盛り上がった、しかし翌年のエントリー期にはその先輩は会社を辞めており、しかも取引先と一悶着おこした上に上司を殴るという不埒な辞め方だったために彼を想起させる話題を持ち出すのは憚られ、それきり……あらかたそんな話だった。

「それだ!　それに出よう!」オレは声を張り上げた。酔っていたせいももちろんあるが、頭の中のトランスミッションが久々にトップに入った感じがした。コの字型カウンターでそれぞれに飲食していた他の客が一斉にこちらを見た。ビールサーバーに手をかけていた店主までもがこちらを見た。まあ、その中に、マガジンハウスの編集者と電通系イヴェント会社のプランナーと都庁のスポーツ振興課長と、自らの殻を破ろうとしていた丸の内のOLと予てからダイエット方法を模索していた四谷のOLと婚約を破棄されてやけを起こしていた恵比寿のOLがいたのだ……たぶん。

「よし！　決まった！」木崎も周囲から注視されているのがまんざらでもなかったのか、チェリー野郎のくせしてやけに昂奮した口調で言った。「さっそく今週末から走るぞ！」

「オレだって走るさ！」

週末――オレは走らなかった。翌週末も走らなかった。ほどなく忘年会シーズンがやってきた。会社勤めではないが、なんだかんだと飲みの誘いがあった。誘いがなければひとりで飲んだ。週の半分は深酒をした。二日酔いがオレの場合メンタリティにまざまざと現れる。そもそも仕事がうまくいってなかった。今さらこんなことを言うと後出しじゃんけんみたいだが、実は少し前から人間不信にも陥っていた。だからなおさら酒を欲した。飲んでは暴言を吐いた。何度かゲロも吐いた。憂鬱だから酒を飲んだのに翌日はひときわ憂鬱になった。そのひときわの憂鬱を払拭しようとさらに酒を飲んだ。半年近く断っていたタバコまで再び吸いはじめた。木崎との約束なんか忘れていた。いや、時々思い出したが、長距離を走るなんて、空を飛ぶようなものだった。世界を変えるとかそういうのに等しかった。つまり、ファンタジーだった。そうして年が明けた。元旦に木崎から年賀状が届いた。オレは年賀状を出す人間がわりに好きだ。「謹賀新年」とラメ入りのレインボーカラーで印刷してあった。干支のゴリラだかなんだかが白い歯を剝き出しにしてサムズアップしていた。その傍らに、極細の黒ペンで、涼しげに、取りようによっては嫌味ったらしく、書いてあった。「走ってるか？」そう一言だけ書いてあった。

奈緒子が走り始めたのは、夫が唐突にランニングを始めたからだった。勝手に走ればいいものを、夫ははかりごとでもあるかのごとく目を濁らせ「なあなあ、いっしょに走らね？」と誘ってきたのだ。なんだこいつ。奈緒子は夫に対して時々そう思うようにその時もそう思い、即答で拒んだのだが、膝の出たスウェットパンツに色褪せたラモーンズのプルオーバーを着て、冬の朝の光が差し込む居間でストレッチらしきことをしている夫を横目で見ていると、一度くらい付き合ってみてもいいような気がしてきた。どうせ一回きりだろう。そんな思いもあった。

正確な距離はわからないが夫が言うところの「三キロ」をどうにか走り切るだけで、息は上がり、心臓はバクバクし、足腰はぱんぱんに張り、こめかみはじんじんと疼いた。中高生の時に体育の持久走を憎んでいたことを久々に思い出した。なんとか口がきけるようになると夫に文句を言った。なんなの、これ！つらいだけじゃない！

なのに翌週末も走った。なんだこいつ。どうかしてる。そう思いながらもいっしょに走った。ざっとタイムを計測してみたところ、感覚的には歩くことの十倍はきついのに時間的には歩くことの半分にすらならないことに愕然とした。力が抜けた。けれども夫に文句を言うのはやめた。

さらにその翌週末も走った。なにやってるの私。相変わらずそんなふうに思いながらのランニングではあったが、見慣れた近所の風景がほんのちょっとだけ違って見えてきたことに驚いていた。シャワーで汗を流した後は走る前より活力が増しているような気がして不思議だった。汗といっしょに心の垢までもが流されたみたいだった。

ふた月目に入ったところで、ランニングシューズを買いに行った。それまでは普段使いのテニスシューズで走っていたのだ。イケメンの店員にいろいろと機能を説明されたけど、最終的には見た目で選んだ。ついでに上下揃いのジャージも買った。いつだったか雑誌でナオミ・ワッツが着ていたやつの色違いを。

それらのせいもあってか、その翌週からは走る距離も「五キロ」に延びた。

「五キロ」走にも慣れてきた春先、ひょんなことから夫の不倫が発覚した。「もう終わったことだから」と夫は言って平謝りしたが、許せなかった。「何回したのよ?」と苦し紛れに訊くと「回数の問題じゃないだろ」と真顔で返された。その一抹のユーモアも優しさもない返答にも無性に腹が立った。腹が立ってそれまでは許容してきた他の欠点まで我慢ならなくなった。寝室をべつにした。離婚を考えるようになった。そんな折りに母親から電話がかかってきて膵臓に悪性腫瘍が見つかったと言われた。長くないわよ、覚悟しなさい。母親は無理に軽い調子でそう言い、言ったとたん泣き出した。父親は五年前に他界していた。姉は日系ブラジル人と結婚して二人の子どもを産んでフォス・ド・イグアスという街——つまり、地球の反対側——で暮らしている。もともと親戚付き合いはない。ひとりで生きていくことをはじめて真剣に考えた。想像はどんどん悪いほうに展開していって、しまいには身寄りもお金もなくひとり惨めに老いていく何十年か先の自分の姿が脳裏に浮かんだ。そういうことは他所《よそ》の人に起こることで自分の身には起こらないことだとどこかで思っていたかもしれない。根拠なんてどこにもないのにおめでたくもそう信じていたかもしれない。

奈緒子は走り続けた。週末だけではなく出勤前にも走るようになった。時には夜も走った。走らなければ頭が変になってしまいそうだった。自分を保つために走り続けた。あるいは自分をあらためるために走り続けた。祈るように走り続けた。

坂本さんがなんだかおかしなことになっている。急にランニングに目覚めて毎日走っているらしい。今日はランチの時にシホちゃんも走ってみれば？とか言ってきた。何かが拓けてくるかもよ？って。その言い草にむっときた。拓けてくるっていったい何が言いたいの？　あたしの人生がどん詰まりだって言いたいの？　三十三歳でいまだ親元で暮らしていてカレシは十一歳上の妻帯者で趣味はとくにないけどしいて挙げるならテレビドラマとネイルサロン通い……っていうのがどん詰まりなの？　そもそも走ることで拓けるとか拓けないとか、人生ってそんなに単純なものなの？　ていうか、そうやってすぐに人生に絡めるのやめて欲しいんですけど。ばっかみたい。勝手に走ってろババアってかんじ。

スタートの時を待ちながら、彼は今朝の起き抜けに頭の中に闖入してきた問いをあらためて考えていた。おれは何者なんだ？　どうしてそんなことを、まるで禅の問答のような、どう答えたところで完璧な答えにはなり得ないような、古代ギリシャの賢人たちが暇つぶしに応酬したかもしれないような問いを、よりによってこんな時に、初めてのハーフマラソンがスタートしようとしている時に、考えてしまうのか彼自身にもさっぱりわからない。今わかるのは、これもまた、昨年あたりから時おり自分のもとを往来する執拗な問いの一つのヴァージョンであり、靴の中に紛れ込んだ小石のようには頭の中から弾き出せそうにない、きっと走りながらも考えることになりそうだ、ということだけだ。おれは何者なんだ？　周囲にはたくさんの市民ランナーがひしめき、それぞれにスタートの時を待っていた。頭上で手を組んで伸びをする者、首や肩や足首をまわす者、ランニングウォッチやデジタルオーディオプレイヤーをいじっている者、気持ちを高めるかのごとくミルク色の空を見上げる者、はやる心を静めるかのごとく目を瞑る者、余裕なのか惰性なのか連れの者と談笑する者。数メートル前方には学生時代の友人とその妻の後ろ姿が見える。あいつら危機は脱したのか？　そこでふいに彼は右足の甲に違和感を覚える。きっとシューズの紐をきつく結びすぎたのだろう。しゃがんで靴紐をいったん解き、上から二番目と三番目の紐穴のところをわずかに緩めてから慎重に結び直す。立ち上がって軽く跳躍してみる。よし、これでいい。と、また思考が後戻りする。あなたは何者？――そう尋ねられたらおれはどう答える？「さあ、そろそろ三分前ですねー」「我々までドキドキしてきますねー」などとオリンピックにも出場した経歴を持つ元マラソンランナーと、テレビではあまり見かけなくなったテレビタレントが、彼の位置から五十メートルほど前方のスタートライン脇に設えられたスターター台の中で言い合っている。そのすぐ傍らでは、スターターピストルを手にした大会の実行委員長であるらしい自治体の長《おさ》が角張った顔に満面の笑みを浮かべている。おそらくおれは何者でもない。何者かになりたかったけれども何者でもない。彼はランニングパンツの後ろポケットからデジタルオーディオプレイヤーを取り出して、作動させてみる。オーケー、問題なし。「みなさん、用意はいいですか！」タレントの声が響き渡る。「おー」というような声がランナーの間からぱらぱらと上がる。「元気ないなあ」とタレント、「もう一度大きな声で。みなさーん、用意はいいですかー！」「おーっ!!」。彼はそんな掛け合いには与しない。ぶっちゃけ鬱陶しいと思う。志はあったんだ、と静かに考え続けている。計画だってあったんだ。臆病者でもなかったはずだ。しかし、はたと気づけば、挫折と失望の苦い味を知る……司会の二人に煽られるままにスタートへのカウントダウンが始まっている。今一度、彼は自分の目標を確認する。足を止めずに走り切ること。二時間を切ること。4、3、2……パン！　乾いたピストル音が鳴り響く。沿道からは歓声も上がる。もっとも、スタートを切ったのは最前列で、彼の位置ではすぐには走り出せない。ああ、言われなくてもわかってる。彼は歓声をかいくぐって自分の心の中の他者たちに言う。たかがハーフマラソン、しかも二時間以内だなんて、凡庸な中年男の凡庸な目標さ。プレイヤーの再生ボタンを押す。両耳に絆創膏で固定したイヤフォンから今日のレースのために作ったプレイリストの音楽が流れ出す。何者かになるつもりだった頃に繰り返し聴いていたアイ・ウォナ・ビー・アドアードが。そうしてプレイヤーをポケットに戻すと、彼はゆっくりと走り始めた。今のおれは何者だ？　凡庸な中年男である以外に？

もうダメ。もう限界……いいえ、限界じゃない。限界だって思いたいだけ。私の弱い心がそう思いたいだけ。肉体はもっと強い。現に今もこうして黙々と動いている。弱音を吐きたがる心のツマミを最小にしぼって。感傷も不要。必要なのは具体的な思考。マシーンを操るエンジニアのごとく。左、右、左、右、左。吐いて、吸って、吐いて、吸って。汚れた息を口から吐き出して、新鮮な空気を鼻から取り入れる、そんなイメージで。しっかり腕を振って。心もち胸を張って。重心をおへその辺りに保って。顎は少し落として。視線を10メートル先の路面へ。左、右、左、右、左。吐いて、吸って、吐いて、吸って。そう、その調子、その調子。もう少しいけそうでしょ？　いけるって。いけるはずだって。がんばれ、私。負けるな、私。私に負けるな、私。

うわ。いま追い抜いてったのって最初のほうで追い抜いたわりときれいな人だろ。くっそー。あんときは尻を眺める余裕もあったのになあ。尻をとくと眺めるために追い抜くのをわざと遅らせたほどなのになあ。いやまあ今も眺めてるけどさ。もう尻なんてどうでもいいし。苦しくてそれどころじゃないし。くっそー。負けてたまるか。いや負けたっていいよ。もともと何千人にも負けてるし。ワイフにすら負けてるし。いやいや勝つとか負けるとかじゃなくてさ。だったら何だよ？　何だろな。とにかくあの尻についてけ。尻なんかについてくな。どっちだよ？　よしついてくぞあの尻に。ついてけるところまでついてくぞあの尻に。いいねえ。いいよお。いい尻だよやっぱ。

「いったい何のために走ってるの？」

わたしは近所のダイニング・バーでシングルモルトを飲みつつ、先週末に視察を兼ねて走ってきたローマでのフルマラソンについてくどくどとしゃべっていた。最初はマスターや彼女自身もランナーである常連客のOLを相手に。しかし、当然ながらマスターはわたしの専属ではないし、OLは明朝が早いらしく帰路についた。そうしていつしか隣の女が聞き手になっていた。初対面の女ではない。このバーで何度か顔を合わせたことがある。名前は……何と言ったか？　一度聞いたはずだが、失礼ながら忘れてしまった。歳はわたしの二つ三つ下だと思う。目鼻立ちは十人並みだが、手指がすらりと長く、爪の手入れをかなり念入りにしていることには、初対面の時に気づいた。いつだったたか、妻子持ちの男との長年の恋愛沙汰についてマスターに漏らしていたのを小耳に挟んだ。まあ、とにかく、その女がずばり尋ねてきたのだ。

「何のために？」わたしはおうむ返しに言った。いくらかは自分に問うたのかもしれない。

「だって」と女は言う。「つらいんでしょ。つらいつらい、さっきからそんなことばっかり言ってる」

「ああ、つらいね。つらいよ、うん」

「だったら、やめればいいのに」

「いいや、やめない。やめられない」

「どうして？　メタボの予防とか？　老いることに抗いたい？」

「きっかけはその手のことだったかもしれない」

「今は違う？」

「少なくとも第一の理由じゃないな」

「己を高めるため……そんな柄じゃないよね？」

「なんだっていいじゃないか、理由なんて」

「気になるのよ。猫も杓子も走ってるし」

「猫も杓子もってのは大げさだな」

「あたしのまわりにもたくさんいる。げんなりするくらいたくさん」

「げんなりさせてるなら謝るよ」

「はあ？」

「実を言うと、巷のランニングブームには一枚嚙んでるんだ」

「あっそ」女は下水の臭いでも嗅いでしまったみたいに鼻をひん曲げ、眉間に皺を寄せた。「そういう戯れ言にもうんざり」

「いやいや、戯れ言じゃなくて」わたしは名刺を手渡そうと鞄の中を探ったが、こんな時に限って見つからない。

「知りたいのよ」女は語気を強めて言った。わたしの仕事内容にはたいして関心はないようだ。「どうして人は走るのか」

「人のことはともかく」わたしは真実を真実と認めてもらえない腹立たしさをぐっと押さえ込んで言った。「自分に関して言えば……一種の中毒なんだよ」

「つらいのに、中毒？」

「つらいけど、あとで快楽がやってくる。走り終わったあとに。つらければつらいほど、とっておきの快楽が。まるで神々に祝福されているような快楽が」

「嘘。そんなの信じない」

そう言いつつも女の表情が変化しているのをわたしは見逃さなかった。「ははん」

「何？」

「走りたくなってきたんだろ？」

わたしは、女が何か言い返そうとするのを手で制して、初めて出場したロードレースについて語りはじめた。毎年十一月に那須高原で……。

転轍機
The Switch

転機というものはつねに、青天の霹靂のごとく、唐突で絶対的なものに見えるが、むろんそんなことはない。ゆるやかな変化の道筋の全体が、転機を生み出すのである。

――アーザル・ナフィーシー

母から荷物が届いた。

ふた月に一度くらいのペースで送られてくる恒例のゆうパックだ。メロンやサクランボやアスパラガスといった地元の農産物、自家製の梅干や佃煮や糠漬、お歳暮やお中元の時期にはお裾分けで素麺や食用油やロースハム、それからなにを思ってなのか、キッチンペーパーや入浴剤やハンドタオルなんかが詰められていることもある。

今朝届いたゆうパックにはそんな食料品や日用品に混じって見知らぬ男のスナップ写真が封入されていた。いまどき親が計らうのもどうかと思うんだけどね、と母は手紙に書いていた。おばあちゃんがうるさいのよ、気が気じゃないって。もう長くないんだから最後くらいは安心させてって。だからね、おばあちゃん孝行のつもりで一度会うだけ会ってみてくれない？　ＪＡに勤めている菊池智則さんという方で、この八月で三十七歳になるそうだから、倫代《みちよ》の二つ上ってことになるのかしら。とても誠実な方だと思います。まあ、ハンサムっていうのとはちょっと違うけれども。

フィルムカメラで撮られたと思しき写真にはそれこそ〝誠実〟を、さらには〝平凡〟をも、絵に描いたような丸顔に銀縁眼鏡の男が写っていた。一枚はえんじ色のネクタイに藍色の作業着を羽織った半身像。もう一枚はその作業着を脱いで白いワイシャツ姿になった全身像。二枚とも背景は実家の玄関先のようだ。きっと即席で母が撮ったのだろう。わたしは写真を封筒に戻し、ラックの抽出しにしまった。そういえば、この間しばらくぶりに電話で話した折に、母にしては珍しく単刀直入に尋ねてきたのだった。恋人はいないの？と。わたしはひと呼吸分ためらってから、いないよ、と答えた。

＊＊＊

ヒロくんは約束の時間ぴったりに現れた。襖の間から、よっ、みっちゃん、と言って破顔する。ごめんね、忙しいでしょうに、とわたしは返す。いやいや、こっちこそご足労願って申し訳ない、とヒロくん。和服を着た給仕の女性に麻のジャケットをあずけるとローファーを模したスポーツシューズを脱ぎ、座敷に上がる。仕立ての良さそうなピンストライプのボタンダウンシャツと一見ありきたりだけどよくよく見れば上物だとわかるチノパンツが、仕事から充実感を得ている男性だけが持つ凛々しい表情を引きたてている。

ありがとう、こんな素敵なところを取ってもらっちゃって。わたしはヒロくんが座卓の向かいに座るとまずは礼を言った。二十畳ほどもありそうな和室の中央に漆塗りの座卓がひとつ。床の間にあたるスペースには額縁に入った水墨の抽象画と大きなあじさいが生けられた大きな花瓶。反対側にはいかにも稀有な骨董といった風情の茶簞笥。その上に唐草模様の工芸品。一方の壁はほぼ全面が窓になっていて、東京のおよそ半分が梅雨空の下に沈んでいる。東京タワーの朱色だけがやけにくっきり浮かび上がっていた。

「おれとしても好都合なんだ」とヒロくんは言う。なるたけ人目につかないところ、とお願いしたのはわたしのほうだった。「最近はさ」とヒロくんは続ける。「すっかり顔が知れちゃったからこういうとこじゃないと落ち着けなくてね。昔なじみの同級生とお昼御飯を食べる場所としてはさすがに仰々しいけど。」

まあたしかに。けれども普通はこういうのを豪勢だとか言って称えるのだ。少なくとも一年前のわたしならもっと感激していただろう——今のわたしはこのくらいのことでは動じなくなってしまったのだけど。

「このあいだの週刊ポストは読んだ?」わたしが黙っているとヒロくんが尋ねてくる。

「ううん。読んでないけど?」

「いや、読んでないんならいいんだけどさ。参ったよ。〝松岡夫人、衝撃の過去〟だっけな、とにかくそんなような見出しの記事が載ってね、あることないこといろいろと書かれちゃったんだ。風俗嬢だったとかなんとか。キャバクラで働いてたってだけなんだぜ。」

「へえ。大変なのね、セレブになるのも。」

「そんな言い方止してくれよ」と言ってヒロくんは小鼻に皺を寄せる。「おれはセレブになったつもりなんかないって。」

「だって……」

「だって、じゃないよ、みっちゃん。おれはただ仕事を必死にやってるってだけさ。しょせんは材木屋の倅だよ。」

ヒロくんと会うのは彼と理恵さんとのウェディング・パーティ以来だからおよそ四か月ぶりだ。高校時代の友人でパーティに招かれたのはわたしを含めて三人だけだった。ヒロくんはなにせ友人が多かったから意外に思ったけれど、わたしとしてはその三人のうちの一人——しかも女子はわたしだけ——に選ばれたことが少なからず誇らしかった。

食欲をそそらせるために、とヒロくんが言って注文したエビスの瓶ビールをグラスに注ぎ合って乾杯してから、誰某に会っただの、誰某が子どもを産んだだの、誰某は離婚しただの、といった同窓生たちの噂話をしているうちに食事が運ばれてきた。真鯛のお造り。とびうおの味噌たたき。焼きなすの白和え。椎茸と水菜のおひたし。蓴菜とトマトの酢の物。あわびの網焼き。たらの芽のてんぷら。米沢牛の和風ステーキ。お吸い物にちりめん山椒ごはん。白玉はちみつ。それらを嗜みつつ——わたしはひととおり箸をつけるので精一杯だったけれど——話題はヒロくんに導かれて時事に移っていった。世を騒がしている怪奇な殺人事件。四川の大地震やミャンマーのサイクロン。原油の高騰とそれが生活に及ぼす影響について。年金や医療や環境の問題。つまるところわたしたちの行く末。それからスポーツ……というよりサッカーの話も。先日はモスクワまでとんぼ返りでチャンピオンズリーグの決勝戦を観戦に行ったのだそうだ。

「さて、本題に入ろうか。」食器類が下げられ、陶器に入ったコーヒーが運ばれてくると、ヒロくんは人懐っこさの中にもどこか超然としたものを漂わせた高校時代そのまんまの表情を浮かべて言った。「相談って?」

わたしはこくんとうなずいてから弁明するように言った。「ちょっと唐突なんだけれど。」

ヒロくんは黙ってわたしを見つめる。善意というものの存在を思い出させてくれる柔らかな視線だ。

わたしはヒロくんの貴重な時間を割いてしまったことにばつの悪さを覚えながら、それでも思い切って言う。「ヒロくんってピストルに詳しかったよね?」

「はあ?」ヒロくんもさすがに面食らっているようだ。「……ピ、ピストル?」

わたしは高校時代に一度だけヒロくんの家に遊びに行った時のことを話した。本棚がとても印象的だったと。ずらりと並んだハードカヴァーの翻訳小説や大判の美術書やその当時はまだそれほど流通してなかったはずのコンピュータ関係の書籍に混じって銃や兵器に関する本が何冊か挟まれていた。

「やベー」とヒロくんはヒロくんらしくもなく顔をほんのり赤らめながら言った。「それ、内緒の趣味だったんだけどな。」

「今でも詳しい?」わたしはかまわず続けた。

「まあ、そのへんの人よりは知ってると思うけど。最近はそれどころじゃないから。」真顔に戻りつつヒロくんは言った。

「これ見てくれる?」わたしはそう言って傍らのトートバッグから元々は洋服屋さんのショッピングバッグであるダンボール色の紙袋を出して座卓の上に置き、それをそっとヒロくんのほうに押し出した。

ヒロくんは紙袋の口を広げて中を覗き見る。体をこわばらせたのがわかった。それからわたしに視線を戻すと、触っても平気?と訊いた。

わたしがうなずくとヒロくんは紙袋の中にそっと手を突っ込み、眠っている小動物に触れるようにそれに触れた。完全に袋からは出さずに裏返す。片目を瞑って見澄ます。それから再び元に戻して紙袋の口を閉じた。「どうしたの、これ?」

「やっぱり本物?」

「だろうね。」

「拾ったの。うちの近くの河原で。」

「いつ？」

「もう十日になるかな。つい届けそびれちゃって。」

「今からでも遅くないよ。」

「わかってる。でも……どう言ったらいいかしら……その形とか質感とか……諸々に興味をそそられて……」

そこでわたしはいったん言葉を切って紙袋に目を落とす。自分の物言いが歯痒い。ちがう。そんな軽いもんじゃない。ヒロくんは黙って次の言葉を待っている。

「というより、」わたしは再びヒロくんに視線を合わせて口を開く。「抗いがたく惹きつけられちゃったの。せっかくだから警察に届けてしまう前にもっと詳しいことが知りたくなった。だってこんなものを拾うなんて普通はあり得ないことでしょ。運命っていうと大げさだけど、なんとなく因縁めいたものを感じないわけじゃないし。そうこうするうちにふとヒロくんの部屋の本棚を思い出したんだ。」

「なるほどね……」そう言いながらヒロくんはわたしを見据える。

「ヒロくんだったらと思って。」見据えられながらわたしは言う。

「ヘンなこと考えてないよね？」

「ヘンなことって？」

「……強盗とか。」そう言うヒロくんの目はほとんどわたしを睨むかのようだ。

「……チーム組もうか？」ならばと、わたしもヒロくんを睨み返す。睨めっこにはあまり自信はないけれど。

三秒ほどの睨めっこの後、ヒロくんは、ぷっ、と吹き出して相好を崩した。「オーケー。じゃあ、これ、預かるよ。調べてみる。」

わたしは、お願い、と言った。

ヒロくんは——少なくともわたしの知っているヒロくんは、何事に関してもしつこく詮索したりはしない。たとえ自分には不可解でも他人の事情やテリトリーというものを尊重してくれる。少々ベタな形容をすれば、とても紳士なのだ。わたしはヒロくん以上に紳士な人間を知らない。どうしてわたしはヒロくんに恋心を抱かなかったのだろうと不思議に思うことがある。まあ、よくよく振り返れば高校時代、恋心に近いものを何度か覚えたことがある。しかし、いつもそれは本物の恋心へと孵化する前にべつのものへと変容してしまった——敬意の類いへと。だれかに敬意を抱くことがすなわちその人を愛することに直結するのならどんなにか人生はシンプルだろうとわたしは時々思う。

それにしても、みっちゃんとピストルねえ。最後にそう言ってヒロくんは呆れたように笑った。ありえない組み合わせだな。みっちゃんとピストルか。

＊＊＊

その夜もまた深夜勤だった。ほんとは休みだったのだけど、父親の容体のあまり芳しくないらしい沢木さんが熊本の実家に帰りたいと言うので急遽代わってあげたのだった。

準夜勤からの申し送りにとくに深刻なものはなく、相方も藤井さんだったので仕事は順調にはかどった。ナースコールは少ないほうだったし、その大半がトイレ介助の依頼だったから、なんなく時間は進んだ。おしなべて穏やかな夜。前の晩は、相方が小池さんということで——彼女はナースコールへの反応が半ば意図的に（としかわたしには思えないのだけど）鈍い——仕事が遅延気味だったうえに、その小池さんが途中神経内科病棟に駆り出されてしまったりで、最後は手に負えなくなるほど忙しくなり、看護記録も大ざっぱになってしまったのだけど、それも丁寧に記入できた。手の空いた時間にはお気に入りのブログを読んだりアマゾンで本を注文したりした。

空がすっかり白んだ午前五時、目が覚めたきり寝つけなくなった大竹さんがどうしても病室を出たいと言うのでデイルームに連れて行って、しばし話し相手になった。いちばん可愛がっていたお孫さんがこの秋に結婚してドイツに居を移すことが決まったらしい。これで三人のお孫さんのうち二人が外国人男性と結婚して海外に定住ということになるのだそうだ。もう一人はオーストラリアに渡ってすでに十年近くになるという。そのことをしきりに嘆く。そのへんにいくらでも日本人の男はいるだろうにねえ、としわくちゃの顔をいっそうしわくちゃにしながら大竹さんは言う。そんなに外国って良い所なのかい？　こんな時わたしは自分の意見をなるたけ言わないようにしている。わたしの意見が巡り巡って心外な誤解や面倒なトラブルを招かないとも限らないから。さあどうなんでしょうね、外国と一言で言ってもたくさんの国がありますし、その人の性格にもよるんじゃないですか、と無難に流してから、さみしいですね、と続ける。でも元気になれば大竹さんだってドイツやオーストラリアに行かれるじゃないですか。大竹さんの表情が提灯に火が灯るみたいに内側からぱっと明るくなる。そうだねえ。そういうこともできるかもねえ。大竹さんは八十二歳。駅の階段で足を滑らせて転げ落ち、膝骨と肋骨を折って、この整形外科病棟に三週間前から入院している。大竹さん自身はまもなく退院できる。しかし大竹さんのご主人は誤嚥性肺炎を患い、わたしも去年の秋までいた感染症科病棟でほとんど寝たきり状態だ。その介護のことを考慮に入れるとドイツやオーストラリアに行ける可能性は極めて低い。行ける状況になるということはご主人が亡くなるということをも暗に意味する。そのことをわたしは知っている。大竹さんだって知っているだろう。けれどもこの高齢者専門病院での看護師と患者のコミュニケーションはしばしばこんなかんじで進む。いかめしい現実をいくら見つめたって事態が好転するわけではない。この世の中にはどうにも対処しようのない物事というのがある。人にできるのはただそれに慣れてゆくこと。そして時として必要になるのはそんな現実から少しのあいだ目を背けさせてくれるささやかなファンタジーだ。いうまでもなく、ここでいうファンタジーにはまやかしやあきらめがたっぷりと混じっている。

午前九時すぎ、勤務を終えて病院を出ると、数日ぶりに太陽が姿を現していたので、部屋に帰って眠る前に河原に出ることにした。

河原のコンクリートブロックに腰を下ろして初夏の陽光を浴びながらコンビニで買ってきた缶ビールを飲んだ。すっかり顔馴染になった藪睨みのおじさんが今はなきプロ野球チームの帽子の下で、ニッ、と笑って通りすぎて行く。ここから少し川上にテントを張って生活しているおじさんだ。わたしも軽く頭を下げる。最初の頃は、少なからず偏見の、というか軽蔑の念があったりもして、唇の左端を極端に吊り上げるその笑いが薄気味悪く感じたものだけど、いまはもうなんとも思わなくなった。むしろ、ちょっとチャーミングに思えるくらいだ。おじさんとこうして簡単な挨拶を交わすようになってから数か月が経つけれど、おじさんはいっこうに話しかけてこない。わたしも話しかけるつもりはない。けれども爾来この付近での居心地はすこぶる良くなった。妙な話だけど守られているような気さえする。

白サギが小魚かなにかをついばみながら浅瀬をさまよっている。紋黄蝶がハルジオンやツユクサや名前の知らない色とりどりの野花の上をひらひらと舞っている。電車が鉄橋を渡ってゆく音が地響きのように体に伝わってくる。陽光の眩しさに誘われるようにわたしは目を瞑る。目を開けている時は感じられなかった空気の動きを鼻孔や唇に感じる。それが気持ち良くってわたしは目を瞑ったままでいる。

思い出そうというつもりは断じてないし、できれば思い出したくなんかないのだけれど、やがて俊哉の笑顔が瞼の裏のグラデーションの中に浮かび上がってきてしまう。あれからもう三年以上の月日が流れたというのに、俊哉のことはちっとも色褪せてくれない。写真はほとんど捨てた。メールはすべて消去した。部屋だって替わった。俊哉の友人たちとはすっかり疎遠になった。俊哉の住んでいた吉祥寺付近にはあれ以来一度も行っていない。二人で食事したことのあるレストランにも居酒屋にも。待ち合わせに使ったカフェにさえ。時間が解決してくれるわ。何人かにそう言われた。わたし自身そう信じた。けれども時々、とりわけ最近は、そんなのは安直な慰めに過ぎないんじゃないかと思ってしまう。そう、なるほど、わたしたちが生きる日々は慌ただしく過ぎ去ってゆく。けれどもその一方で、そんな日々を吸収しそこに摺り込まれた記憶を分解していく大いなる時間の営みはおそろしく悠々としている。

部屋に戻ってお風呂に入り、カーテンを締めきってベッドに入りかけたところで、テーブルの上の携帯が振動した。宮嶋からのメールだった。タイトルはいつものごとく、無題、となっている。〈昨夜、帰国した。すぐに会いたい。今夜はどうだろう？　問題なければ九時にいつものところで。〉

＊＊＊

宮嶋が待ち合わせのラウンジバーに現れたのは十時十五分になる寸前だった。九時四十五分になった時、十時まで待って連絡がなかったら今日は帰ろうと思った。十時十分になった時、あと五分で絶対に帰る、と心に決めた。秒針が五周まであと四分の一周を切ったところで宮嶋の手がわたしの肩に触れた。少し遅れて宮嶋特有の体臭が鼻をくすぐる——元はと言えばこの匂いにわたしはやられたのだ。ミーティングがひどく長引いたんだ、と宮嶋。たったの二週間だっていうのに参ったね。そうして宮嶋は詫びる代わりに優雅に笑う。この人をひとかどの人物たらしめる要因はきっとこんなふるまいにもあるのだろう。わたしの胸の内にうごめいていた苛立ちやもどかしさは瞬く間に干涸びてしまう。

ホテル内のすし割烹のお店で冷酒を飲みながら軽く食事を取った。学会とシンポジウムを兼ねて五日ずつ滞在したシカゴとフィラデルフィア、それに帰りに二晩だけ泊まったニューヨークの話に終始する。わたしは適当に相槌を打つものの、話の多くは頭の中を素通りしてゆく。なんだかんだ言っても東京が一番だね、などと宮嶋は言っている。海外に行くたびに痛感することだけどさ。このなにもかもが煮詰まった魅力ってのはほかでは味わえない。それに最近の日本ほど金やコネが留保なしに物を言う場所もないしね。そりゃあ欧米でも金やコネの力は小さくないけど、最終的にはべつのものがより幅を利かすことになるんだよ。モラル、ルール、原則、フェアネス、品格、責務、そんな極めてややこしいものがね。

すでにわたしは酔いがまわっている。待たされている間にもシャンパンを三杯も飲んだのだし当然かもしれない。体の芯がほてっている。欲しい、と思う。欲しくて気がどうかしてしまいそうだ。そんなわたしの渇きを見透かしたように宮嶋は、部屋に上がろうか、と言う。わたしも、そうね、と答える。物事はあらかじめ決まったレールの上を滑ってゆく。べつのレールへの分岐点がまったくないわけじゃないけれど、そこにあるべき転轍機は見当たらない。

宮嶋とのセックスは普通じゃない。少なくともわたしにとっては普通じゃない。宮嶋はまずわたしを下着姿にさせる。宮嶋が買ってきた下着を——いったいどんな方法で買ってくるのかは知らないけれど——着けさせられることもある。そして、窓の桟——というのだろうか、窓際の出っぱり部分のことだ——やデスクの上に座らされたわたしは自慰を強いられる。手ずからすることもあれば宮嶋が用意したそれ用の様々な器具を使ってすることもある。宮嶋はまるでサスペンス映画のクライマックスに見入るようにそんなわたしを観賞しながらブランデーやシェリー酒を飲んだり持っている時にはマリファナを吸う。もちろんこんなのは以前のわたしの嗜好ではなかった……というより、宮嶋と出会う前はそもそも自慰なんてしたことがなかった。だから最初の頃はずいぶんと戸惑ったものだ。あとで自己嫌悪というのか、なんとも言い難い苦々しい気分に陥ったりもした。けれども何度か無理じいさせられているうちにわたしもまんざらでもないと、いや、時には快感というほかないものを覚えるようになった。

わたしが自慰を終えると宮嶋はようやく自分も服を脱ぐ。カーテンは閉めない。部屋の照明もたいていは灯したままだ。わたしは手足を縛られる。そしてソファに座った宮嶋の全身を舐めまわすよう求められる。耳の穴から足の指、そしてアヌスに至るまで。最後は膝立ちになってペニスをしゃぶらされる。上手にしゃぶらないといつまでも縛りを解いてくれない。だからわたしは必死にしゃぶる。

この晩は、東京の明るい夜を見下ろす窓に両手をつき、後ろから突かれながらわたしはオルガスムスを迎えた。壊れそう。壊れるわ。わたしは呻く。壊してやる。めちゃくちゃに壊してやる。宮嶋は叫ぶ。やがて目の奥が白く光って上も下も左も右もなくなり、わたしは果てる。床に仰向けになり胸や顔に宮嶋の精液を受ける。

ベッドに並んで横たわり、互いの呼吸がどうにか整った頃合で、あのさ、と宮嶋が囁きかけてきた。ひとつ提案があるんだ。

わたしは宮嶋の、日本人というかモンゴロイドにしてはかなり淡い色の目を横目で捉える。この人なしではいられなくなっている自分を今さらながらに意識しながら、わたしは、なに?と問う。

宮嶋は肘をついて体を少しだけ起こし、わたしを見下ろす。その瞳孔が奥行きを増しているように感じるのは気のせいだろうか。まるで異次元の世界へと通じる抜け穴のようだ。その神秘がわたしを虜にし、同時に動揺させもする。

「今度、もう一人加えないか。」

「……どういうこと?」

「三人でしたいんだ。」

わたしは唖然として言葉を返せない。

「男じゃないよ。女の子さ。ちょうどいい子がいるんだ。商売女じゃない。きっときみも気に入るよ。」

「……いや、そんなの。」

「今は理性のほうが活発になってるからそう言うだけさ。きみの性向にもぴったり合致するはずだ。」

「そういう問題じゃなくて……」

「どういう問題なんだ?」

「ねえ、これってなんなの?」わたしは思わず色めき立ってしまう。「ただの遊びなの? スポーツみたいなものなの?」

宮嶋はやれやれというように笑みを浮かべる。「きみの言ってることがわからないな。セックスはセックスだ。べつのなにかに置き換えられるものではない。ぼくは自分の欲望をできるだけ満たそうとしてるだけさ。それが結果的にこれまで昏々と眠り続けてきたきみの欲望を目覚めさせ、きみに新たな喜びと豊かさをもたらす。そして、こういうことが巡り巡って、この人間社会をより円滑にまわしてゆくことへと繋がってゆくんだ。いわば、見えざる手に導かれてね。」

「眠り続けてきた欲望を目覚めさせるなんて、そんな必要があるのかしら?」

「いまさらなにを言うんだ。ぼくと付き合うことできみはそれまでに知らなかった生の領域を享受してるんじゃないか。だいいち、己の欲望を満たしてゆく以外に生きている意味なんてあるのか?」

「……」わたしは反論したかった。しかし反論したいという気持ちが先走ってるだけで確固たる信条もロジックも持っていなかった。

「それにね」と宮嶋はいくらか穏やかな調子になって続ける。「ぼくの考えではたとえ潜在的なものであれ欲望を押さえ込んだままにしておくときれいに死ねないんだよ。断末魔をこれでもかというほど味わう。あるいは何年も寝たきりになって醜い姿をさらすことになる。しかし欲望を全うした人間は静かに眠るように死ねる。もしくは電球がぷちっと切れるようにね。欲望の膿が残っていないからだ。きみんとこの病院にいるのはほとんどが前者だろうな。ああはなりたくないってひそかに思ってるんだろ?」

「そんな話、はじめて聞いたけど?」

「迷信に聞こえるか?」

「少なくともドクターの言いぐさじゃないような気がするわ。」

「結局のところは東洋人だからね。」宮嶋はふふふと鼻で笑う。尊大さに微量の自嘲が混じったような笑い。それから宮嶋はちょっと怖いくらいに真面目な顔付きになって言い添えた。「今、ぼくが言ったことを今後は心に留めておくといいよ。」


午前三時半を過ぎた頃、宮嶋はわたしをホテルの部屋に残して——泊まっていく、と言い張ったのはわたしだけど——帰宅した。妻と子どもたちが眠っている目黒の自宅へ。

ゆっくりと明けそめる六月の空をベッドに横たわったまま見上げながらわたしは宮嶋に対する、憎しみにさえも似た不穏な感情をはじめて意識した。けれどもそれはたまたま水面に浮かび上がったヘドロの一部なのかもしれないと思う。わたしの心の水底には得体の知れないヘドロが沈殿しているのかもしれない。

＊＊＊

ヒロくんから電話があったのは週明けの午前十時前だった。今日はほぼ一日会社にいるんだけど、と言う。急遽出張が決まって明日から一週間ほど東京を離れることになったんだ。わたしのほうは休日だったのですぐにヒロくんの会社に出向くことにした。

秘書の女性——彼女の美しさにわたしは思わず目を見張ってしまう——が受付まで迎えに来てくれる。いかにも今を時めくＩＴ企業らしい若々しい活気に満ちたオフィスを横目で窺いながらフロアの一番奥にある社長室へ。社長室とはいえ、その手のしかつめらしさはなく、十畳ほどの簡素な部屋だ。デスクトップとラップトップのコンピュータを置いた大きなデスク。その傍らのモスグリーンのキャビネット。対になったカーキ色の革張りのソファとその間のローテーブル。ガラス窓のついたブックシェルフ。壁にはわたしの知らない映画の大判のポスターが簡単なフレームに入れられて飾られている。書かれた文字は……フランス語だ。

ヒロくんは秘書に向かって、佐久間さん以外の電話は通さないで、お茶もいいや、と告げ、秘書が退室するのを見届けるとわたしに向かって、悪いね、休日だってのに呼び出しちゃって、と言う。とんでもない、忙しいのに恐れ入ります、とわたしは返す。まあ座ってよ、とヒロくんはソファをすすめる。先日とは違ってビジネスマン然とした装いだ。淡いピンクのシャツにシックなネイビーのタイ。淡いグレーのスラックスにはこちらの気持ちまでもがしゃんとしてしまうほどのシャープな折り目がついている。わたしはソファの端っこに腰を下ろす。ヒロくんはコーヒーでいいよね、とわたしに確認を取ると、コーヒーメーカーのサーヴァーにすでに出来上がっているコーヒーを二つのカップに注いでローテーブルの上におく。砂糖とミルクは？　わたしは首を振る。

「さっそく、本題に入るけど。」ヒロくんはキャビネットのキーパネルに解錠番号を入力しながら言う。

扉を開けて例の紙袋を取り出すとわたしの向かいにまわり、テーブルのほぼ中央にそれを置いてソファに腰を沈めた。「だいたいのことはわかったよ。」

わたしは黙って話の続きを待つ。

ヒロくんは紙袋に視線を送る。あたかもそれがこの世に存在する唯一の異物であるかのように。「まず初歩的なことだけど、こういうのをセミ・オートマチック・ピストルっていうんだ。弾倉がレンコンみたいになってて回転するやつがリボルバー。西部劇なんかで出てくるのはリボルバーだね。まあ、拳銃一般に関してはウィキペディアとかにずいぶん詳しく書かれてるから、そっちを読んだほうが早いな。で、これなんだけど、南アフリカ共和国にある銃器会社の製品で１９９９年に製造されている。現在は製造中止になってるみたいだね。アメリカをはじめとした数か国に輸出されたようだけど、決してメジャーなものじゃないし、売れ行きもたいしてよくなかったみたい。日本にはほとんど入ってきていないはず。日本語で読めるネット上には写真の類いはおろか言及さえなかった。手段はどうあれ誰かがごく個人的に持ち込んだんだと思う。弾は9×19㎜っていう種類で、これはわりとスタンダード。まあ、そうは言ってもここは日本だからね、簡単には手に入らない。その筋にコネクションがあればなんとかなるんだろうけど。その弾だけど、バレルのチャンバー、つまり銃身の薬室に一発、マガジン、つまり弾倉に七発、全部で八発入ってる。新品ってわけじゃないけど使用頻度はそれほど多くないな。……そんなところかな、おれにわかったのは。」そしておもむろに紙袋からピストルを取り出す。「ここが暴発防止のセイフティね。これをこうやって外して、あとはこの引き金を引いたら弾が飛び出す。用途はいろいろ。殺人や強盗や恐喝や護身や。熊や鯨を一発で仕留めるには無理があるかな。」

「……なんだかゾクゾクしちゃうわ。」わたしは正直に言う。

「まあ……」苦笑いするヒロくん。「善かれ悪しかれね。」

「まるで映画の中の話みたいじゃない?」

「そりゃ映画の中の話だったらいいんだけど。」ヒロくんはちょっとだけ突っぱねるように言ってピストルを紙袋に戻した。それからわたしの目を注視し、もう一度困惑するように笑った。「さてどうする? おれのほうで警察に届けようか?」

「ありがとう。自分で届ける。心配しないで。」わたしはそう言って紙袋をすみやかにトートバッグに仕舞い込んだ。

「極力正直に話したほうがいいよ、届けそびれたって。」

「うん、そうする。ありがとう。すっきりした。」

「ねえ、みっちゃん。」少しの間を置いてそう言うとヒロくんはソファの背もたれに体を預ける。表情が親しげに、なおかついくぶん厳めしいものになる。ヒロくんは時にこんな複雑な表情を作ることがある——十六歳の頃からそうだった。「マコトから聞いたよ。おととい、久々に飯食ったんだ。」

「……植村くん? なにを?」

「みっちゃんの前の彼氏の話。」

あ、それか、とわたしは思う。たちまち喉がこわばる。うん、とうなずいた。

「自殺だったんだって?」

「……べつに隠してたわけじゃないの。」

「いや、いいんだ、そんなことは。その頃っておれたちもほとんど会っていなかったしね。あとになってからは言いにくいことだよ、いくら仲良くったって。」

「鬱だったの」とわたしは言う。どうせならしゃべってしまったほうが楽だ。「そんなにひどくなってるとはわたしも思ってなかったんだけど。」

「きっかけとかってあったの？」

「もちろん、生来の気質もあるんだろうけど、直接のきっかけは仕事ね。過労とストレス。最後のほうは土日も返上で朝から深夜まで働かされてたから。逃れるように会社を辞めてからはなにもかもに自信なくしちゃって。」

「そうか……」

「働くのって大変よね。……とくに……」

「とくに？」

「……わたし、よその国で働いたことないから、偉そうなことは言えないんだけど、友達なんかの話を聞くとね……」

「……ああ、なるほど。」

「わたし、間違ってる？」

「いや、おおむねそのとおりだよ。少なくとも日本を先進国というカテゴリーに入れるのは間違いだろうな。個々人の生活を犠牲にしてマクロの数字の帳尻を合わせてるんだから。ぼくら経営者はもっと恥じ入らなくちゃいけないんだよ、ほんとは。」

「あ、そういうつもりで言ったんじゃないのよ。」

「いや、いいんだ、事実なんだから。日本の経営者はそのへんずいぶん甘やかされてると思う。欧米なら誰もついてこないやり方がまかりとおっちゃってるからね。」

「経営者だけの問題じゃないと思うわ。」

「まあ、そうだけど。みんな政治家のことを悪く言うけど、その政治家を選んでるのは自分たち……例えばそういうことでしょ?」

「……うん。」

「厄介な問題だよな、まったく。」

「せめて彼もヒロくんみたいな経営者の下で働ければ良かったのに。」

ヒロくんはなにかを言いかけて止め、肩をすくめる。今さらなにを言ったってしようがないよな、とでもいうように。

ヒロくんに相談していればべつの結果になったかもしれない。ふいにそう思いながら視線を外す。わたしには意味の分からないフランス語が目に入る。〈ADIEU, PLANCHER DES VACHES〉。

「大変だったんだね。」ヒロくんはわたしの視線を追うようにして言う。

「当時はね。」わたしはもう一度ヒロくんに視線を戻しながら言う。「でももう平気よ。三年も経ったんだし。」

「そっか。」

「うん。」

「今は彼氏いないの?」

わたしは思わず失笑する。「いきなりなによ?」

「いや、そう言えば、そういうことってちゃんと訊いてなかったなと思って。」

「……いますよ、ちゃんと。」すねたふりをして言う。

「そりゃそうだよな。」ヒロくんの表情が和らぐ。「そりゃそうだ。」

「へんなの。」

「いや、正直、心配だったんだ。」

「なにが?」

「みっちゃんとピストルっていう組み合わせが喚起させるものって一つしかないよ。」

「なにそれ? ひょっとして後追いってこと?」

「あり得ない話じゃないだろ?」

「そんなことあるわけないじゃない。わたしはあの人のようには繊細じゃないわ。こう見えてけっこう図太いんだから。そもそも自殺するほどの勇気なんてないし。」

ヒロくんは優しげに微笑む。わたしもその微笑みに付き合う。けれども心の片隅からその可能性を、ヒロくんがあり得ない話じゃないと言ったその可能性を、完全に払拭することはできない。

わたしは息苦しくなって話題を変えるべく言った。「ところで、秘書の女性、すごくきれいね。」

「ああ」とヒロくんはどうとでも取れるような返事をする。おそらくは聞き飽きたコメントなのだろう。

「何年か前に、ミス・ユニバース・ジャパンに出場してるんだ。最後の八人に残ったらしいよ。」

「道理で。」

「でも、びっくりするほど堅実な子でさ。ほかにいくらでも……要するに、美貌を活かした仕事がね、あるだろうに、本人は華やかな世界は向いてないって言ってうちで働いているんだ。」

「へえ。そういうのってちょっと素敵ね。」

「そういえば、みっちゃんと少し似てるかも。」

「はあ?」

「いや、根が真面目なところがさ。」

ギクリとする。それから後ろめたさでにわかに鼓動が激しくなる。「わたし、」とどうにか平静を保って言う。「ヒロくんが思ってるほど真面目じゃないよ。」

「じゃあ言い方を変える。自制心を持ってるとこ。」

「自制心?」いつのまにか話題が再びわたしに関するものに戻ってきていることにもわたしは少なからずたじろいでいる。「そうかしら?」

「少なくとも高校時代はそうだった。そういうのって歳を取ったって簡単に変わるもんじゃないだろ。」

「ふうん。」わたしはたじろぎの中でまだ自問している。自制心? そうかな?

「最近、つくづく思うんだ。」ヒロくんは打ち明け話をするかのような声音になって言う。「自制心を持って堅実に生きるのってじつはすごく価値のあることなんだってね。だってそれってサーカスの綱渡りみたいに難しいことだもんな。とりわけおれたちが住まうこの狂おしき世界では。」

この狂おしき世界。ヒロくんのその言葉はすぐにはわたしの中に収まらない。だから反芻する。この狂おしき世界。すごくリアルな感じがする一方で、まるで昭和の歌謡曲のタイトルみたいにひどく古びても聞こえる。

そこでヒロくんは腕時計をちらりと確認する。タイムリミットが来たようだ。「まあ、ともかく」と言って両膝をぱんと叩く。「すぐに警察に届けること。」

「そうします。」わたしは尊敬する教師に諭された女子高生のような気分になって立ち上がった。

＊＊＊

警察には行かなかった。

わたしはピストルを所持した。トートバッグに紙袋ごと忍ばせてほとんどどこへ行くにも携行した。職場へも買い物へも映画館へも。カナダから帰国中のナナエとその旦那のエリックとの食事の時にはスカーフに包んでショルダーバッグの中に入れていった。エリックは品川のホテルに戻ったが、ナナエは急遽うちに泊まりに来ることになった。その時は久々に気持ち良く酔っぱらって気が大きくなり、よっぽどピストルを見せようかと思ったけれども、すんでのところで思い止まった。今は札幌に住む妹としばらくぶりに長電話したときも、もう少しで打ち明けてしまうところだった。あそこで受話器越しに甥っ子の泣き声が聞こえなかったら、きっとそうしていたことだろう。部屋で過ごす一人の時間にはとくと眺めた。引き金に指をかけて握ってみることも。これで容易に他人を殺せたり自分を殺せたりするんだと思うとにわかに動悸がしてきて、手のひらや脇の下にじっとりと汗がにじんだ。生と死のあいだに横たわる川を思い浮かべた。それから、死というのはカゼのウィルスみたいにあちこちに浮遊しているんだ、生には常に死が含まれているんだ、そんな今さら看護師らしくもない、というかあまりにも陳腐なことをあらためて考えたりもした。

その週は日勤と準夜勤が交互に続いた。日勤と準夜勤は時間的には楽だけどそのぶん仕事はきつい。二人だけでつとめる深夜勤ではたいして気にかけなくていい他のスタッフとの連携が必須のものになるから精神的にも疲れる。とくにこの四月に呼吸器科病棟から異動してきた橋本主任とはリズムが合わない。主任の目にはわたしは仕事が遅いようにしか見えないらしい。わたしからすれば主任は仕事が粗雑すぎる。先週入院してきた元弁護士らしいじいさんにも手が焼ける。わたしたち看護師を召使いとでも思っているのだろうか。あまりに無遠慮な物言いと傲慢な態度にあやうくキレそうになってしまった。これだから「先生」と呼ばれていた人種の多くには辟易する。

準夜勤の時は、就寝時間を過ぎても寝付けない患者たちとデイルームで話をすることがある。その晩は退院を間近に控えた米野さんがそうだった。このまま病院にいたい、と言う。部屋になんか戻りたくないよ、と。米野さんは奥さんに数年前に先立たれてアパートに一人住まい。ヘルパーを雇う金銭的余裕はない。それどころか食費にさえ事欠いているようだ。三人の娘たちはそれぞれにただならぬ事情を抱えているようでめったに顔を見せないらしい。そういえば、病院にも下の娘さんが一度見舞いに来たきりだ。心情としてはいさせてあげたいが、ここは養護施設ではないので疾患がない以上そういうわけにはいかない——いずれにしろ、一介の看護師であるわたしにどうにかできる問題ではない。なあ杉浦さんや、と米野さんはわたしに懇願するように言う。わしはもう心底疲れちゃったよ。はやく黄泉の国から迎えが来ないかな。毎朝、あいつに頼んでいるんだが。わたしは言葉に詰まる。口の中に苦みが広がる。いずれお迎えは来ますよ。でもそれまではしっかり生きてくださいね。そうじゃないと奥さんだって悲しみます。わたしはやっとのことでそう言う。言いながら自分でも鼻白んでしまう。米野さんを病室に送っている途中で、だしぬけにロッカールームの中のバッグに入っているピストルに思い当たる。とんでもないことを一瞬だけ考える。その瞬間のわたしはこの世界の均衡からこぼれ落ちている。

＊＊＊

宮嶋とは週末に会った。雨の降りしきる夜。いつもどおり西新宿のホテルのラウンジバーで待ち合わせてから、赤坂のフレンチレストランに移動し、食事をしてから汐留のホテルへと、さらに移動した。

スイートにはすでに女が来ていた。

女は、ミオ、と名乗った。しまうまのような柄のキャミソール・ワンピースにウェッジソールのサンダル。上背はわたしよりざっと一〇センチは高いから一七〇センチを超えているだろう。美人にはちがいないけれども、人を容易に寄せ付けない冷ややかなオーラが漂っている——さっぱりとした雰囲気、と形容するにはなにかが決定的に欠けているような気がする。大きな黒い瞳は平たいガラス製のおはじきを思い起こさせる。若い——きっと若いのだろう。せいぜい二十歳を少し過ぎたくらいだ。

宮嶋は手際よくジョイントを巻き、それをわたしたちに順にまわしていった。それとなくわたしとミオが互いのことを知れるように会話もまた宮嶋がリードした。けっして和気あいあいとしたムードにはならなかったものの、かといって重苦しいわけでもなかった――これもひょっとすると宮嶋の意図したことなのかもしれない。会話を通してわたしにわかったのは、ミオが神戸の生まれで今も神戸に住み神戸の大学に通っていること、ファッション誌のモデルのバイトをしていてひと月に二度か三度はこうして東京にやってくること、今度の夏休みはＬＡ近郊にある大学に短期留学すること、それが問題なく済めば来春からは大学を休学して本格的に留学するつもりであること、宮嶋とはこれ以前に二度しか会っていないこと、ミオの友人が著名なサッカー選手のバースディ・パーティで宮嶋の後輩と知り合い、その二人を介して宮嶋と知り合ったこと……それくらいだろうか。

宮嶋はミオに暗いほうがいいかと尋ねた。わたしにはついぞ尋ねたことのない質問だ。ミオは、どっちでも、と言う。結局、ベッドサイドのフロアスタンドだけが灯される。

ソファに座ってジョイントの穏やかな多幸感を味わいつつ、雨に煙る東京の沿岸地区の夜景を見るともなしに見ていたわたしのとなりにミオが座る。わたしをおはじきの目で見つめる。首筋にそのひんやりとした手を置く。ミオの首筋からはわたしも時々使うラルフ・ローレンのロマンスの香りが漂ってくる。わたしは覚悟を決める。ほどなくミオの唇がわたしの唇に重ねられる。

ミオはわたしが男たちからは一度もされたことのないような濃やかさと執拗さでわたしを愛撫した。羞恥とくすぐったさを感じたのは最初のうちだけで、いつのまにかわたしはいつにない高みに達していた。やがてミオがわたしにしてくれた愛撫をなぞってゆくようにわたしもミオを愛撫しはじめた。ミオの肌は磨かれたブロンズ像のように滑らかだった。乳房は小振りではあったけれども、思わずうっとりしてしまうほどに、そう、まるで古代ギリシャの彫像のように整った形をしていた――完璧、というのはこういう時に使う言葉なのかもしれない。ヴァギナは赤ん坊の口の中のように鮮やかなピンク色をしていて、そこからはミントのような甘酸っぱい匂いが微かに漂ってきた。わたしは自分がそうされたようにミオのヴァギナに指を入れ、そして、舐めた。自分の肉体が液状化してミオの肉体の中へ溶け込んでゆくかのような、あるいは自分固有のものであったはずの肉感をミオと共有しているかのような、摩訶不思議な感覚に終始囚われていた。

宮嶋はミオとわたしの絡み合いをジョイントを吸いながらしばし眺めていたが、やがてミオに促されると、おもむろにわたしたちに加わってきた。

縛られたのはわたしだけ。わたしだけが不自由な体勢を強いられたまま、わたしたちは絡み合った。何度か、のけ者にされてるような気分を味わったし、実際にそうとしか解釈できない状態にもなったが、それもまたわたしを煽るために宮嶋が巧んだのにちがいなかった。しかし、いくらそのことがわかっていても、わたしは嫉妬というほかない感情を覚えずにはいられなかった。その胸がきりきりと絞られていくような感覚は宮嶋がべつの女とセックスしているからというよりも、むしろミオがわたしより明らかに美しくて若いことに起因してるのかもしれなかったが、自分でもはっきりとはわからない。美しさはともあれ、わたしは若さを妬んだことなんかこれまでにたったの一度もなかったから。

セックス全体――これもセックスと呼ぶのだろう――を通して恍惚を覚えなかったといったらそれは嘘になるけれど、その恍惚のさなかにあってわたしは、いったん足を踏み入れたら最後、二度と出てこられなくなる洞窟に、目隠しされた上で引きずられてゆくような、恐怖にも似た感覚にじりじりと苛まれていた。そのせいだろう、その晩はいくら高みに昇ってもついには真のオルガスムスには到達できなかった。

ミオを帰した後で宮嶋はわたしをいつになく優しく抱擁し、どうだった?悪くないだろ、と囁いた。わたしは否定も肯定もできずに黙り込む。

「何事にも段階というものがある。」宮嶋はわたしのためらいを見て取ると口調をあらためて続ける。「臓器移植だって最初は拒絶反応を示したりするものだ。たとえ最終的には成功であってもね。もう少し時間がかかるかもしれないな。とりわけきみのようにコンサヴァティヴな性質も同時に有してる場合は。」

わたしは宮嶋から目をそらす。どういうわけか、宮嶋に、コンサヴァティヴ、と言われるたびに侮辱されているような気持ちになる。

「ともあれ、最初にしては上々だ。この次はもっと良くなるだろう。ぼくたちは常に進化する生き物なんだ。そして、感性というものは使えば使うほどに発達するのさ。この事実には反駁しようがない。」

宮嶋がシャワーを浴びている間、わたしは〝進化〟とか〝発達〟といった事象について考えてみた。わたしたちの進化や発達の果てにあるのはなんなのだろう。それは無条件に祝福されるべきものなのだろうか——世界記録を更新し続けるアスリートたちが称賛されるように? 踏み止まるという選択肢はないのだろうか。踏み止まる、とは、とどのつまり衰退を、つまりは滅びや死を、意味することになってしまうのだろうか。踏み止まり、かつ、衰退や滅びや死を凌駕する、ということは不可能なのだろうか。いや、そもそも、〝進化〟や〝発達〟こそ、最終的には死に到達することになるのでは? ……しかしながら、そんな問答に、わたしの脳は耐えられず、しだいに思考は横道に逸れていってしまう。そして、その横道がバッグの中のピストルへと繋がっていることに気付いてわたしは慄然とする。と同時に、ひどく腑に落ちてもいる。やがて、これまでになくわたしはピストルを一つのツールとして実際的に考えはじめる。ひょっとしたら、とわたしはついに思う。ピストルこそがわたしを進むべきレールに乗せてくれる転轍機かもしれない、と。その新たなレールはわたしをべつの場所へと運んでくれるだろう。おそらくは、際限のない欲望やそれが成就する時にもたらされる快楽とは縁遠い場所に。こういった営みのすべてから遠く離れた場所に。そう、この狂おしき世界の外側に。

その晩は宮嶋に家まで送り届けてもらった。眠るまでそばにいて欲しい、と頼んだけれど、宮嶋は、明日は朝から用事が入っていてね、と言って——たぶん子どもたちとの約束を意味するのだろう——聞き入れてはくれなかった。

ひとりになったわたしは、雨を含みながらゆっくりと白んでくる空をぼんやりと見つめながら泣いた。どうして涙が溢れてくるのかわたし自身にもわからなかったが、黒く濡れそぼった夜が西の地平線の向こうに完全に姿を消してしまうまで涙は止まってはくれなかった。

＊＊＊

月曜の朝、卵を茹でていると家の電話が鳴った。出る前から母だとわかった——母はよっぽどのことがない限り携帯へはかけてこない。本人もいまだに携帯は持っていない。煩わしいのだそうだ。今時なにを、と思わないこともないけれど、そういうところがいかにも母らしい。

わたしは先日のゆうパックの礼を遅ればせながら言う。ちゃんと届いてるんならいいんだけど、と母。そして自信なさげに続ける、どうかねえ、見合いの話は。わたしは、もう少し待って、ここんとこ忙しくてちゃんと考えられなかったの、と慌ててごまかす。あそう、と母が寂しげな声を出したっきり沈黙するので、わたしは、前向きに考えるから、と母を鼓舞するように言った。

これから出勤なの。今週中にあらためて電話するから。そう告げたにもかかわらず、ちょっと待って、と母は言い、ほどなくおばあちゃんが電話に出てくる。耳はすっかり遠くなったけれど、相変わらず頭はしっかりしている。今度はいつ帰ってくるの?とまるで咎めるように言うおばあちゃん。お盆前後には帰るよ、と答えるわたしもまるで弁解するような気分になっている。最近倫代の夢をよく見るんだよ、とおばあちゃんは続ける。やっぱり初孫ってのは違うのかねえ。ほかの孫はちっとも出てこないのに。わたしは不覚にも胸が詰まってちゃんとした返答ができない。じゃあね、元気でね、と言って慌ただしく電話を切るのがやっとだ。

本当は休日だった。

とりたてて予定も入れていなかった。翌日は午後四時からの準夜勤。上空には梅雨時特有の重たげな雲がたれ込めていたけれどもテレビの天気予報によると関東甲信越の降水確率はおしなべて三〇%だった。朝食を済ませるとわたしは思い立って支度を始めた。いつも持ち歩いているトートバッグの中身をほとんどそのままトレッキング用のデイパックに詰め替える。そこにウィンドブレーカーとなぜか急に再読したくなった『ジェーン・エア』の文庫本を加える。そうしてジーンズにサマーニットにキャップにニューバランスという格好で化粧もそこそこに部屋を出た。

最寄り駅まで歩いてる間に風船が萎んでゆくように気分が冷めかけたが、散歩の延長みたいなものと自分に言い聞かせてそのまま歩を進めた。ラッシュのピークは過ぎていたものの依然として通勤客で混み合う電車で新宿に行き、中央本線の特急電車に乗り換えた。余計なことを考えないために特急電車の中では『ジェーン・エア』を読み耽った。この前に『ジェーン・エア』を読んだのがいつのことだったかは忘れたけれど、余計なことを考えないという目的にはちょうどいい小説だ。ローウッドに春が訪れ、ジェーンの新しい生活がなにはともあれ軌道に乗り始めたところで小淵沢に着いた。奇しくもジェーンと同じようにここまで来てしまうとさすがにわたしの肝も据わっていた。小海線に乗り換え、小一時間ほど先の無人駅で下車する。降りたのはわたしのほかに制服姿の女子高校生が二人だけ。年子の姉妹のようにも見える二人はほとんど同時にわたしを一瞥し、心なしかきまり悪そうな表情を見せてから、再びおしゃべりに戻って駅舎の向こうに姿を消した。

二両編成のディーゼル車がポォゥ、という号笛をあたりに響かせてトンネルに吸い込まれていった後、ホームで空を見上げる。東京の空とは違って雲はガーゼのように薄く、ところどころには青みが透けて見える。視線をゆっくりと下方におろしてゆくと銀色の川がうねっているのが見える。たしか千曲川のはずだ。ホームの端から地面に降り、単線の線路を跨いで雑草の生い茂った緩い斜面を下ってゆくと、川辺に出る。さわさわという水音が鼓膜をくすぐる。うろ覚えの記憶を辿りながら川の流れに沿って砂利道を歩いた。やがて両側が樹木の鬱蒼と茂った崖になり、空気は湿気を帯びてくる。二十分ほど歩いたろうか、わたしは目当ての場所に到着した——ここで間違いないと思う。ちょうど川が半円を描くようにたわんでいるところで、向こう岸では赤茶けた岩盤が露になっている。大小の石が敷き詰められた野球の内野グラウンドほどの広さの川縁には焚火をした跡がところどころに残っていた。

雲のあわいから陽光が差し込んできた。川の水面がいくぶん緑色を帯びつつ光る。わたしは適当な大きさの石を見つけてそこに腰を下ろした。耳に入るのは少し先の急流——たしか急流になっていたはずだ——から聞こえてくるごうごうという水音と何種類かの鳥のさえずりだけ。ここにはキャンプをしにきたことがあった。俊哉と付き合いはじめて迎えた最初の夏だから、もう八年も前のことになる。俊哉と俊哉の大学時代の親友の圭太くんとその恋人のユリちゃんと来たのだった。わたしたちは水遊びをし、バーベキューをし、花火をし、それから焚火を囲んでたくさんの話をした。とりとめのない閑談にはじまって過去の恋愛話、それぞれの生い立ちや子どもの頃の夢について。そして怪談。もし、このシチュエーションがそのまんまスティーヴン・キング原作とかのホラー映画だとして、悪霊にひとりずつ殺されてゆくとしたら誰がいちばん最初に殺されるだろう、最後に生き残るのは誰だろう、なんて話をしたのを覚えている。ユリちゃんかな。いやみっちゃんだな。いやいやおれだって。などと長々と言い合ったあげく、わたしたちは、最初に殺されるのが俊哉で、最後に一人だけ生き残るのがわたしという妙な合意に達したのだった。

翌朝テントを片しているときに圭太くんが、来年も絶対に来ようぜ、と言ったのも覚えている。それに応えて俊哉が、毎年来られるといいな、と言ったのも。しかし、翌年の夏はユリちゃんが転職したばかりということもあって四人の予定がどうしても噛み合わず、叶わなかった。そのまた翌年は万事準備は整っていたのに直前に圭太くんが取引先との間で大きなトラブルを引き起こしたらしく、それどころじゃなくなった。まもなく、圭太くんは飛ばされるように福岡に転勤になってしまい、次の夏を迎える前に遠距離恋愛に耐えられなくなって圭太くんとユリちゃんは別れてしまった。その次の夏にはキャンプの話題さえ出なかった。そして次の夏がくる前に俊哉は逝ってしまった。

そんな回想に耽っているうちに太陽は再び雲の裏側に引っ込んでいた。午後もだいぶ遅くなってあたりは薄暗くなっている。突然思い出したように肌寒さを感じる。わたしはデイパックからウィンドブレーカーを出して着る。それから紙袋を。まるでついでみたいに。ついでみたいだと感じている自分を意識しながら。あたりに誰もいないことを今一度確認して紙袋からピストルを取り出した。耳の奥で頸動脈がどくんと音を立てる。黒々としたピストルをあらためて眺める。本物なんだと意識してじっくり眺める。引き金に軽く指をかけて銃把を握る。体の芯がぶるっと震える。向こう岸の岩盤のとくに赤茶けた出っぱりを撃つつもりで照門から照星を通して狙いを定めてみる。いったん膝元に下ろしてヒロくんに教えられたとおりにセイフティを外す。それから引き金に人差し指を再度、今度はさっきよりもしっかりとかけて銃把を握り、ピストルを構えた。震える右手を支えるように左手も銃把に添える。右目を瞑ってもう一度狙いを定める。息苦しい胸の内で、10、9、8、7、とゆっくりとカウントダウンしていった。6、5、4……3、と唱えたところであたり一帯にディーゼル車の号笛がこだまする。その、ポォゥ、という腑抜けた音が張りつめていた気分を殺ぎ、急にバカらしくなって構えていた手を下ろした。肺に溜っていた吸気を吐き出す。わずかに紫がかった空を鳥たちが飛び散ってゆく。少し遅れて褐色の鷹が滑空していく。川は何事にも無関心であるかのように静々と流れ続けている。わたしは目を瞑る。深く息を吸い込む。湿った土の匂いや葉っぱの匂いが体の隅々に広がっていくのを感じる。息をゆっくりと吐き出す。そうして目を瞑ったまま今度はこめかみに銃口を当ててみる。心拍がたちまち激しくなって外界のあらゆる物音が後退してゆく。とともに自分以外のあらゆる事物が後退してゆく。いくつもの感情や思考が溶け合いながらすうっと一点に吸い込まれてゆく。その一点はわたしという存在の中心にある。と同時にこの宇宙の中心にあるような気もする。わたしは死にたいとは思っていなかった。けれども生き続けたいとも思っていなかった。そしてどっちみちいつかは必ず死ぬのだと思った。目を瞑ったまま こめかみに銃口を押しつけているとそのことが、あまりに自明なそのことが、ずっと頭を煩わせていたなぞなぞの答えのように心に浮かび上がった。

その晩は清里駅にほど近い小さなホテルに泊まった。疲れがたまっていたのだろう、お風呂から上がって『ジェーン・エア』の続きを読んでいるうちにうとうとしはじめて早々とベッドに入った。ひさしぶりに——わたしにはそう思える——夢を見た。ぐちゃぐちゃに絡み合ったシュールな夢の最後にはっとするほどリアルな俊哉が出てきた。俊哉は当時のままの俊哉、わたしは今現在のわたし。なのにちっとも違和感はない。場所はどこだろう。森の中に忽然と空いた空間にわたしたちは並んで寝そべっていた。空が青い。青すぎて目が痛いくらいだ。

「歳をとってくのってどんな気分だい?」と俊哉が空の青を見つめたままわたしに尋ねている。まるで自分は一度も歳をとったことがないかのような口ぶりで。

「どんな気分って……とくに感慨なんてないけど」とわたしも空の青を見つめたまま答えている。どうやらわたしだけが歳をとってくという感覚を知っているのだ。「たいして変わってないような気もするし、取り返しがつかないくらい変わってしまった気もする。自分でもよくわからないの。というか、よくわからないことがどんどん増えていくような気がするわ。」

俊哉はアハハと笑ってから、いいね、それ、と言う。「ぱっとしない答えだけど、いいよ、それ。」

「じゃあ歳をとらないってのはどんなかんじなの?」今度はわたしが尋ねる。

「案外きついんだな。」そう言う俊哉の口調はその内容とは裏腹に弾んでいる。「時々息苦しくなるよ。」

「息苦しくなる?」

「だってずっと同じ位置から物事を見続けるんだぜ。そりゃあ、そうすることである種の真理には辿り着ける。そしてその辿り着いた真理に包囲されるようにして毎日を暮らすのさ。けれども結局のところ、それはある種の真理でしかないんだ。わかるかい?」

わたしは考える。想像する。空の青が目に染みる。「なんとなくだけど。」

「つまりね」とちょっと得意げに俊哉は言う。「よくわからない、という感覚ってじつはとても重要なんだよ。よくわからないってことのほうにこそ、より高次の真理が含まれているのさ。」

わたしはすかさず尋ねてみる。「ねえ、そもそも真理なんて必要なのかしら?」

「必要としていない人もいるよね。でも倫代には必要だと思う。それはきっと折に触れて導いてくれるはずだ。倫代が向かうべきところへね。」

「わたしが向かうべきところって?」

「うーん……すごく古くてすごく新しいところ。」

「古くて新しい? そんなんじゃわかんないよ。」

「ま、そうだよな。けど、残念ながら、そういうふうにしか言えないんだよ、今のおれには。」

「知ってるでしょ？　わたし、苦手よ、そういうこと考えるの。」

「焦る必要はないよ。その時が来たらちゃんとわかるようになるから。」

「ほんとに？」

「時々はおれが手助けするしさ。幸いにもここでは考える時間だけはたっぷりあるからね。」

「じゃあどうやったらこうして俊哉に会えるの？」

「そんなの簡単さ。おれのことなんか忘れちまえばいいんだよ。」

「忘れる？」

「そう。倫代がおれを忘れれば忘れるほど、おれたちは時々こうして会えるようになるんだ。」

「へんなの。」

「ちっともへんじゃないよ。すごくまっとうな話さ。」

「ねえ、俊哉。」わたしは俊哉の横顔を目の端にかすかに捉えながら話の矛先を変える。「一つだけ訊いていい？」

「なに？」たぶん俊哉も横目でわたしを捉えている。

「そっちの世界の住人になったのを後悔することってある？」

「後悔するもしないも、そういう感情を持つこと自体がこっちではタブーなんだよ。」

「ふうん。」

「でも倫代にだけはほんとのこと教えてやるよ。」俊哉はそう言ってわたしのほうに体を横転させる。わたしもそうしたいけど体がこわばって動けない。だからそのまま空の青を見続ける。「じつはちっとも後悔してないんだ。あのとき、おれにできる唯一の能動的にして意義のある行為が自らを殺めることだった。それをおれはちゃんとやり遂げたんだ。」

わたしはなにも言えない。どう感じていいかもわからない。ひどく悲しいような気もするし、なんだかほっとしているような気もする。わたしは金縛りをほどくように力を抜いて体をゆっくりと横転させる。と、次の瞬間、わたしは目覚めていた。もちろん隣には誰もいない。ただ濃やかな雨音がほの暗い部屋を幾重にも包んでいた。

＊＊＊

二十分ほど遅れていつものラウンジバーに着くと、そこには宮嶋だけではなくミオもいた。宮嶋からはなんの説明もない。それが至極当然のことであるかのようにふるまう。その威圧的とさえいえる態度に気圧されてわたしはなにも言えなくなってしまう。すでに時間も遅く、誰も空腹を感じてはいなかったので、ホテルの上階にあるべつのバーで飲むことになった。

ミオはわたしのことを「みちよねえさん」と呼ぶようになっていた。ミオにそんなふうに呼ばれるのはあまり気持ちの良いものではなかったが、かといってほかにどう呼ばせればいいのかもわからなかったのでそのままにしておいた。

「みちよねえさんって」と、宮嶋がトイレに立った隙にミオが言う。「どうして看護師になろうと思ったの?」

「……そうね、小さい頃、体が弱くてしょっちゅう入院してたから身近だったのかな。でも特別たいそうな理由はないわ。だれでも職業を一つ選ばなくちゃいけないでしょ。」

「そうだけど、それにしても看護師って大変すぎない？」

この子はまだほんの子どもなんだな、と思いながらわたしは答える。「大変じゃない仕事なんてないでしょ。そして、大変すぎるかどうかはその人の性質によって決まるんじゃないかしら。」

「じゃあ、みちよねえさんって看護師に向いてるんだ？　他人の世話をするのが好きなんだ？」

「そんなふうに身も蓋もない言い方されるとちょっと困っちゃう。できることなら人のためになりたいとは思ってたし、今もそう思ってるけど。」

「人のためかぁ……。そういう感覚、あたしにはぜんぜんわかんないなあ。あたしはどうやったら自分が楽しめるかってことにばっかり頭を使ってる。やっぱ自分のことすごく好きだしね。みちよねえさんは自分のこと好き？」

わたしは返答に窮する。この手の話はいずれにせよ苦手だ。どうして人は他者への眼差しは希薄なくせに自分のこととときたらこんなに真剣になるのだろう。「どうかしら。ほかの誰かになりたいとは思わないけど。」

「自分のことを心から好きになれないと人のことも心から好きになれないって誰かが言ってたよ——誰だったか忘れたけど、たしか有名な作家が。」

「そうなのかもね」と面倒ゆえに同調しながらわたしはそのことについて考える。ほんとにそうなのだろうか。人を愛するためにはまず自分を愛する必要があるのだろうか。そもそも自分を愛するってどういう感覚のことをいうのだろう。自分のことが好き、ということと、ほかの誰かになりたいとは思わない、ということの間にはどのくらいの隔たりがあるんだろう。

「ねえねえ、話は変わるけど、一つ訊いていい？」ミオはいくぶん声を潜める。ちょうど宮嶋も席に戻ってきて耳をそばだてる。「男の子の友達に聞いた話なんだけどね。その子、高校生の時に交通事故に遭って左腕とか左足とかを複雑骨折してけっこう長いこと入院してたらしいの。で、ケガが回復してくると、ほら、性欲のほうも復活してくるじゃない？　でもその子、マスターベーションする時は小学生の時からずっと左手でしてたらしくて右手じゃいくらやってもいかないんだって。そのうちどうしても我慢できなくなって、思い切って一番お気に入りの看護師さんに頼んだらしいの。そうしたらその看護師さん、平然と手でしてくれたんだって。これもナースの任務のひとつだとか言って。でも、あたし、その話、信じられなくて。ほんとにそんなことしちゃうの？」

「さあね、そういう看護師も中にはいるのかもね。わたしは頼まれたことないけど。」

「もし頼まれたらどうする？」

「……そうねえ……」

「看護婦さん！」ミオはその男の子を演じているつもりなのだろう。「もう我慢できません。一生のお願いです。」

わたしもその芝居に便乗することにする。「しばらく考えさせてもらえる？」

ミオはククと声を立てて笑う。宮嶋も笑みを浮かべている。

「どっちにしても」とミオは笑い終えると言う。「わたしにはぜったい無理だなあ、病人の世話なんて。

ていうか他人に奉仕するってこと自体、ぜったい無理。すごいよ、みちよねえさんって。尊敬しちゃう。」

わたしは苦笑せざるを得ない——看護師を揶揄するときのお決まりの文句に。


部屋に入ってジョイントを一巻まわした後、このあいだと同じようにミオはわたしを愛撫しはじめた。わたしはどうにか踏み止まろうとするもう一人の自分を胸の内にしかと感じながらも、流れに——というか快楽への渇望に、抗えずにそれに応えてしまう。宮嶋はジョイントの二巻目を吸いながらそんなわたしとミオの絡み合いを悠然と見下ろすかのような目付きで眺めていた。

このあいだと趣を異にしたのは宮嶋が加わってから。わたしは全裸のまま手足を縛られた上で肘掛け椅子に括りつけられた。そうして宮嶋とミオはおもむろに戯れはじめた。まるで付き合い始めたばかりの恋人たちのように。わたしとは最初の何回かしかしなかったごく普通の——と形容する以外にどう言えばいいのだろう——前戯だった。

わたしはやはりこの間と同じようにきりきりとした嫉妬の感情に苛まれた。そこにわたしも加わりたいと願わずにはいられなかった。加わって楽に——そう、楽に——なれるのならこれからもこんな形のセックスを受け入れてもいいとさえ思った。わたしは宮嶋なしでは、宮嶋がわたしにもたらしてくれるものなしでは、きっと生きられやしないのだ。そして、どうあれこのまま生き続ける以外に道はない。

——けれども、心身の渇きがいよいよ耐え難いものになってきたまさにその時、奇妙なことに、それに相反するかのような醒めた意識がなにかに突き上げられるようにわたしの中に隆起してきた。その凛とした意識は、わたしがまさに屈服しかけている欲動とはちょうど正反対の方向へとわたしを引っ張った。そうして徐々に耐え難い渇きをまったくべつの方法で癒していった——望むものを与えることによってではなく、望むものを無化してゆくことによって。

わたしは二人のまぐわいを冷静に眺めはじめた。今やわたしには自分でも信じられないほどに落ち着きが備わっていた。見慣れていたはずの宮嶋の鍛えられた肉体がひどく滑稽に、むしろ宮嶋の本質的な脆弱さを示しているようにさえ思えた。ミオはたしかに美しく若かった。けれどもその美しさや若さは不自然に完璧すぎて、そう、醜さや老いを、あるいはその予兆すら、まったく内包していないだけにまるでビニール製の造花のように無機質に感じられた。

宮嶋がわたしを解放したのは、ミオとのほとんどあらゆる前戯を終えてから。すでにわたしの心身は冷えきっていた。不毛な夜の果てにぽつねんと佇んでいるような気分だった。ミオにどんなに濃やかに愛撫されても宮嶋にどんなに激しく突かれてもわたしはいつもの高みにはいけなかった。ただ目の前の空っぽの闇が茫漠と広がってゆくだけだった。


「今夜はあまり楽しんでるようには見えなかったが。」そう宮嶋が言ったのはミオがシャワーを浴びている間だった。「体調でも悪いのか？　それともなにかあったのか？」

わたしは自分の中に起こったあの奇妙な転移のようなものをどう説明していいのかわからずに黙り込んだ。

「あの子が気に入らないのか？」

「……あの子の問題じゃないわ。」

「じゃあなんなんだ?」

「ねえ、所詮わたしは普通の女なんだと思う。」

宮嶋の奥行きを増した瞳孔にわずかに嘲りのようなものが混じる。

わたしはそんな宮嶋の視線を、いつもなら逸らしていたはずの視線を、受け止める。

「きみの言ってる〝普通〟が性的にノーマルという意味ならば、きみは明らかにノーマルじゃない。」

「じゃあ、これからはノーマルになるように努める。」

「なぜそうする必要がある?」

「なぜかはわからない。でもそうする必要があることだけはわかった。」わたしはそう言い切ってしまった自分にいささかぎくりとする。けれども舌が勝手に動いてしまう。「わたしが言ってるのは性的なことに限ってじゃないの。生きること全般に関して。わたしはなるたけ、中庸になりたいと思う。なるたけ、素面でいたい。抑制、ということを重んじたい。理性の側に踏み止まりたい。そして、ささやかなことで満足できるようになりたい。小さなことに喜びを見出したい。モラルとか慈しみとかそういうものをもう一度信じたい――」

宮嶋はわたしが言い終わらぬうちからハハハハと声を立てて哄笑しはじめる。「おいおい、頼むよ。まるでバカなテレビドラマの安いセリフじゃないか。頭がおかしくなったのか? それともなにかに憑かれたのか?」

わたしは首を振る。肩が震える。昂りのあまり涙が溢れそうだ。

「きみはね、」そう言う宮嶋の口調はまるで幼い子どもに教え諭すかのようだ。「ぼくたち人間の有する潜在的な能力を——いっそそれを魔性と言い換えてもいいんだが——少々見くびっているようだ。なぜ、人間がこんなにも発展したか。なぜ、ぼくらは動物の域を超えたか。それは理性や知性を有しているからではないんだ。いくら汲めども尽きない欲望を有していたからなんだよ。」

わたしは声を漏らさずにいるのがやっとだ。涙の向こうで宮嶋が霞んでいる。

「まあいいさ。」そんなわたしの首筋を撫でながら宮嶋は言う。「どんなことにも反動はつきものだからな。日をあらためて話そう。その時もまだ話す必要があるならば、ね。」

そう言うと宮嶋はベッドから立ち上がり——ちょうどミオがシャワーから出てきたところだった——バスルームへ向かった。ハハハハ、と高笑いをもう一度響かせながら。

その晩、宮嶋はミオを帰さなかった。宮嶋も自宅へは帰らなかった。ミオはわたしが取り乱していることにはあえて関心を払わず、「おやすみ、みちよねえさん」と言って使わなかったほうのベッドで眠りについた。宮嶋もシャワーから上がってわたしの隣に横たわるや、あっという間に寝息を立てはじめた。どうにか平静を取り戻したものの、わたしは眠る気にはなれなかった。というより、ミオや宮嶋の眠りが深くなればなるほどわたしは目が冴えていくかのようだった。

わたしはベッドから抜け出てバスローブを羽織り、窓に寄り添って東京の明るい夜を見渡す。今やすっかり見慣れた光景ではあったけれど、それでもやはりきれいだと思った。個々の具体的な営みから遠く離れてしまえば東京はこんなにもきれいなのだ。たとえ地上でどんな凄惨な争いが起こっていようとも宇宙から眺めれば地球は青く美しいのと同じことなのかもしれない。そんなことをつらつらと考えてるうちにいつのまにか心臓が高鳴っていた。やがて、先日千曲川の川縁で体験したように、わたしの中を行き交うありとあらゆる想念が、ありとあらゆるエネルギーが、すうっと一点に吸い込まれてゆくのを感じた。わたしの手がほとんど無意識のうちにソファの横に投げ出されたトートバッグへと伸びていく。そうして、トートバッグからすっかりくたびれてしまった紙袋を、そして紙袋からピストルを取り出し、それを、この三週間のあいだ何度もそうしたように、しげしげと見つめた。それはもはやピストルではない。わたしをべつのレールへと乗せてくれる転轍機だ。わたしは銃把を握って引き金に指をかける。そのままベッドに近づいていき、仰向けで横たわる宮嶋と、その向こうでうつ伏せに横たわるミオを見下ろす。二人ともぐっすりと眠っているようだ。わたしはベッドの傍らに跪く。銃口をゆっくりと宮嶋の頭部に向ける。左手を添えてセイフティを外す。心臓は依然として激しく拍動している。けれども心はいたって穏やかだ。右目を瞑って照門を覗く。照門と照星と宮嶋の耳穴が一致する。すごく簡単なことだと思う。可笑しくなるくらい簡単なことだ。生きてゆくことの難渋さに比べたら阿呆らしくて脱力してしまうほど簡単なことだ。わたしは息を止める。瞬きをゆっくりと一回。そうしてわたしは引き金を引いた。音はしない。弾も出ない。けれどもその心の中での一発でわたしはわたしの中の宮嶋を確実に撃ち殺した。

＊＊＊

その朝早くにピストルを近所の交番に届けた。ヒロくんのことを除いてだいたいのことは正直に話した。この三週間ばかりバッグに入れて持ち歩いていたと。若い巡査はとくに驚くことも咎めることもせずに淡々とわたしの話を聞き、それを書類に記していった。あとでまた署の担当者のほうから連絡が行くと思いますが、と巡査は言った。わたしはすぐに届けなかったことを最後にもう一度詫びて交番を後にした。

河原に出るとすでに陽の光があたりに満ちていた。まるで梅雨が明けたかのような陽気。今日は暑くなりそうだ。わたしはいつものようにコンクリートブロックに腰掛けて銀色に鈍く光る川の流れを見るともなしに見ながら、これからのことに思いを馳せた。自分の将来に思いを馳せるなんて本当にひさしぶりのような気がした。そこにはもちろん不安が横たわっている。あらかじめ諦めも横たわっている。すでに悲しみさえも横たわっている。しかし、同時に胸をかすかにざわつかせる希望もたしかに横たわっている。

川上のほうから近鉄バファローズの野球帽を被ったおじさんがとぼとぼと歩いてくる。やがてわたしの姿をみとめて、ニッ、といつもの笑いを見せる。わたしも会釈を返す。おじさんがわたしの前を通り過ぎる。わたしはその背中に向かって、あの、と声をかける。おじさんは立ち止まる。ゆっくりと振り向く。ちょっぴり当惑してるようだ。藪睨みの目がわたしとわたしの傍らの虚空を同時に見つめる。わたしという存在が二つに分かれているみたいに。「いろいろ変えることにしたんです」とわたしは言う。いきなりなにを言ってるんだろうと自分でも驚き呆れながら、それでもわたしは先を続けずにはいられない。「なにもかもを変えられるとは思っていません。でも自分の力で変えられそうなことは変えることにしたんです。端からは後戻りしているみたいに見えるかもしれません。古くさく思われるかもしれません。けどわたしにとっては前進なんです。わたしにとってはすごく新しい一歩なんです。」おじさんはなにも言わない。ただもう一度唇の左端を吊り上げて、ニッ、と笑う。いつもと同じように、いや、ひょっとしたらいつもよりほんの少しだけ大きく笑ったのかもしれない。それから帽子の鍔に手をやると身を翻してまた川下方向へ歩き出す。わたしも正面に向き直る。川は海へ向かって静々と流れている。紋黄蝶が野花の上をひらひらと舞っている。電車は轟音を響かせながら鉄橋を渡ってゆく。向こう岸を人や人に連れられた犬が行き交う。そしてそれらすべての上に注ぐ陽光。べつに目新しいものなんてない。けれどもそのどれもがほんの少しずつ昨日とはちがう。そのことが今のわたしのちっぽけな希望を支えているのだと思う。

部屋に戻ってラックの抽出しから例の封筒を取り出した。母の手紙をもう一度読んでから写真の男を注意深く見つめる。わたしは思わず吹き出してしまう。たしかにハンサムじゃない。ちっともハンサムじゃないわ。心のうちでそう呟きながら受話器を手に取った。

謝辞

各篇の執筆の際に、そしてこの度の単行本化にあたり、たくさんの方々に様々な形でお力添えいただきました。とりわけ左記の方には、この場を借りて御礼申し上げます。順不同にて。

吉本真一氏（あひる社）、堀川達也くん、星野有樹くん、宗田進史くん、長谷川槙子さん、成田亜樹さん、中原昌也くん、曽我部恵一くん、矢野利裕くん、清水陽介くん、小松大輔くん、石村明也くん、高木験二くん、Justin Jesty、平田陽子さん、内田真由美さん、三枝亮介さん、いしいしんじさん、堀口麻由美さん、宮田文久くん、窪木竜也さん、奈良葉子さん、太田有美さん、chi-ko.、鏡恵さん、小林智香子さん、久山めぐみさん（文遊社）。ありがとうございました。我が父母ときょうだい、そして、妻のぶ子にも特別な感謝を。どうもありがとう。

二〇一五年九月末日

桜井鈴茂

My Wife and Me in March 2011

Suzumo Sakurai

Translated by Chikako Kobayashi

Someday, sometime in the distant future, I wonder how my wife and I will look back on March of 2011. We'd obviously remember it as the month the massive earthquake and tsunami hit Japan, but I bet we'd also remember it as the month we fought day in and day out. Maybe it'll even turn out to have been the beginning of the end of our marriage. Maybe our marriage was already well on its way toward collapse, and we—or at least I—had simply failed to take notice. Maybe in three weeks we'll no longer be husband and wife, and I'll have become a creepy middle-aged man whimpering behind a park slide, digging a hole in the ground with a pickax to bury over a decade of memories with his wife. I'd rather not turn into that guy, but I can't say with any certainty that I won't.

That evening, too, we'd begun arguing early. We were in the midst of a rolling blackout, one of a series that began with the nuclear power plant disaster. Our fight started over something petty, like where the utility lighter had gone and who'd been the last to use it. I don't remember exactly how the discussion unfolded, and I probably wouldn't feel like explaining it even if I did, but as was the case with all our fights that March, we eventually landed on the topic of money. Once that happened, our tattered sense of humor that often kept outright hostility at bay disappeared. Money—or the fatal lack thereof—was the magma of our clashes.

Eventually, our back-and-forths would be reduced to something like this:

"You're not making enough money."

"I'm trying the best I can."

"I don't care if you're trying your best."

"Wait, so are you saying it all just comes down to money?"

"Well, doesn't it? We can't live without it."

"When did you become so shallow?"

"You made me this way!"

"Fuck you!"

"Worthless piece of shit!"

That's right, we were like mutts shackled to a monument of financial issues. Sure, rich people are chained, too, but their chains are longer. Some people have chains that are so long that even if they went to Jupiter and got their chains wrapped around a camphor tree, they'd still make it back to Earth. Our chains, by contrast, were extremely short. We could barely take a walk in the neighborhood without getting yanked back, making it virtually impossible to mark our territory.

Still, we'd somehow managed to survive, desperately telling ourselves that our finances would work themselves out. We owed much of this delusion to the abundant luck and blessings afforded young people, but the power of love had also played a significant part. In no way do I believe that love conquers all, but still it's pretty powerful stuff. Like us, though, love is a living creature, so you need to take it out on a picnic once in a while and let it get some sun. If you only feed it sugar-laden supermarket pastries, it won't get the nutrients it needs. And in that sense, our love was completely spent. These days, it got out of bed with the late-afternoon sun and stared at the TV without even bothering to wash its face. It no longer even responded to its name.

In early March, we'd decided to sell the house we bought some years earlier, whose monthly mortgage we were struggling to pay. We had the house appraised by a real estate company, only to find out that it would be almost impossible to sell it for enough money to settle our remaining debt. Not only had we made no down payment on the house, we'd taken out a mortgage that included various miscellaneous expenses. To add insult to injury, a religious organization had built a facility in the vacant lot right across from our house a year earlier. Even if a member of the religious group were to buy our place at a higher price than the quote in the appraisal, we'd have to hand over three percent of that to the real estate broker. Plus, we'd still need a place to live, meaning we'd have to pay a security deposit and key money, and somehow cover moving expenses. We'd already spent all our savings, too. In other words, we were at a dead end. It was as though a magnificent blue ocean stretched before us just beyond a railing, but to get there, we'd have to dive off a cliff. Unless there was some sort of miracle,

we'd lose our small house to foreclosure in the not-so-distant future, and end up with a court-issued eviction notice. What were the chances of a miracle happening? I'm guessing they're called miracles because the chances are so low.

I left the house that night, unable to bear our fruitless candlelit shouting match any longer. All streetlights, security lights, and of course the lights in people's homes were out, leaving our residential neighborhood as dark as the bottom of the sea. I walked in silence, sometimes passing fellow underwater people who were walking their dogs. Submarine headlights pierced my eyes as they came and went. Up above, the ocean's surface was covered in gray algae.

There was someone I could count on, at least for the time being. A friend from college lived two train stations away, and though he'd left for a long business trip to the U.S. a few days earlier (his wife and kids had "evacuated" to her parents' home in Nagasaki), he'd given me the keys to his car, saying I could use it whenever I wanted to. I spent over half an hour weaving in and out of blackout zones before arriving at the parking lot of my friend's building. There sat my friend's Audi station wagon, with over half a tank of gas. With that much, I figured I could make it pretty far, or at least keep driving a fairly long time. I drove toward the city center as if to flee the power outages. It was a tricky car with the driver's seat on the left, which had me flipping on the windshield wipers when I actually wanted to switch on the blinkers, but it wasn't a bad ride. I listened to a SMAP CD—my friend's wife's, maybe—that was in the car stereo. *That's right, we are / A flower unlike any other in the world.*

Before I fully realized what I was doing, I was headed toward Ogikubo, where a woman I'd briefly been involved with a long time ago (well, maybe not that long ago) lived. Absurdly enough, I hadn't gotten over her. Otherwise, why would I try to see her at a time like this?

She lived in a building where you had to be buzzed in to get inside.

"Yes?" Her voice came through the intercom.

From just that one syllable, I could tell she was scared. She was probably looking at my face on the intercom monitor in her room. And to think there had once been a time when she was happy to see me.

"Hey, how are you?" I said, my tone desperately upbeat. I was behaving as though I'd suffered amnesia about everything that had gone down between us.

She didn't say anything. I took in her silence.

"What's going on?" she finally asked.

"Uh, well, um . . . I was wondering if you'd like to go out for coffee," I said, recalling a similar scene in a Richard Brautigan novel. Needless to say, I didn't care about the coffee.

Her response? Flat-out rejection.

"Please leave," she said, and the intercom shut off. I couldn't understand what had just happened. Hoping the intercom had merely suffered an electrical glitch, I rang the doorbell again.

"What? What do you want from me?" Her anger was obvious now.

"Can we talk? There's so much to catch up on," I rattled off, before she could interrupt me.

"What the hell are you doing here?" she said. "You promised you'd never come here again, didn't you?"

"Well, yeah, but." I was starting to realize how pathetic I was. How much more depraved could I be, stomping out after a fight with my wife, then seeking comfort from another woman? And not just any other woman, but a woman I clearly hurt in the past?

"If you ever come back here again . . . "

"I get it," I cut her off. I couldn't bear to hear the word "police" come out of her mouth. "I won't bother you anymore. I'm sorry."

After a miserable silence, save for what sounded like radio signals crisscrossing, the intercom went dead again. This time, my relationship with her was over for real. No, it'd been over for a long time. I'd been clinging to something that was already dead, and had merely been given a swift and final kick in the pants. What I'd just done was the worst thing in the history of the world. It didn't even warrant self-mockery.

I was dying for a drink. I didn't have the money for it, though, so I made some calls to people who I thought would not only go out with me but would also take care of the bill. But alas, I could only think of two guys at that moment, and I couldn't even get through to the voicemail of one of them. The other one picked up, but was unusually aloof. It appeared I wasn't an ideal companion for either of them tonight.

Out of nowhere I remembered a classmate from junior high whose path seemed to cross mine from time to time, for better or for worse. He now had his own dental practice.

"Sure, let's have a drink," he said, as if he'd been holding his cell phone waiting for just such an invitation. When I told him I didn't have any money, he told me not to worry about it. I really don't like the guy and don't want to call him a friend, but I have to admit out relationship is invaluable.

We met up in Roppongi and headed to a hostess bar that my former classmate seemed to visit from time to time. I didn't particularly want to go to a hostess bar, but for my former classmate, going out for drinks with a guy seemed to automatically mean going to a hostess bar. In the two hours we were there, four girls took turns sitting by me. Each girl was a duplicate of the next, like ice cubes from the same mold. Or maybe I only felt that way because there was something wrong with me. For a while now, there'd been a frosted shower curtain between me and the rest of the world.

I was under the impression that the first girl and I were discussing the earthquake, the tsunami, and the nuclear crisis, but before I knew it we were talking about spiritual hotspots and shamanism and I found myself completely lost. The second girl had a lot of dirt on celebrities, but because I have no idea who's who these days, she lost her bearings in the conversation. The third girl spoke about her past and her future, but everything she said screamed of mediocrity, like those ice cubes. And to make up for that conversation, I prattled on about my own life to the fourth girl, but what I told her may have been just as trite.

As soon as we left the bar the dentist's cell phone rang, and without so much as an explanation, he said he was sorry, got in a cab, and was gone. Newly abandoned, I wandered the entertainment district where some of the neon signs had been dimmed to conserve energy, creating gaps in the light. I felt like a small rock on a riverbed waiting for an elementary-school boy with a buzz cut to pick me up to use as a skipping stone. People like me who contribute nothing to the economy obviously had no business being there.

Back in my neighborhood, the lights were back on, and it no longer felt like the bottom of the sea. I stopped by a convenience store to buy some instant

noodles as a late-night snack. For some reason there were no clerks around. A hastily made donation box for victims of the quake and tsunami sat next to the cash register, and I could see a few bills inside. The thought of grabbing the box and making a run for it flashed through my mind, like an evil falling star on a midsummer night.

When I got home, my wife was on the couch, hugging her knees with her eyes fixed on the late-evening news. She was watching the most recent footage of the hard-hit disaster areas with the TV on mute.

What I know is that if my wife had been asleep in our bedroom when I got home, I would've curled up on the couch for a sleepless and agonizing night. I also know that if she'd been watching something else on television, like a comedy show or a suspense thriller, I probably would've muttered something ill-advised, setting off a fresh round of spiteful jabs. But instead, we sat next to each other on the couch without a word, staring at soundless footage of the countless people who had been hit by tragedy. People shivering. People waiting in long lines for food. People digging through rubble to salvage items filled with memories. People searching for missing family members. People who had lost their homes, jobs, and the people they love.

The sight of those people bored a hole in my heart, and it hurt. But at the same time I felt pain, I noticed my own suffering begin to diminish. It was shameful, really, something that probably shouldn't be put into words. Just because something is true, it's not necessarily all right to say out loud, but that's what I've chosen to do now. Sometimes we find solace in witnessing real-life examples of other people's sorrow.

I was crying. My wife was crying. Overwhelming grief and compassion were probably the only two things we as a couple could share at that moment.

My hope is that our small tragedy, too, will help ease the pain of someone, somewhere.

初出一覧

「夜はサンクチュアリ」『すばる』2011年2月号（「サンクチュアリ」改題）

「しらふで生きる方法」『すばる』2011年10月号

「2011年3月のわたしたち夫婦は」『復興書店 Words & Bonds』vol.07

「恋をしようよ」『WB』vol.30（Spring, 2015）

「新しい家族のかたち」『IN THE CITY』vol.1（Fall, 2010）

「長い夜」　書き下ろし

「ドロー」『ダ・ヴィンチ』2008年10月号

「誰にだって言いぶんはある」『Number Do』vol.19, 2015

「転轍機」『群像』2008年9月号

"My Wife and Me in March 2011"　'WORDS without BORDERS'
the August 2012 issue